EMMA DAVIES

Sommer im kleinen Cottage auf dem Hügel

Weitere Titel der Autorin:

Das kleine Cottage auf dem Hügel

Titel auch als Hörbuch erhältlich

Über die Autorin:

Emma Davies lebt mit ihrem Mann, drei Kindern und zwei Meerschweinchen im ländlichen Shropshire, wo sie in jeder freien Minute schreibt. Shropshire, seine wunderbaren Menschen und zauberhaften Landschaften bieten ihr eine endlose Inspiration für ihre Bücher.

Emma Davies

Sommer im kleinen Cottage auf dem Hügel

Ein Feel-Good-Roman

Aus dem Englischen von Michael Krug

lübbe

Dieser Titel ist auch als Hörbuch und E-Book erschienen

FSC
www.fsc.org
MIX
Papier aus verantwortungsvollen Quellen
FSC® C014496

Vollständige Taschenbuchausgabe
der bei Bastei Lübbe erschienenen E-Book-Ausgabe

Titel der britischen Originalausgabe: „Summer at the Little Cottage on the Hill“
First published in Great Britain in 2018 by Storyfire Ltd trading as Bookouture.

Für die deutschsprachige Ausgabe:

Umschlaggestaltung: Guter Punkt, München | www.guter-punkt.de unter Verwendung von Illustrationen von © shutterstock: KostanPROFF | Yarikart | KostanPROFF | Depiano
Satz: 3w+p GmbH, Rimpar (www.3wplusp.de)
Gesetzt aus der Minion
Druck und Verarbeitung: GGP Media GmbH, Pößneck
Printed in Germany
ISBN 978-3-404-18451-4

5 4 3 2 1

Sie finden uns im Internet unter luebbe.de
Bitte beachten Sie auch: lesejury.de

Danke für die Musik.

Kapitel 1

Isobel nahm den Bogen, legte ihn an die Saiten der Geige und begann zu spielen. Die bewusst lang gezogenen Noten reisten durch die Luft, erfüllten jeden Winkel des Zimmers und trafen sanft auf die geweißten Wände, bevor sie zu ihr zurückkehrten. Die Klänge hörten sich klar und perfekt an. Isobel musste weder auf das Notenblatt schauen noch über die technischen Herausforderungen nachdenken, die das Stück bot – sie wusste, dass sie die Musik fehlerfrei spielte. An diesem Tag achtete sie vor allem auf die Qualität der von ihr erzeugten Töne.

Sie hielt mit dem Bogen inne und lauschte aufmerksam, als der letzte Ton verhallte, dann senkte sie die Geige mit einem zufriedenen Nicken. Sie ließ den Blick durch den Raum wandern, der ihr die nächsten sechs Wochen lang als Zuhause dienen würde, und beglückwünschte sich zu ihrer Wahl. Dieses kleine, auf einem Hügel gelegene Cottage eignete sich wirklich hervorragend.

Sie klemmte sich eine lange, dunkle Strähne hinters Ohr, legte das Instrument auf den Couchtisch vor ihr und nahm den Rest ihrer Umgebung in Augenschein. Das Wohnzimmer bildete ein perfektes Rechteck. Eine Wand bedeckte etwas, das nach Seiten aus alten Zeitschriften aussah und Isobel an die lebhaften Blumenmotive auf der Website der Farm erinnerte. Altmodisch zwar, aber noch immer ausgesprochen schön. Das alles verlieh dem Zimmer eine wunderbar historische Atmosphäre, ohne dass man das Gefühl hatte, sich in einem Museum aufzuhalten. Es gab nur wenige Möbel: den Schreibtisch, um den sie gebeten hatte, ein niedriges Bücherregal, ein Ohrensessel neben dem Kamin und ein gemütlich aussehendes Sofa gegenüber.

Nichts davon passte zusammen, aber es trug zu dem behaglichen Charme des Raums bei, und Isobel war damit mehr als zufrieden. Luxus brauchte sie nicht – sie war zum Arbeiten hier.

Sie hatte schon befürchtet, sie würde so kurzfristig nichts mehr finden – immerhin hatte bereits die Urlaubszeit begonnen, und nahezu alle Ferienhäuser, die sie sich angesehen hatte, waren ausgebucht gewesen. Dann war sie durch puren Zufall auf die Website von Joy's Acre gestoßen, und irgendetwas daran hatte ihre Aufmerksamkeit erregt.

Die Anlage war offensichtlich neu – derzeit gab es nur ein einziges fertiggestelltes Cottage. Das zeigte sich auch an dem Empfang, den man ihr bereitet hatte – überschwänglich und zugleich mit einem Hauch von Nervosität. Doch das war ihr ziemlich egal. Für sie zählte nur, dass sie ein Cottage zur Verfügung hatte und dass es kein Problem war, wenn sie Tag und Nacht übte. Da sich keine anderen Gäste in der Anlage befanden und auf dem Gelände noch gearbeitet wurde, sollte sie mit ihrem Üben niemanden stören. Sofern die Leute hier verstanden, dass sie nicht hier war, um für *sie* zu spielen, war alles gut. Sie brauchte bei der Arbeit absolute Ruhe und wollte keinerlei Unterbrechungen.

Als sie vor einer Stunde ins Haus getreten war, hatte sie die Geige ausgepackt, um die Akustik zu überprüfen. Ansonsten hatte sie nur ihren Laptop auf dem Schreibtisch aufgestellt – zusammen mit dem kleinen Keyboard und zwei Lautsprechern, ohne die sie aufgeschmissen gewesen wäre. Ihre Handtasche lag einsam und verlassen auf dem Küchentisch, das restliche Gepäck wartete noch unberührt in dem schmalen Flur, wo sie es abgestellt hatte. Im Augenblick brauchte sie nichts davon, um all das konnte sie sich später kümmern.

Sie schlenderte in die Küche, betrachtete die neu installierten Armaturen, nahm den Kessel und füllte ihn am Wasserhahn über der Spüle. In welche Tasche hatte sie wohl ihre Teebeutel gepackt? Isobel sah auf die Uhr, während sie wartete, bis das Wasser kochte. Sie ging zurück zum Schreibtisch im Wohnzimmer, setzte sich vor den Computer und klickte auf das entsprechende Symbol, um das Programm zu laden, mit dem sie ihre Musik komponierte. Zehn Minuten später hatte sie völlig vergessen, dass sie sich eigentlich Tee kochen wollte.

Bei der Arbeit kam Isobel oft das Zeitgefühl abhanden. Als sie wieder aufschaute, hätten ebenso gut dreißig Minuten wie vier Stunden vergangen sein können. Stirnrunzelnd legte sie den Kopf schief und lauschte auf etwas, das ihre Gedanken unterbrochen haben könnte. Da sie nichts hörte, lenkte sie ihren Blick zurück auf den Bildschirm. Nein, da war es wieder. Diesmal nahm sie die Kopfhörer ab, sah sich um und erschrak heftig, als sie einen Mann erblickte, der sein strahlendes Gesicht an das Fenster zu ihrer Linken drückte und an die Scheibe klopfte. Als sie sich wieder gefasst hatte, hob sie die Hand, um zu zeigen, dass sie ihn gesehen hatte, stand auf und ging seufzend in den Flur. Sie stieg über ihr Gepäck hinweg und öffnete die Tür.

»Hi«, sagte der Mann, dessen Lächeln noch breiter wurde. Es war derselbe Bursche, der ihr beim Tragen ihres Gepäcks geholfen hatte. Isobel lächelte ihn kurz an, sagte jedoch nichts.

»Ich störe … ›tschuldigung. Wollte mich nur erkundigen, ob alles in Ordnung ist. Mit dem Cottage …«, fügte er hinzu, als er ihren verwirrten Gesichtsausdruck bemerkte.

Isobel starrte ihn an und kramte in ihrem Gedächtnis nach einer bestimmten Information. Vorhin hatte sie es so eilig gehabt, ihn loszuwerden, dass sie ihm nicht wirklich zugehört hatte.

»Tut mir leid«, sagte sie. »Ich hab Ihren Namen vergessen. Sie haben ihn mir doch gesagt, oder?« Als sie die rechte Hand an den Mund hob, leuchtete der große schwarze Jettstein an ihrem Ring auf.

Der Mann nickte. »Tom«, antwortete er. »Ich bin der Dachdecker.«

»Natürlich. Und die anderen ...« Sie sah Tom an. »sind ... Trixie?« Als Tom nickte, fuhr sie fort: »Sie ist die Köchin, richtig? Die mit den rosa Haaren. Und die andere Frau heißt Clara, glaub ich.«

Tom nickte wieder. »Die Gärtnerin«, sagte er. »Und dann sind da noch Seth, der Besitzer der Farm, und Maddie, die ihm hilft, den Betrieb zu führen. Mit Maddie werden Sie hauptsächlich zu tun haben. Ich nehme an, Sie werden sie später noch kennenlernen.«

Allmählich fühlte sich Isobel etwas unbehaglich. »Entschuldigung, was wollten Sie noch mal?«

Mit einer Geste deutete er auf den Gang hinter ihr. »Wollte nur sehen, ob alles in Ordnung ist – haben Sie sich eingerichtet und alles ans Laufen gebracht?« Er versuchte, an ihr vorbei zu spähen.

»Ja, alles gut. Ich hab nicht lange zum Aufbauen gebraucht, und die Akustik ist tatsächlich besser, als ich gedacht hätte.« Sie bemerkte sein leichtes Stirnrunzeln. »Oh. Das haben Sie nicht gemeint.«

Tom lächelte nervös. »Doch, schon, aber eigentlich wollte ich fragen, ob Ihnen das Cottage gefällt. Und ob Sie genug Handtücher und Kissen haben, so was alles.«

Isobel sah sich um. Oben war sie noch nicht gewesen, was also sollte sie dazu sagen? Wieder breitete sich Schweigen zwischen ihnen aus.

»Ich bin auch Musiker«, sagte Tom zögernd.

Isobels Stimmung sank. Sie hatte das in der Vergangenheit so oft von Menschen gehört, die dachten, sie könnten dadurch sofort Kontakt zu ihr bekommen. Und sie wollten immer, *immer* darüber reden, wollten von Isobel wissen, welche Musik sie spielte oder, schlimmer noch, ihr erzählen, welche Musik sie komponierten oder spielten. Und hatte sie darauf erst einmal geantwortet, wollten die Leute auch alles über sie wissen. Manchmal konnten sich solche Unterhaltungen eine ganze Weile hinziehen.

Sie lächelte verkniffen. »Hatten Sie nicht gesagt, Sie wären Dachdecker?«

Tom kratzte sich am Kopf. »Na ja, das auch. Aber das ist bloß der Brotjob. Nach der Arbeit spiel ich in 'ner Band …«

Isobel begann in der Tür zu schwitzen, und sie bog den Kopf in den Schatten. »Wie schön«, entgegnete sie. Das klang vermutlich abgedroschen, aber das war ihr egal. Sie trat einen Schritt zurück und setzte ein Lächeln auf. »Bitte richten Sie den Besitzern aus, dass ich das Cottage wunderbar finde. Ich bin sicher, es ist alles hier, was ich brauche, Sie müssen sich also keine Sorgen um mich machen. Wie Sie vermutlich wissen, bin ich zum Arbeiten hier, also …«

»Richtig. Stimmt absolut«, erwiderte Tom, der den Wink mit dem Zaunpfahl offenbar endlich verstanden hatte. »Und danke … Schätze, wir sind alle ein bisschen nervös. Ist ja ein neues Projekt für uns, deshalb können wir nur hoffen, dass wir an alles gedacht haben.« Er versuchte noch einmal, an ihr vorbei den Flur entlang zu spähen. »Wissen Sie schon, was Sie zum Abendessen möchten? Ich hab die Liste auf den Küchentisch gelegt. Sind natürlich nur Vorschläge. Trixie kocht gern auch was anderes, wenn Sie was Bestimmtes lieber hätten.«

Mit einem weiteren Seufzer winkte sie Tom herein, und schnitt eine Grimasse, während sie erneut über ihr missachtetes Gepäck hinwegstieg.

»Eigentlich bin ich gerade beschäftigt …«, murmelte sie. Die Liste auf dem Küchentisch lag zwar direkt neben ihrer Handtasche, trotzdem hatte Isobel sie nicht gesehen. Sie nahm den Zettel und überflog das Angebot. »Oh ja, das Huhn klingt wunderbar.« Sie gab Tom die Liste. »Und irgendwas Einfaches zum Nachtisch. Mir ist alles recht.« Wahrscheinlich würde sie ohnehin nichts essen.

»Und wann möchten Sie es?«

Isobel ließ den Blick durch die Küche wandern, hielt Ausschau nach einer Uhr. »Wie spät ist es?«, fragte sie.

»Kurz nach vier.«

»Dann würde mir sieben gut passen. Wäre das der Köchin recht?«

»Ich sag Trixie Bescheid, ich bin sicher, das haut hin.«

Die Unterhaltung wurde von Minute zu Minute steifer.

»Tut mir leid«, sagte Isobel wieder und schaute zu ihrem Laptop. »Ich muss einen Termin einhalten …«

»Oh. Richtig. Ja, natürlich … Ich finde schon selbst raus. Aber Sie geben uns Bescheid, falls Sie noch irgendwas brauchen, ja? Oder wenn Ihnen irgendwas nicht zusagt …« Er bewegte sich bereits rückwärts durch den Flur.

Isobel nickte und rang sich ein Lächeln ab. Sie wartete, bis Tom die Eingangstür hinter sich geschlossen hatte, dann wandte sie sich um und ging zurück ins Wohnzimmer. Dort nahm sie wieder am Schreibtisch Platz, setzte mit einem erleichterten Seufzer die Kopfhörer auf und fuhr fort, als hätte es die Unterbrechung nie gegeben.

***

»Es war schrecklich«, beklagte sich Tom. »Ich bin mir vorgekommen wie ein Kind, das auf dem Spielplatz krampfhaft Freunde zu finden versucht. *Oh, könntet ihr mich bitte liebhaben?*«

Clara warf ihm ein mitfühlendes Lächeln zu. »Ich bin sicher, es war nicht so schlimm, wie du denkst.«

»Oh doch, war es. Aus der Nähe ist sie noch hinreißender. Sie hat die größten braunen Augen, die man sich vorstellen kann. Aber sie hat mich die ganze Zeit angesehen, als wäre ich ein lästiges Insekt, das ihr um die Ohren schwirrt.« Er legte die Hände an den Kopf und stöhnte. »Und als ich erwähnt habe, dass ich auch Musiker bin, hat sie mir praktisch die Tür vor der Nase zugeknallt. Das war das Letzte, worüber sie reden wollte, das hat man ihr angesehen.«

Clara ließ sich auf die Fersen zurücksinken und strich sich eine lange blonde Strähne aus dem Gesicht. Sie jätete gerade Unkraut. Ihre schmutzigen Hände hinterließen eine Schliere auf ihrer Wange, über die Tom höflich hinwegsah.

»Sie ist zum Arbeiten hier, Tom, vergiss das nicht. Für uns ist wichtig, dass sie überhaupt hier ist und für sechs volle Wochen bezahlt hat.«

»Ich weiß.« Er wandte den Kopf zu dem Cottage zurück, dessen Dach er erst vor wenigen Wochen neu gedeckt hatte. »Ich glaube, ich hab gedacht …« Er brach ab. »Egal.«

Aber Clara war viel zu einfühlsam, um nicht darauf einzugehen. »Du hast gedacht, du hättest 'ne verwandte Seele gefunden?«

Tom verdrehte die Augen. »Nennt man das heutzutage so?«

»Ich wollt es bloß höflich ausdrücken.« Clara grinste. »Sie ist sehr attraktiv.«

»Also man kann 'nem Mann doch nicht vorwerfen, dass er's versucht hat. Aber weißt du, eines Tages wird sich das Blatt für mich wenden, und ich finde meine wahre Liebe. Bis dahin hab ich dank Tinder eine heiße Verabredung mit Fortuna.«

»Ist das ihr richtiger Name?«

»Sehr witzig.« Tom verzog das Gesicht. »Nein, sie heißt Angie.«

»Verstehe. Tja, bei Isobel hast du dich ja jetzt erkundigt, ob alles in Ordnung ist. Sie ist eine erwachsene Frau, und ich bin sicher, sie kommt und wendet sich an uns, falls sie was braucht. Ich bin sowieso noch ein Weilchen hier draußen –

hab mir fest vorgenommen, heute mit dem Beet fertig zu werden. Dabei werd ich ein Auge auf sie haben. Und jetzt los, mach dich vom Acker, du hast noch ein Dach zu decken.« Ihr Blick schwenkte an Tom vorbei zum zweiten Cottage der Anlage. »Ist sehr still heute. Vielleicht hör ich ja bei der Arbeit ihre Musik.«

»Kopfhörer«, erklärte Tom. »Was immer sie spielt, ich glaube nicht, dass irgendjemand von uns was davon zu hören kriegen wird.« Er schenkte Clara ein schiefes Lächeln. »Bis später«, sagte er und ging davon. »Ach ja, sag Trixie, dass Madam zum Abendessen gern Hühnchen hätte«, rief er ihr über die Schulter zu.

***

Zuerst nahm Tom den Klang der Musik gar nicht wahr. Die zarten Töne schienen sich perfekt in die Abendluft zu fügen. Die Melodie stieg sanft zu ihm auf das Dach empor, vermischte sich mit dem Gesang der Vögel und dem Rascheln der Blätter der Weide hinter dem Haus. Erst, als sich seine Ohren auf das Klangmuster einstellten, wurde ihm klar, dass jemand spielte. Isobel. Er hörte auf zu arbeiten und hielt den Atem an, um besser lauschen zu können.

Tom spielte selbst Geige – zwar nicht sonderlich gut, aber es genügte, um sich bei Bedarf durchzuschlagen. *So* jedoch hatte er noch nie gespielt und würde er wohl nie spielen können. Er setzte sich aufrechter hin und reckte den Hals, um mehr von Isobels Cottage zu sehen. Dann schwang er die Beine erst einmal, dann noch einmal über den First, bis er in die andere Richtung blickte. Das Stück kannte er nicht, aber es war auch lange her, seit er zuletzt klassische Musik gespielt hatte. Es war eine langsame, gemessene Weise. Die Klänge der die Tonleiter hinauf und hinunter wandernden Töne schwollen an und ab, als folgten sie den Strömungen in der warmen Luft. Dann verstummte die Musik abrupt.

Sekunden später begann sie wieder, diesmal etwas schneller und mit mehr Nachdruck gespielt, die letzten Töne jedes Abschnitts mit Vibrato angehalten. Ab und zu verlor Tom die Melodie aus den Ohren, wenn der Wind die Töne davontrug. Ein Teil von ihm wäre zu gern hinuntergeklettert, um richtig zuzuhören. Ein anderer Teil jedoch spürte, dass der Zauber dadurch verfliegen würde. Also verharrte er und lauschte wie gebannt, während Isobel Geige spielte, immer wieder das gleiche Stück, allerdings jedes Mal mit leichten Abweichungen in der Geschwindigkeit, im Ton oder in der Technik.

Die Sonne, die den ganzen Tag lang geschienen hatte, tauchte die Felder, die Tom von seinem Aussichtspunkt auf dem Dach sehen konnte, in goldenes Licht. Joy's Acre lag hoch auf der Kuppe eines großen Hügels. Der Hang und die Aussicht auf das Dorf, das sich dahinter erstreckte, veränderten sich ständig, je nach Witterung und Tageszeit. Tom war so auf den Lauf der Sonne eingestimmt, dass er selten eine Uhr brauchte. Während des Tages wurden die Farben satter und kräftiger. Kurz nach der Zeit fürs Abendbrot leuchteten sie am intensivsten. Danach wurde das Licht trüber, und wenn der Sonnenuntergang einsetzte, verblassten die Farben.

Ein Piepton riss Tom aus seiner Träumerei. Er fluchte leise und wandte seine Aufmerksamkeit wieder der Gegenwart zu. Er zog sein Handy aus der Tasche und schnitt eine Grimasse, als ihm klar wurde, wie spät es war. Angie wartete im Pub auf ihn – es war zwanzig Minuten her, dass sie die SMS abgeschickt hatte.

Tom steckte das Telefon wieder in die Jeanstasche, schloss die Augen und spürte, dass die Hitze des Tages langsam nachließ. Natürlich *hätte* er *schleunigst* vom Dach klettern sollen. Die Kneipe lag mitten im Dorf, also nicht weit entfernt. In zehn Minuten könnte er dort sein. Aber noch während er das dachte, wurde ihm bewusst, dass er nicht hingehen würde. Er hätte sich gar nicht erst auf die Verabredung einlassen sollen. Er hatte es mehr aus Gewohnheit getan, weil er wie immer geglaubt hatte, er würde sich dann besser fühlen. Was selten so war. Es war Zeit, dass er aufhörte, seine Dates und sich selbst diesem sinnlosen Affentheater auszusetzen.

Tom schickte eine kurze SMS, in der er behauptete, sein Auto hätte eine Panne und der Akku seines Handys wäre gleich leer. Damit hatte er sich etwas Zeit verschafft, mehr nicht. Später würde er Angie trotzdem alles erklären müssen. Doch daran wollte er im Augenblick nicht denken. Er wollte nur der Musik lauschen und sich davon in die Stimmung zurückversetzen lassen, in der er noch vor wenigen Momenten gewesen war.

Als Isobel irgendwann zu spielen aufhörte und Tom erschöpft vom Dach kletterte, stellte er verblüfft fest, dass anderthalb Stunden vergangen waren.

Kapitel 2

Obwohl das Schlafzimmerfenster die ganze Nacht sperrangelweit offen gestanden hatte, lag Isobel schweißgebadet im Bett. Jäh riss sie die Lider auf und befreite sich so aus dem Würgegriff der Bilder in ihrem Kopf. Es waren immer dieselben: pechschwarze Finsternis, in der langsam und unheimlich winzige Lichter erschienen, glühend wie die Augen mordlüsterner Bestien, die nach ihrem Blut lechzten. In dem Traum versuchte sie wegzurennen, aber ihre Beine waren wie gelähmt. Ebenso versuchte sie erfolglos, sich die Ohren zuzuhalten, um das hämische Gelächter und das kalte, so kalte Flüstern auszusperren, dass ihr hässliche Worte zuraunte. Das Laken hatte sich um ihre Beine gewickelt und sie praktisch aneinandergefesselt. Die Bettdecke war so weit nach oben gerutscht, dass Isobel darunter förmlich erstickte. Sie schob sie von ihrem Gesicht.

Sie hatte gehofft, dass der Tapetenwechsel etwas bewirken würde und ihre Albträume sie hier nicht finden könnten. Aber anscheinend spielte es keine Rolle, *wo* sie war. Dass die Träume sie verfolgten, lag daran, *wer* sie war.

Sie befreite sich aus den Laken und der Decke, setzte sich auf, zog an den Haaren, die an ihrem nackten Rücken klebten, und fächelte sich Luft auf den Hals, während sie wartete, dass ihr Herz zu rasen aufhörte. Als sie sich schließlich ruhiger fühlte, stand sie auf und ging zum Fenster. Ihr Blick wanderte durch den Garten, während das sanfte Mondlicht die Rundungen ihres nackten Körpers umfloss. Natürlich war von dem Dachdecker nichts mehr zu sehen. Als sie zu spielen aufgehört hatte, war er vom Dach geklettert. Isobel hatte ihn dabei beobachtet, wie er im schwindenden Licht den Garten durchquert hatte.

Es überraschte sie, dass sie ihn überhaupt bemerkt hatte. Er hatte völlig still dagesessen, als sie am Vorabend aus dem Fenster im Wohnzimmerfenster geschaut hatte. Während sie spielte, schlenderte sie oft umher. Das half ihr, locker zu lassen. Anfangs hatte sie gedacht, der Mann wäre in seine eigene Arbeit vertieft. Als er sich eine halbe Stunde später immer noch nicht gerührt hatte, war ihr klargeworden, dass er ihr tatsächlich beim Spielen zuhörte.

Was sich außergewöhnlich angefühlt hatte. Sie war überzeugt gewesen, dass er sie nicht sehen konnte – dafür sorgte das vom Fenster reflektierte Licht der Abendsonne. Deshalb hatte er wahrscheinlich auch nicht mitbekommen, dass sie ihn sehr wohl sehen konnte. Aber seine Gegenwart hatte sie fasziniert. Die Situation hatte etwas sehr Intimes, und Isobel hatte sich dabei ertappt, dass sie für ihn spielte, Kraft aus ihrer Unsichtbarkeit schöpfte, tiefer und tiefer in ihre Musik eintauchte, bis sie die perfekte Stille in ihrem Innersten fand. Von da an hatte sie das Gefühl gehabt, sie könnte ewig weiterspielen. Es lag Jahre zurück, dass sie zuletzt einen Funken davon verspürt hatte, und bei den letzten Takten waren ihr Tränen übers Gesicht gelaufen. Plötzlich schauderte sie bei der Erinnerung an diese kurze Befreiung. Am Ende hatte es doch nichts geändert. Der Albtraum war zurückgekehrt – wie in so vielen Nächten davor.

Ihre Füße tappten über den dicken Läufer neben dem Bett, dann suchte sie sich vorsichtig den Weg aus dem Schlafzimmer. Sie stieg die Treppe hinunter und tastete sich durch den Flur. In der Küche holte sie sich ein Glas Wasser und nahm es mit ins Wohnzimmer. Es war verlockend, wieder zu spielen, um den Kopf frei zu bekommen. Um ein Haar hätte sie tatsächlich zur Geige gegriffen. Erst im letzten Moment bremste sie sich und trank stattdessen einen großen Schluck Wasser.

Sie hielt sich das kalte Glas an die Wange und atmete tief durch. Morgen und übermorgen würde sie genug Zeit zum Arbeiten haben, hielt sie sich vor Augen. Und hier, ohne all die Unterbrechungen von zu Hause, könnte sie sich konzentrieren und heilen.

Das Bett fühlte sich kühl und einladend an, als sie wieder hineinschlüpfte und die Decke über sich zog. Diesmal schlief sie ruhig.

***

Tom schaltete sein Handy aus und stöhnte, als er sich herumrollte. Es war erst acht, und gerade war die dritte SMS von Angie eingegangen. Er war selbst schuld – er hätte ihr am vergangenen Abend einfach sagen sollen, dass er es sich wegen ihrer Verabredung anders überlegt hätte. Stattdessen hatte er, nachdem er Isobels Stück gelauscht hatte, seine frühere SMS über die Autopanne ausgeschmückt. Er hatte behauptet, der Akku hätte schlappgemacht, als er in der örtlichen Garage anrief, und er hätte warten müssen, bis er nach Hause abgeschleppt wurde. Er hatte sogar vorschlagen, sie solle sich bei ihm melden, damit sie eine neue Verabredung arrangieren könnten. Allerdings hatte er nicht wirklich damit gerechnet, sondern erwartet, dass er nie wieder von ihr hören würde. Er verfasste eine weitere entschuldigende Antwort, aber diesmal machte er klar, dass es sich zwischen ihnen erledigt hätte. *Hat nichts mit dir zu tun, liegt allein an mir.* Rasch schickte er die Nachricht ab, bevor er es sich anders überlegen konnte. Schließlich starrte er auf sein Handy und biss sich auf die Unterlippe, während sein Finger über der Schaltfläche der Tinder-App schwebte. Er tippte auf Löschen. Das konnte er einfach nicht mehr tun.

Seinen Weckruf hatte er vor einigen Wochen erhalten. Ein Auftritt mit der Band hatte mit einem nächtlichen Trinkgelage geendet. Am nächsten Morgen war er neben einer jungen Frau aufgewacht, an deren Namen er sich nicht erinnern konnte – falls er ihn überhaupt erfahren hatte. Tom wäre der Erste gewesen, der bereitwillig zugegeben hätte, dass seine moralische Einstellung von außen betrachtet fragwürdig war, aber das war sogar für ihn ein Tiefpunkt gewesen. Das Dumme war nur: Es war verlockend einfach. Tom sah gut aus, und dass er in einer Band spielte, schien ihn irgendwie noch begehrenswerter zu machen. Eine Reihe oberflächlicher Beziehungen und One-Night-Stands waren das perfekte Pflaster für seine innere Verletzung. Deshalb hatte er die Rolle des attraktiven Schürzenjägers gespielt, solange er konnte. Sogar auf Joy's Acre, unter Freunden, machte er mit diesem Versteckspiel weiter.

Dabei hatte er bereits beschlossen, sich am Riemen zu reißen. Und am vergangenen Abend hatte etwas an der Musik, die er gehört hatte, diese Empfindung verstärkt. Der Moment war zu schön gewesen, um ihn von etwas beeinträchtigen zu lassen, das höchstwahrscheinlich bloß ein weiterer One-Night-Stand geworden wäre. Isobel hatte nicht einmal gewusst, dass er ihr zuhörte, und dadurch war ihre Musik noch ergreifender geworden. Sie hatte nur deshalb gespielt, weil sie es konnte – aus schierer Freude an der Musik, an dem Gefühl, eins mit dem Instrument zu sein, und dem Wissen, dass sie pure Magie aus vier über einen Holzkorpus gespannten Saiten erschaffen konnte. Tom wusste, was es hieß, zu spielen. Allerdings war er selbst nie in der Lage gewesen, *richtig* zu spielen – nicht so wie Isobel. Und aus irgendeinem Grund hatte ihn das zutiefst berührt.

Mit einem zusammengekniffenen Auge linste er auf die Uhr und stöhnte erneut. Zeit zum Aufstehen. Er würde wieder zu spät kommen, wenn er nicht einen Zahn zulegte. Ein missbilligender Laut rutschte ihm heraus, als sein Blick auf einen Zettel fiel, der neben dem Bett lag. Es handelte sich um eine Angebotsanfrage für ein neues Dach. Eigentlich hatte er sich schon am Vortag bei dem potenziellen Kunden melden wollen, hatte es aber, als er nach Hause gekommen war, völlig vergessen. Tom nahm den Zettel mit nach unten und legte ihn neben den Kessel, während er nach einem sauberen Becher suchte. Er fand einen, der nicht allzu schlimm aussah, spülte ihn sicherheitshalber heiß ab, schaufelte zwei Löffel Kaffee hinein und wartete, bis das Wasser kochte.

In der Zwischenzeit griff er sich ein sauberes T-Shirt von einem Haufen auf dem Küchentisch und ging zum Duschen zurück nach oben. Aber als er sich gewaschen und die Stoppeln an seinem Kinn auf die gewünschte Länge gestutzt hatte, war er so spät dran, dass er aus dem Haus rennen musste. Sowohl den Kaffee als auch den Zettel seines potenziellen Kunden hatte er vergessen.

Das Tagwerk war bereits in vollem Gang, als er auf Joy's Acre eintraf. Vom Küchenfenster aus winkte ihm Trixie vergnügt zu. Wenn er Glück hatte, würde sie gleich mit Specksandwiches herauskommen. Und wenn es ein richtiger Jubeltag wäre, hätte sie auch ihre leckeren Käse-Zwiebel-Muffins gebacken.

Er schaute zum Himmel, der sich in wolkenlosem Blau präsentierte. Vor ihm lagen etliche Stunden Arbeit. Dass die ehemalige Barkeeperin mit den rosa Haaren sie alle bekochte, konnte man wahrlich als Geschenk des Himmels bezeichnen. Tatsächlich war Trixie noch nicht lange bei ihnen. Sie hatte sich ihnen erst kurz nach Maddie angeschlossen, die engagiert worden war, um Joy's Acre auf Vordermann zu bringen, bevor sie alle pleitegehen würden. Maddie hatte Trixie in einer Kneipe im Dorf entdeckt. Mehr als eine Kostprobe von Trixies exquisiter Kochkunst hatte sie nicht gebraucht, um ihr einen Job anzubieten. Trixie hatte sich auf die Gelegenheit gestürzt, auf Joy's Acre zu arbeiten und zu leben, und hatte sich auf Anhieb ins Team integriert.

Als Tom um die Ecke des Haupthauses bog, kam die große Scheune am anderen Ende des Geländes in Sicht. Das breite Doppeltor stand weit offen. Die Gestalten von Seth und Maddie zeichneten sich im Sonnenschein als Umrisse am Eingang ab. Tom ging durch den Garten auf sie zu.

Neben der Scheune standen drei weitere kleine Häuser, fast identisch mit dem Cottage, das Isobel bewohnte. Toms aktuelle Aufgabe bestand darin, das Dach des ersten dieser Häuschen neu zu decken. Nummer zwei und drei sollten so bald wie möglich folgen. Aber auch die Scheune war ein großes Projekt. Wenn sie fertig wäre, sollten Clara und Trixie darin wohnen, und sie sollte als Gemeinschaftsraum für die Feriengäste dienen. Allerdings war es schwierig, all das mit einem schmalen Budget zu verwirklichen. Die meiste Zeit war Seth mit dem Versuch beschäftigt, die Kosten auf ein Minimum zu drücken.

Tom lächelte zur Begrüßung. »Wieder mal ein herrlicher Tag.«

Maddie sah auf ihre Armbanduhr. »Und du bist auch noch pünktlich.« Sie grinste dabei, zog ihn auf. »Also hat sich Angie nicht als Frau deiner Träume entpuppt? Oder ist sie bloß sehr sanft mit dir umgegangen? Normalerweise hast du am Morgen nach einem heißen Date einen etwas trüben Blick.«

Tom erwiderte das Grinsen. Er war längst daran gewöhnt, dass Witze über sein Liebesleben gerissen wurden, und der Ehrlichkeit halber musste er zugeben, dass er es geradezu herausforderte. Das gehörte zu seiner Persönlichkeit auf Joy's Acre, und solange er ihnen keinen Grund lieferte, anders über ihn zu denken, konnte er sich nicht wirklich darüber beschweren. Außerdem genoss er die freundschaftlichen Seitenhiebe – bis zu einem gewissen Grad.

»Stellt euch vor, ich hab letzte Nacht allein geschlafen«, erwiderte er.

Maddie zog die Augenbrauen hoch. »Hat sie dich sitzenlassen?«

Tom lachte nur. Es brachte nichts, großes Tamtam darum zu machen. »So ähnlich. Oder vielleicht ist's an der Zeit, ein neues Kapitel aufzuschlagen. Also ja, ich bin heute frisch wie der Morgentau und bereit, mich ins Zeug zu legen …« Er verzog das Gesicht. »Aber ich könnte mehr Bandstöcke brauchen, falls du heute ein Stündchen übrig hast, um welche zu machen.«

Seth verdrehte die Augen. »Gefällt mir, dass er jetzt dich statt mich fragt. Daran bin ich wohl selbst schuld.«

Bandstöcke waren eine Art große »Heftklammern«, die das Stroh am Dach fixierten, während es gedeckt wurde. Jedes bestand aus einem Stück Birkenzweig, das man entsprechend biegen und verdrehen musste. Sie herzustellen, war eine eigene Kunst. Seth hatte es Maddie beigebracht, und mittlerweile war sie sogar besser und schneller als er.

Maddie grinste und nickte. »Kein Problem, Tom. Wir versuchen nur gerade zu entscheiden, wie's mit der Scheune weitergehen soll.«

Tom sah sich in dem riesigen leeren Raum um, in dem es noch schrecklich viel zu tun gab. Er verzog das Gesicht. »Besser ihr als ich.«

»Ja, aber wir brauchen zumindest einen mächtig großen Zauberstab.«

Tom streckte die Hände aus und zeigte, dass sie leer waren. »Tut mir leid, damit kann ich nicht dienen. Aber ich mach mit dem Dach, so schnell ich kann. Dann können wir zumindest das Cottage fertigstellen und bezugsfertig machen. Das würde ein bisschen mehr Geld in die Kasse spülen, was sicher helfen würde, oder?«

Seth nickte. »Wie kommst du voran? Liegen wir noch im Zeitplan?«

»Solange das Wetter hält, schon. Ich versuche, so viele

Stunden wie möglich zu arbeiten. Die Tage sind derzeit ja recht lang, das ist günstig.« Er verstummte kurz und überlegte, wie er seine nächste Äußerung am besten formulieren sollte. »Ich leg in einer Minute los, aber ich dachte, ich sollte euch noch an die Hochzeit am Ende des Monats erinnern. Das ist nicht mehr lang hin, und ich brauch ein bisschen Zeit mit der Band, zum Proben und so. Wollte nur nachfragen, ob das immer noch in Ordnung für euch ist. Schon klar, der Zeitpunkt ist blöd, aber ...«

Seth seufzte. »Alles gut, Tom. Dein Auftritt ist seit einer Ewigkeit gebucht, und du kannst die Leute nicht im Stich lassen. Außerdem will ich nicht, dass sich Joy's Acre je wie ein Arbeitsplatz anfühlt, an dem man pünktlich ein- und ausstempeln muss. Jeder hier leistet mehr als seinen Mindestbeitrag, wir haben also reichlich Spielraum. Es ist alles ein Geben und Nehmen.«

Tom lächelte. Das war genau das, was er von Seth erwartet hatte. Allerdings wusste er durchaus, dass er in der Vergangenheit nicht immer seinen Beitrag geleistet hatte. Als sehr alter Freund von Seth ließ man ihm zu viel durchgehen. Seth schloss sich den harmlosen Sticheleien über Toms Zeitmanagement, sein Liebesleben, seine häufigen Kneipenbesuche und die daraus resultierenden Kater an – das gehörte alles mit zu ihrer Freundschaft. Aber in Wirklichkeit kannte nur Seth den wahren Grund für Toms eigenwilliges Verhalten und behandelte ihn entsprechend nachsichtig, obwohl ihm das nicht half, das eigentliche Problem anzugehen. Vermutlich verstand nicht einmal Seth, was Tom brauchte.

»Alles klar, dann leg ich jetzt mal los«, sagte er. »Die Bandstöcke haben keine Eile, Maddie, vorerst hab ich noch genug, um damit zu arbeiten. Mach einfach welche, wenn du's irgendwie dazwischenschieben kannst.«

Damit trat er wieder hinaus in den Sonnenschein und lächelte bei dem Gedanken daran, einen weiteren Tag lang zu tun, was er am meisten liebte.

***

Höhe hatte Tom nie etwas ausgemacht. Als Kind war er auf jeden Baum in seinem Dorf geklettert. Die Aussicht und das Gefühl von Freiheit hatten ihn begeistert, weil er sie als so völlig anders als das Leben auf dem Boden empfand, wo er sich erstickt und eingeengt fühlte. Oben in der Luft sah er, was andere nicht sehen konnten, und hörte, was andere nicht hören konnten. Und das Beste: Da er allein in seinem kleinen Adlerhorst war, konnte ihm niemand vorschreiben, was er zu tun hatte, vor allem nicht seine Eltern.

Sie waren tief enttäuscht über seine Entscheidung gewesen, Strohdachdecker statt Arzt, Anwalt oder Banker zu werden. Aber für Tom, der es liebte, sich im Freien aufzuhalten und mit den Händen zu arbeiten, hatte es sich als die perfekte Berufswahl erwiesen.

Rasch erklomm er die Leiter und ließ den Blick über sein Königreich wandern, bevor er seine Arbeit vom Vortag überprüfte. Automatisch schaute er zum Cottage nebenan. Keine Lebenszeichen von drinnen. Trotzdem hoffte Tom, dass sich zumindest die Gelegenheit für ein kurzes Hallo ergeben würde. Allerdings dürfte er dabei unter keinen Umständen Isobels Musik erwähnen. Sie hatte nur für sich selbst gespielt, und wenn sie erfahren würde, dass er ihr gelauscht hatte, würde er sie bestimmt nie wieder spielen hören.

Kapitel 3

Der Tag war bisher nicht gut verlaufen. Isobel war ein Gewohnheitsmensch. Als sie sich in den frühen Morgenstunden wieder ins Bett gelegt hatte, war sie davon ausgegangen, dass sie um ihre übliche Zeit aufwachen würde. Stattdessen war sie in einen tiefen Schlaf gesunken, und als sie aufgewacht war, hatte sie sich zerschlagen gefühlt und festgestellt, dass sie mindestens anderthalb Stunden hinter ihrem Zeitplan zurücklag.

Ihre Tage liefen immer gleich ab. Sie arbeitete zwischen neun und zwölf, bevor sie eine halbstündige Pause einlegte. Nach weiteren drei Stunden war es halb vier, und sie gönnte sich erneut eine Auszeit von dreißig Minuten. Wenn sie dann um vier Uhr nachmittags wieder loslegte, konnte sie bis zum Abendessen um sieben Uhr noch einmal drei Stunden unterbringen. Das entsprach insgesamt neun Stunden Arbeit am Tag. Nicht so viel wie das Pensum, das sie in der Vergangenheit gewohnt war – aber damals war alles völlig anders und sie wesentlich jünger gewesen. Jetzt war es jedoch bereits Viertel nach zehn, als sie den Computer einschaltete. Und das, obwohl sie die Haare nach dem Duschen nur zu einem Zopf geflochten hatte, statt sie zu föhnen. Zu allem Überfluss klopfte es gegen Mittag, als sie allmählich in Schwung kam, unverhofft an der Tür.

Eine große, dunkelhaarige Frau in einfacher, schlichter Kleidung streckte ihr erwartungsvoll die Hand entgegen.

»Willkommen auf Joy's Acre«, sagte sie. »Ich bin Maddie.«

Isobel schüttelte ihr die Hand und drückte sie kurz. »Danke«, erwiderte sie, da sie nicht wusste, was sie sonst sagen sollte. »Ich bin Isobel«, fügte sie etwas verspätet hinzu. »Isobel Hardcastle.«

»Und unser erster Gast.« Maddie errötete. »Tut mir leid, wahrscheinlich machen wir alle zu viel Wirbel um Sie.«

»Ganz und gar nicht«, log Isobel. »Obwohl Sie sich über mich wirklich keine Gedanken machen müssen. Ich bin durchaus in der Lage, mich zu melden, falls ich was brauche, und ich brauche wirklich nicht viel. Wie Sie sicher wissen, bin ich zum Arbeiten hier, also …« Allmählich hörte sie sich an wie eine kaputte Schallplatte.

Sie lächelte Maddie an und hoffte, die Frau würde den Wink verstehen. Da sie zu arbeiten aufgehört hatte, spürte sie, wie sich Kopfschmerzen anbahnten. Und wenn sie nicht bald an den Schreibtisch zurückkehrte, würde sie das Pochen gar nicht mehr loswerden.

»Richtig«, sagte Maddie. »Super. Tja, dann werd ich einfach …« Sie verstummte kurz. »Die Sache ist die: Wir essen gleich zu Mittag. Draußen auf der Wiese. Es ist so ein schöner Tag, und da wollten wir die Gelegenheit nutzen …« Als sie einen kleinen Schritt zurücktrat, sah Isobel, dass im Garten ein langer Tisch mit einem knallgelben Tischtuch aufgestellt worden war. »Sie können Ihr Mittagessen natürlich gern im Cottage einnehmen, aber wir haben uns gefragt, ob Sie sich uns vielleicht anschließen möchten.«

Isobel entging nicht, dass der Tisch draußen schon gedeckt wurde. Ihr Mut sank. Wahrscheinlich glaubten die Leute, das wäre eine nette Überraschung für sie – einerseits, um das Eis zu brechen, andererseits, um ihr als erstem Gast eine kleine Sonderbehandlung angedeihen zu lassen. Allerdings war das so ziemlich das Letzte, worauf sie Lust hatte. Isobel war immer noch nicht sonderlich gut im Umgang mit Menschen. Abgesehen davon hatte sie die Abfolge der Noten, an der sie gearbeitet hatte, noch im Kopf. Sie stand knapp vor der Lösung des Problems, das an ihr genagt hatte. Wenn sie nur ein paar Minuten weitermachen könnte … Aber noch während ihr der Gedanke durch den Kopf huschte, merkte sie, dass sich die Noten bereits verflüchtigten.

»Mir war gar nicht bewusst, wie spät es schon ist, aber das ist eine wunderbare Idee«, sagte sie. »Obwohl Sie sich wirklich nicht so viele Umstände hätten machen sollen. Ich hoffe doch, das ist nicht nur für mich gedacht, oder?«

Maddie schaute leicht unbehaglich drein. »Schuldig im Sinne der Anklage«, gestand sie schließlich mit einem Grinsen. »Aber um ehrlich zu sein, haben wir uns in letzter Zeit wenig Pausen gegönnt. Und kaum hatten wir beschlossen, ein Picknick zu veranstalten, waren alle geradezu lächerlich aufgeregt deswegen. Trixie hat genug für eine ganze Armee zubereitet.« Sie bedachte Isobel mit einem verhaltenen Blick. »Aber wenn Sie zu beschäftigt sind, dann sagen Sie's ruhig. Wir wollen uns wirklich nicht aufdrängen …«

Isobel schüttelte den Kopf. »Nein, ist schon gut. Wie könnte ich so eine nette Einladung ausschlagen?« *So ist es wohl am einfachsten,* dachte sie. Wenn sie zusagte, würden sie sie danach vielleicht in Ruhe lassen. Wenn sie hingegen heute ablehnte, würde sich dieses Umwerben womöglich noch über Tage fortsetzen. Es erschien ihr besser, jetzt Geselligkeit zu heucheln und sich zu den Leuten zu setzen. Sobald sie sahen, dass Isobel rundum zufrieden war und sich eingelebt hatte, würde man sie hoffentlich ihrer Arbeit überlassen. »Wann soll ich kommen?«, fragte sie. »Ich würde mich vorher gern noch ein wenig frischmachen«, fügte sie hinzu.

»Vielleicht so in einer Viertelstunde? Wäre das okay für Sie?« Maddie wandte sich zum Gehen. »Ich helf Trixie jetzt mal, die letzten Sachen rauszutragen. Kommen Sie einfach, wenn Sie so weit sind.«

Isobel nickte, bevor sie die Tür schloss und seufzend den Weg nach oben antrat. Sie würde ja nicht lange bleiben müssen. Eine halbe Stunde oder so, damit man sie nicht für unhöflich hielt.

Im Schlafzimmer betrachtete sie sich im Spiegel. Vermutlich wären ihre Haare noch nass, wenn sie es aus dem Zopf lösen würde, deshalb beschloss sie, ihn zu belassen. Sie strich sich nur ein paar Strähnen aus dem Gesicht und überprüfte noch einmal ihr Spiegelbild. Sie trug kein Make-up, hatte aber klare, cremefarbene Haut. Ihre Wangen und Lippen waren von einem natürlichen Rosa. Unter den Bögen ihrer perfekt gezupften Brauen blickten große braune Augen hervor. Ein etwas spitzer Haaransatz leicht links von der Mitte ihrer Stirn störte als einziger Makel die Symmetrie. Die meisten Menschen, denen sie begegnete, würden sie wohl als wunderschön bezeichnen – wenn sie nicht ständig diese leicht verkniffene Miene zur Schau getragen hätte.

Aber Isobel hatte keine Zeit für Eitelkeit. Sie griff sich eine Flasche Sonnenmilch von der Frisierkommode und begann, sich das Genick einzucremen. Als sie die Anspannung in den Muskeln spürte, verstärkte sie den Druck ihrer Finger.

***

Kurz nachdem Tom zur Arbeit erschienen war, hatte es prompt ein Specksandwich gegeben. Dennoch hatte er um die Mittagszeit schon wieder einen Bärenhunger. Außerdem lechzte er nach etwas zu trinken. Von der Arbeit auf dem heißen Dach wurde man durstig. Deshalb war es ein willkommener Anblick, als ihm Maddie von unten zuwinkte.

»Essen ist fertig!«, rief sie zu ihm herauf. »Komm, Trixie hat ein Festmahl aufgetischt.«

Tom verzog das Gesicht zu einem breiten Grinsen. Er winkte und hob den Daumen, bevor er sich mit der Hand über die Stirn fuhr und sich den Schweiß abwischte. Er wandte das sonnengebräunte Gesicht der Sonne zu, überprüfte ihren Stand am Himmel und stellte fest, dass ihm bis zur Abenddämmerung noch lange Zeit blieb. Gut so – auf ihn wartete noch eine gewaltige Dachfläche. Er würde sich einen weiteren Tag lang ins Zeug legen müssen, um richtig voranzukommen. Er rieb sich die Augen und fing an, sein Material so zu verstauen, dass es nicht herunterfallen würde. Dann stieg er die Leiter hinunter.

Alle anderen saßen bereits um den Tisch, als Tom eintraf. Nur zwei Plätze waren noch frei. Aber statt sich an den Kopf des Tischs zu setzen, wo er sich zu sehr im Mittelpunkt fühlen würde, ließ er sich unmittelbar rechts davon nieder.

Seit Trixies Ankunft auf Joy's Acre aßen sie immer gemeinsam zu Mittag. Auch wenn es oft nur Brötchen gab, backte Trixie sie immer frisch und ließ sich tolle Kombinationen als Belag einfallen. Die perfekte Pause für sie alle, zumal sie meist an verschiedenen Orten mit unterschiedlichen Dingen beschäftigt waren. Die Gelegenheit, sich zusammenzusetzen und sich über ihre Arbeit auszutauschen, wurde von allen geschätzt und hatte sich schnell zur Gewohnheit entwickelt.

Er sah, dass Trixie und Clara die Köpfe zusammengesteckt hatten. Zweifellos besprachen sie die Speisepläne für die kommenden Tage, die davon abhingen, was im Garten geerntet werden konnte. Die beiden schauten auf und begrüßten Tom mit einem Lächeln, was ihm ein Gefühl der Zugehörigkeit gab.

Und Maddie hatte recht gehabt: Trixie hatte in der Tat einen Festschmaus zubereitet. Der Tisch ächzte unter der Last sowohl pikanter als auch süßer Speisen. Große Schüsseln mit bunten Salaten kämpften um Platz gegen zwei Arten von Quiches, Brötchen, Stücke hausgemachter Pizza und einen riesigen Krug Limonade. Wenn es nach Tom gegangen wäre, hätte er sich direkt auf den Victoria Sponge gestürzt – den besten Biskuitkuchen, den er je gegessen hatte und den Trixie oft backte. Allerdings geboten die Manieren, die ihm als Kind eingebläut worden waren, dass man sich den Nachtisch – oder das Dessert, wie seine Mutter es nannte – für den letzten Gang aufhob. Vor lauter Konzentration darauf, seinen Teller zu füllen, bekam er kaum mit, dass sich jemand auf dem Platz neben ihm niederließ, bis die Unterhaltung verstummte.

Als er aufschaute, verschluckte er sich beinahe an der Kirschtomate, die er sich gerade in den Mund gesteckt hatte. Er hatte keine Ahnung gehabt, dass ihnen Isobel beim Mittagessen Gesellschaft leisten würde. Tom stellte seinen Teller ab und kaute schnell.

»Isobel!«, sagte Maddie. »Willkommen noch mal auf Joy's Acre!«

»Ja, willkommen«, echote Seth und prostete ihr mit einem imaginären Glas zu.

Um den Tisch wurde gelacht. Isobel nickte lächelnd.

»Danke«, sagte sie und ließ den Blick scheu über die vielen ihr zugewandten Gesichter wandern. »Es ist wunderschön hier. Ich bin so froh, dass Sie Platz für mich hatten.«

Als sie sich auf dem Tisch umsah, wirkte sie überfordert von der Menge an Essen vor ihr.

»Ich weiß«, sagte Trixie grinsend. »Wenn ich erst mal in Fahrt bin, kann mich kaum noch was aufhalten. Aber so, wie ich den Haufen hier kenne, wird alles aufgegessen – und zwar schneller, als Sie für möglich halten würden.«

Tom blickte auf seinen hoch beladenen Teller. Auf einmal kam er ihm übertrieben vor.

»Ich muss bei Kräften bleiben«, rechtfertigte er sich in der Hoffnung, Isobel würde ihn nicht für einen hoffnungslosen Vielfraß halten.

Zu seiner Verlegenheit stöhnte Clara. »Oh, Tom, bitte nicht. Erspar uns die Einzelheiten deines Liebeslebens wenigstens beim Essen.« Sie verdrehte die Augen, was mit glockenhellem Gelächter von Maddie quittiert wurde.

Tom konnte Isobel nicht einmal ansehen. Und zu seiner

noch größeren Verlegenheit spürte er, dass seine Wangen lichterloh brannten. Unter gewöhnlichen Umständen hätte er sich mit einem rotzfrechen Kommentar revanchiert, aber nicht an diesem Tag. Nicht, wenn die unbestreitbar schönste Frau der Welt neben ihm saß. Also schwieg er und wollte die Zähne gerade in ein Brötchen schlagen, als ihm auffiel, dass sich Isobel immer noch nicht bewegte. Er räusperte sich.

»Kann ich Ihnen irgendwas anreichen?«, fragte er und hoffte, dass er keinen Tomatensaft auf sein Hemd gekleckert hatte.

Ihr Blick wanderte über den Tisch und betrachtete abwägend das vielfältige Angebot. »Vielleicht etwas Salat«, antwortete sie. »Danke … Und ein Stück von der Quiche.«

Er wartete, während sie sich von den Schüsseln und Tellern bediente, die er ihr anbot, wenngleich sie das meiste ablehnte. Tom beobachtete ihre kleinen, feinen Finger. Sogar ihre Hände waren wunderschön – zierlich, langgliedrig. Und wie diese Frau sie hielt …

»Also, es ist richtig aufregend, eine Musikerin hier zu haben, Isobel«, meinte Seth. »In Ihren E-Mails haben Sie erwähnt, dass Sie an einem Projekt arbeiten. Bedeutet das, Sie komponieren?«

Isobel schwieg einen Moment lang und sah Seth eindringlich an, bevor sich ihre Züge etwas entspannten. »Ja«, antwortete sie. »Etwas, an dem ich schon eine Weile arbeite, was sich aber … verzögert hat. Jetzt hat sich mir die Gelegenheit geboten, es zu beenden. Allerdings habe ich für die Ablieferung eine ziemlich knappe Frist.«

Seth griff nach dem Krug mit Limonade und nahm ein Glas für Isobel. Sie nickte, und nachdem er eingeschenkt hatte, reichte er ihr Getränk den Tisch entlang weiter.

»Muss schwierig sein«, sagte er. »Unter Termindruck zu arbeiten, meine ich. Könnte mir vorstellen, dass es schwer sein muss, auf Befehl kreativ zu sein.«

Isobel lächelte verhalten. »Gelegentlich ist es schwer. Aber man muss sich einfach lange genug reinknien und es irgendwie hinbekommen. Wie bei den meisten Dingen.« Kurz blickte sie auf ihren Schoß, bevor sie den Kopf wieder hob. Diesmal schenkte sie Seth ein etwas breiteres Lächeln. »Das klingt jetzt vielleicht geschwollen … aber ich fürchte, ich bin nicht gut in Unterhaltungen. Liegt wohl an den vielen Stunden, in denen ich allein übe.«

Tom, der fasziniert davon war, wie sich ihr Zopf um die Krümmung ihres langen Halses schmiegte, fand nicht, dass sie nicht so aussah, als täte ihr das besonders leid. Seiner Meinung nach wirkte sie eher skeptisch.

Er räusperte sich, als ihm bewusst wurde, dass er sie anstarrte. »Sind Sie deshalb so gut geworden?«, erkundigte er sich, bevor er zusammenzuckte, als er plötzlich seinen Fehler erkannte. »Ich meine, das müssen Sie ja sein, wenn Sie so viel üben …«

Isobel fixierte ihn mit verengten Augen. Einen Moment lang dachte er, sie würde ihm widersprechen.

»Ja«, erwiderte sie dann. »Obwohl ich eigentlich schon lange nicht mehr spiele, jedenfalls nicht richtig. Heutzutage komponiere ich hauptsächlich.«

»Und für was?«, fragte Clara. »Für welches Instrument?«

»Geige. Obwohl das Stück, an dem ich derzeit arbeite, für ein Streichquartett ist. Wir sind zu viert, zwei Geigen, eine Viola und ein Cello.«

Clara seufzte. »Wie um alles in der Welt fängt man mit so was überhaupt an?«

»Es ist kompliziert«, antwortete Isobel. »Deshalb bin ich ja auch für sechs Wochen hier.«

»Und schon halten wir Sie von der Arbeit ab«, bemerkte Maddie. »Aber es ist so schön, Sie bei uns zu haben.«

Isobel neigte wieder den Kopf. »Ist eine angenehme Abwechslung für mich«, räumte sie vorsichtig ein. »Obwohl ich nicht allzu weit entfernt lebe, hatte ich keine Ahnung, dass es diesen Ort hier überhaupt gibt. Und es ist ein wunderschönes Fleckchen Erde. Die Aussicht aus meinem Schlafzimmer ist herrlich.« Sie drehte sich so, dass sie auch Seth in die Unterhaltung einbezog. »Besitzen Sie die Anlage schon lange?«, erkundigte sie sich, griff sich ein Stück Quiche und nahm einen kleinen Bissen davon.

»Mir?«, gab Seth zurück. »Nun ja, ich bin schon eine Weile hier. Das Haus hat der Familie meiner Frau gehört.«

Unübersehbar verwirrt schaute Isobel zu Maddie. Sie runzelte leicht die Stirn. »Aber ich dachte …« Sie verstummte, sah nur weiter Maddie an. »Oh, tut mir leid.« Röte kroch ihr den Hals hinauf.

Seth wechselte einen Blick mit Maddie und setzte ein zurückhaltendes Lächeln auf. »Wir sind nicht verheiratet«, erklärte er und beugte sich ihr zu. »Aber Sie liegen nicht ganz falsch. Maddie und ich sind …«

»Der junge Traum der Liebe«, steuerte Clara seufzend bei, bevor sie kicherte. »Ist noch recht frisch«, fügte sie hinzu. »Und die beiden stellen sich albern verlegen deswegen an. Obwohl wir anderen es schon vor ihnen kommen gesehen haben.« Sie grinste vergnügt und biss knirschend in eine Selleriestange.

»Das sollte ich wohl erläutern«, meinte Seth und räusperte sich. »Meine Frau ist vor sechs Jahren gestorben, Isobel.« Er streckte die Hand aus, als sie ihn betroffen ansah. »Nein, keine Sorge, alles gut … Sie hatte die Farm von ihrem Großvater geerbt, also sind wir hergezogen, um sie zu renovieren und zu neuem Leben zu erwecken.« Er atmete tief durch. »Schon bald nach unserem Einzug wurde sie krank. Und ich fürchte, nach ihrem Tod habe ich länger als erwartet gebraucht, um unseren Traum zu verwirklichen. Tatsächlich war Maddie nötig, damit ich endlich in die Gänge gekommen bin. Das Ergebnis ist das Cottage, in dem Sie derzeit wohnen. Der Rest ist eine ziemlich lange Geschichte. Jedenfalls kennen Tom und ich uns schon ewig, und Clara ist eine weitere Freundin, die so freundlich war, meinen Garten davor zu retten, dass er verwilderte.«

»Ich bin selbst erst seit dem Frühjahr hier«, fügte Maddie hinzu, »und Trixie noch kürzer. Aber wir haben Pläne, die restlichen Häuschen demnächst für Feriengäste zu eröffnen und auf dem Grundstück zu gegebener Zeit wieder traditionelle Landwirtschaft zu betreiben. Das Anwesen hat eine ziemlich interessante Geschichte.«

»Hab ich gesehen.« Isobel nickte. »Auf Ihrer Website.« Sie runzelte die Stirn. »So bin ich überhaupt erst darauf aufmerksam geworden. Ich hab auf Google nach einem Quartier für Künstler gesucht, nach so was wie einer Einkehr, und dabei bin ich auf Sie gestoßen. Wahrscheinlich hätte ich nicht weiter auf Ihr Angebot geachtet, wenn Ihre Website nicht so ansprechend gewesen wäre. Ich fand die Farben wunderschön.«

Das hielt Tom für eine eigenartige Aussage, zumal Isobel ein schwarzes T-Shirt und einen langen schwarzen, wallenden Rock trug, dieselben dunklen Töne wie schon am Vortag. Aber er nickte dennoch in Maddies Richtung, die vor Stolz strahlte.

»Gut gemacht, Mads«, lobte er grinsend.

Maddie erwiderte sein Lächeln. »Ich hab die Website gestaltet«, erklärte sie. »Deshalb freut es mich sehr, das zu hören. Aber mehr noch, wir haben gehofft, dass die Geschichte unserer hauseigenen Künstlerin anziehend wirken würde, auch wenn nur ihr Geist hier ist.«

»Nicht, dass sie bei uns spuken würde«, warf Seth rasch ein. »Aber ihr Ehemann hat Joy's Acre für sie gebaut, nicht nur als große Geste der Liebe, sondern auch als eine Art Zuflucht, wo sie ungestört malen konnte. Ich schätze, indem wir hier alles wieder herrichten, hat das ein wenig davon auf uns alle abgefärbt. Wenn man hier ist, vergisst man manchmal leicht, dass es die reale Welt draußen vor den Toren überhaupt gibt.«

Isobel lächelte. »Tja, das käme mir derzeit gut zupass«, verriet sie. Dann öffnete sie den Mund wieder, um noch etwas dazu zu sagen, überlegte es sich aber anders. »Diese Quiche ist vorzüglich, Trixie«, fuhr sie nach einer kleinen Pause fort, obwohl sie kaum davon probiert hatte. »Tut mir leid, ich fürchte, ich bin keine besonders abenteuerlustige Esserin, aber das hier ist alles schmeckt köstlich.«

Trixie lachte. Ihr igeliges Haar schimmerte in Rosatönen im Sonnenlicht. »Sie halten 'ne Quiche für abenteuerlich? Dann sind Sie wirklich nicht sehr risikofreudig. Aber keine Sorge, bis Sie abreisen, sind Sie eine wahre Kennerin unseres Küchengartens und aller Köstlichkeiten, die er zu bieten hat. Auch gewöhnliche Zucchini kann man auf hundert verschiedene Arten zubereiten …« Sie bemerkte Isobels Gesichtsausdruck. »Keine Bange, das will ich Ihnen nicht antun!«

Die Unterhaltung setzte sich noch eine Weile fort, während die Teller und Gläser stetig geleert, aufgefüllt und erneut geleert wurden. Tom jedoch verhielt sich untypisch ruhig. Da Isobel unmittelbar neben ihm am Kopf des Tischs saß, richtete sie jedes Mal, wenn sie etwas sagte, den Blick auf jemand anderen, geradewegs an ihm vorbei. Das gab ihm reichlich Gelegenheit, sie zu studieren, während es für die anderen so wirkte, als sähe er sie aus höflichem Interesse an. Und je länger er hinsah, desto mehr nahm ihn etwas gefangen, das er nicht zu benennen vermochte. Das war ihm schon am Vortag aufgefallen, aber er hatte sich nicht viel dabei gedacht, weil er noch so wenig Zeit mit ihr verbracht hatte. Jedenfalls kam ihm irgendetwas an ihrem Verhalten sehr vertraut vor, und gleichzeitig war er sicher, dass sie sich noch nie zuvor begegnet waren. So sehr er sich auch bemühte, er kam nicht dahinter, an wen sie ihn erinnerte. Aber das Gefühl berührte auf mysteriöse Weise etwas tief in seiner Vergangenheit …

Kapitel 4

Obwohl für den Tag noch reichlich Stunden zum Arbeiten blieben, hatte Tom zu kämpfen. Das Mittagessen im Garten war eine schöne Idee gewesen. Nur hatte die Pause zu lange gedauert, und er hatte entschieden zu viel gegessen. Er fühlte sich unglaublich schläfrig, und die Hitze des Nachmittags half dagegen nicht im Geringsten. Träge kletterte er die Leiter hoch, musste seinen Beinen gut zureden, damit sie reagierten. Die Hoffnung, oben eine kühlende Brise vorzufinden, die ihn wach rüttelte, verpuffte jäh. Als er auf dem Dach ankam, stellte er bestürzt fest, dass die Sonne dort noch unbarmherziger brannte.

Tom schaute hinüber zu dem Cottage auf der gegenüberliegenden Seite des Gartens. Isobel hatte den Tisch als Erste verlassen, sich höflich bei allen bedankt, und erklärt, dass sie sich wieder an die Arbeit machen sollte. Tom hatte ihr nachgeschaut, wie sie barfuß den Weg entlanggegangen war, fasziniert, wie sie sich in den Hüften wiegte.

Wäre er vernünftig gewesen, hätte er da selbst auch weitergearbeitet. Aber das war schon immer sein Schwachpunkt gewesen: Er wusste nie, wann er besser aufhören sollte. Also war er geblieben und hatte sich mit Clara und Trixie über ihre Pläne unterhalten, wie sie das wirtschaftliche Potenzial der Gärten von Joy's Acre erschließen könnten. Bisher waren ihre Anläufe, die Erträge zu verkaufen, sehr erfolgreich gewesen, und sie konnten es kaum erwarten, auf dem guten Start aufzubauen, den sie hingelegt hatten. Gespräche mit den beiden waren immer interessant, auch wenn sich Tom im Vergleich zu ihnen oft unzulänglich fühlte. Die zwei Frauen besaßen

Energie in Hülle und Fülle – nicht gerade eine von Toms hervorstechendsten Eigenschaften …

Seufzend hob er sein Werkzeug auf und begann zu arbeiten. Fünfzehn Minuten später legte er es beiseite und kletterte über die Leiter wieder nach unten. Seine Sicht verschwamm in der Hitze, und er konnte sich nicht konzentrieren. Dagegen half nur eins.

Er durchquerte den Garten und folgte dem Weg, der hinter dem Cottage verlief, in dem Isobel wohnte. Am Ende des Pfads öffnete Tom das Tor zu den dahinterliegenden Feldern. Gleich auf der anderen Seite stand eine wunderschöne Weide, die einen besonderen Rang unter seinen Lieblingsplätzen einnahm. Er trat in ihren gesprenkelten Schatten, setzte sich mit dem Rücken an den Stamm und war innerhalb von Minuten eingeschlafen.

***

Isobel gab einen missbilligenden Laut von sich, dann zog sie sich die Kopfhörer von den Ohren und knallte sie auf den Schreibtisch. Die letzte Stunde lang hatte sie durchgehend gearbeitet, aber das Ergebnis war unbrauchbarer Mist. Sie konnte genauso gut jede einzelne Note löschen. Die Pause hatte ihr überhaupt nicht gutgetan. Im Gegenteil, sie hatte sie aus ihrer Konzentration gerissen. Sie war völlig aus dem Flow geraten, indem sie sich befunden hatte. Schlimmer noch, schon, als sie die Einladung annahm, hatte sie gewusst, dass es so kommen würde. Sie hätte standhaft bleiben und ihr Mittagessen so einnehmen sollen, wie sie es für gewöhnlich tat: allein.

Bei dem letzten Gedanken rutschte ihr ein weiterer missbilligender, geradezu zorniger Laut heraus. Auf sich selbst gestellt zu sein, hatte den ganzen Ärger überhaupt erst ausgelöst. Aber wie um alles in der Welt sollte sie mehr Zeit mit Menschen verbringen, wenn sie ihr nur Probleme verursachten?

Trotz der Hitze des Nachmittags lief ihr ein Schauder über den Rücken, und sie erhob sich vom Schreibtisch. Sie spürte, dass sich Panik in ihr anbahnte. Sie wusste, dass es nur eins gab, was sie beruhigen konnte. Sie nahm ihre Geige vom Couchtisch, um das vertraute Gewicht in der Hand zu spüren, und verließ damit den Raum.

Sie wusste, was sie spielen würde: was sie immer spielte, wenn sie Trost brauchte. Das eine Stück, das sie noch nie öffentlich vorgetragen hatte. Dieses Stück gehörte ihr. An den Gedanken klammerte sie sich, als sie dem Weg folgte, der vom Cottage wegführte, ohne darauf zu achten, wohin sie ging.

Sie war ziemlich überstürzt nach Joy's Acre aufgebrochen. Ihr Verlangen, von zu Hause wegzukommen, war stärker gewesen als die Bedenken, wohin sie gehen und was sie dort vorfinden würde. Aber die Aussicht aus dem Schlafzimmerfenster hatte ihr gezeigt, was jenseits des Tors hinter ihrem Cottage lag. Und auch wenn sie bisher kaum einen Gedanken daran verschwendet hatte, schien es ihr plötzlich die perfekte Lösung zu sein.

Das lange Gras kitzelte sie an den Beinen. Mit einer Hand hob sie den Rock über die Brombeersträucher neben dem Tor. Sie ging vorwärts, bis sie sich weit genug im Feld befand, fernab der Hecke. Dann blieb sie stehen und hob das Gesicht zum Himmel. Ihre Arme hingen schlaff an den Seiten. Die Geige baumelte von ihrer linken Hand, während sie tief durchatmete und den Geräuschen um sie herum lauschte.

In weiter Ferne nahm sie das Dröhnen eines Flugzeugs wahr, näher hörte sie eine dicke Hummel über den Klee brummen, der sich träge in der Brise neigte. Gelegentlich entlockte der Wind den längeren Gräsern ein raschelndes Seufzen, und der erwartungsvolle Gesang von Vögeln erfüllte die Luft. Langsam hob sie die Geige, setzte den Bogen an und begann zu spielen.

Die erste Note drang in den sie umgebenden Raum, und Isobel spürte, wie sich ihre Atmung beruhigte und verlangsamte. Es gelang ihr, sich tief in sich zurückzuziehen und den schwindelerregenden Anflug von Energie zu finden, der darauf folgte. Mit verschwommenen Bewegungen flog ihr Bogen über die Saiten und ließ vollkommen aufeinander abgestimmte Töne aufsteigen. Ihre Bewegungen liefen automatisch, instinktiv ab, geformt vom jahrelangen Üben. Sie musste nicht darüber nachdenken, wie sie *spielte*, eher darüber, was sie *fühlte* – die Emotionen führten den Bogen. Das Stück klang nie genau gleich, ganz egal, wie oft sie es spielte. Denn es gehörte ihr. Sie konnte es nach Lust und Laune formen und gestalten, zwar immer der Melodie folgend, aber nie an Tempo oder Stil gebunden. Sie fand die Musik in sich, und diese spielte mit Isobel ebenso sehr, wie sie die Musik spielte.

Nach etwa fünf Minuten verlangsamte Isobel das Tempo und gestattete ihrer Stimmung, sich im selben Maße zu beruhigen. Sie spürte die Ruhe, die sich in ihr einnistete und den Raum in ihrem Kopf ausfüllte. Sie nahm noch mehr Tempo aus der Musik, hielt jede Note, bis sie beinahe verklungen war, bevor sie die Nächste spielte, und lauschte, wie die Töne über dem Feld verhallten. Lächelnd steigerte sie das Tempo wieder auf den Takt, den sie ursprünglich vorgesehen hatte. Dann verharrte sie eine Weile im langsameren Abschnitt und ließ dabei das Gefühl der Sonne auf ihrem Gesicht auf sich wirken, entspannt, ausgeglichen. Sie konnte die Musik immer noch spüren. Das hatte sie also doch nicht verloren.

Schließlich hielt sie den Bogen still und öffnete die Augen, ließ allmählich die Umgebung zurück in ihr Bewusstsein sickern. Die Felder, Bäume und Gräser waren noch genauso wie zuvor. *Sie selbst* hatte sich verändert. Einen Moment lang stand sie da und atmete durch, bevor sie sich auf den Rückweg zum Cottage machte.

Sie war erst wenige Schritte gegangen, als sie abrupt innehielt. Der Atem stockte ihr, als sie Tom erblickte. Sofort erkannte sie, warum sie ihn anfangs nicht bemerkt hatte. Er saß mit dem Rücken an den Stamm der Weide gelehnt, und durch den Winkel hatte er sich außerhalb ihres Sichtfelds befunden, als sie das Feld betreten hatte. Erst als sie jetzt in die andere Richtung ging, war er nicht zu übersehen.

Hastig rappelte er sich auf und fuhr sich mit der Hand durchs Haar, strich es glatt.

»Tut … tut mir leid«, stammelte er. »Ich wusste nicht, was ich tun soll. Gehen konnte ich nicht, sonst hätte ich … sonst hätten Sie …« Ratlos verstummte er. »Ich hab geschlafen.« Er starrte auf den Boden ungefähr einen halben Meter vor ihr.

Isobel spürte, wie Zorn in ihr aufstieg. Er hatte alles ruiniert. Er …

»Das war privat.« Finster funkelte sie ihn an. »Sie hatten kein Recht, zuzuhören.«

Das Lächeln wich aus seinem Gesicht. »Na ja, was hätte ich denn machen sollen? Wäre ich aufgestanden oder hätte ich mich auch nur gerührt, hätte ich Sie beim Spielen gestört. Ich konnte mir nicht vorstellen, dass Sie das wollen, also dachte ich mir …«

»Also dachten Sie, Sie spionieren mir einfach weiter nach!«

»Nein«, widersprach er mit leiser Stimme. »Ich hab so still gesessen, wie ich konnte, hab mich bemüht, nicht zu niesen, mich nicht zu kratzen und nach Möglichkeit nicht mal zu atmen. Damit Sie so ungestört waren, wie Sie's gebraucht haben. Hätten Sie mich jetzt nicht gesehen, hätten Sie nie davon erfahren.«

»Aber ich *habe* Sie gesehen.«

»Und *Sie* haben meinen Schlaf gestört.«

Sie stimmte ein gehässiges Lachen an. »Tja, wer schläft schon mitten am Tag? Sie sind wie ein Kind.«

Er schluckte hörbar. »Ein Kind, das weiß, wann es nicht mehr sicher ist, bei dieser Hitze in der Höhe eines Daches weiterzuarbeiten. Ist Ihnen der Gedanke schon mal gekommen?«

Isobel verkniff sich den Kommentar, der ihr auf der Zunge lag. Damit hatte er zwar ein triftiges Argument, aber das änderte gar nichts. Dieses Musikstück war für sie etwas ungeheuer Persönliches, und niemand, wirklich *niemand* durfte ihr je dabei zuhören, wenn sie es spielte. Sie überlegte, was sie noch sagen sollte, doch Tom kam ihr zuvor.

»Ich glaube, so etwas hab ich noch nie gehört. Es war unglaublich, wirklich und wahrhaftig *unglaublich.*«

Mit den Händen schlaff an den Seiten hängend stand er da, den Kopf leicht nach links geneigt. Isobel merkte ihm an, dass er es ernst meinte. Trotzdem wollte sie eher verdammt sein, als ihm für das Kompliment zu danken, nachdem er ihr das Gefühl gegeben hatte, so entblößt worden zu sein.

Hitze stieg ihr in den Hals. »Dann haben Sie wohl schon viele klassische Konzerte besucht, was?«

Die sarkastisch gemeinte Bemerkung sollte ihm den Wind aus den Segeln nehmen. Zu ihrer Überraschung jedoch änderte sich sein Gesichtsausdruck nicht.

»Ja, hab ich tatsächlich.«

»Genau … als ob ich das glauben würde.« Es war ein automatischer Vergeltungsschlag. Die Worte rutschten ihr heraus, bevor sie sich bremsen konnte. Und Tom schaute drein, als wäre er geohrfeigt worden.

Plötzlich fühlte sich Isobel schrecklich. Ihre unverhoffte Wut verflog so schnell, wie sie gekommen war, und stattdessen schämte sie sich. Tom hatte sich nichts Böses gedacht. Er hatte lediglich das Pech gehabt, zur falschen Zeit am falschen Ort zu sein. Und ihr wurde klar, dass er nur versucht hatte, danach nett zu ihr zu sein.

Der Gedanke, er könnte tatsächlich ein Liebhaber klassischer Konzerte sein, faszinierte sie, und sie verspürte den Drang, mehr darüber zu erfahren. Während sie mit der Idee spielte, die ihr gerade in den Sinn gekommen war, begegnete sie seinem Blick. Vermutlich war es unklug, aber sie würde es dennoch tun. Seufzend lud sie ihn ein, sie auf eine Tasse Tee ins Cottage zu begleiten.

***

Tom wollte schon ablehnen, als ihm plötzlich einfiel, wer Isobel war: ein Gast auf Joy's Acre. Und auch wenn er fand, er wäre nicht besonders barsch gewesen, hatte er es trotzdem geschafft, sie ziemlich aufzuregen. Für gewöhnlich hätte er sich in einer solchen Situation höflich entschuldigt und gewartet, bis sich Isobel beruhigte, aber ihr bisheriger Aufenthalt bei ihnen war alles andere als reibungslos verlaufen. Das Picknick war schließlich kein Erfolg gewesen. So sehr sich alle bemüht hatten, Isobel hatte kaum etwas gegessen, und obwohl sie sich durchaus freundlich verhalten hatte, war die Unterhaltung während des Essens gezwungen gewesen. Es war nicht zu übersehen, dass sie sich nicht wohlgefühlt hatte.

Zögernd nahm er ihre Einladung an. Beim Plaudern würde sich vielleicht die Gelegenheit ergeben, die Lage zu verbessern – schlimmer konnte sie ja kaum werden. Er bedeutete Isobel, vorauszugehen, und folgte ihr auf dem Weg zurück, als er ein aufgeregtes Quieken hörte.

»Onkel Tom!«

Sein Mund klappte vor Überraschung auf. »Oh mein Gott, Lily!«

Tom rannte den Pfad entlang, als ein kleines Kind in vollem Lauf durch den Garten gestürmt kam, an Isobel vorbeiraste und sich ihm in die Arme warf. Tom herzte die Kleine innig, hob sie hoch und drehte sie herum, bevor er sie behutsam wieder auf den Boden stellte. Er richtete sich auf und warf Isobel einen entschuldigenden Blick zu, bevor er sich wieder dem Garten zuwandte. Eine junge Frau kam auf sie zu.

Wieder streckte Tom die Arme aus. »Kate.« Mehr sagte er nicht, bevor er die Frau an sich zog und eine Zeit lang festhielt. Er schloss die Augen, als würde eine Welle von Gefühlen über ihn hinwegspülen. Es dauerte einige Augenblicke, bis er wieder sprechen konnte. Um seine Verlegenheit zu überspielen, hob er Lily noch einmal hoch und drückte das Gesicht seitlich an ihren Hals. Er wusste, dass seine Bartstoppeln sie kitzeln würden und sie sich lachend winden würde.

»Sieh dich einer an«, sagte er. »Du bist ja riesig! Wie kann es sein, dass du so groß geworden bist?«

Dann drehte er sich wieder zu Isobel um. »Das ist meine Nichte Lily«, erklärte er verlegen. »Die ich *ewig* nicht mehr gesehen hab. Und das ist meine Schwägerin Kate.«

Isobel lächelte und wirkte genauso verlegen. »Freut mich, Sie kennenzulernen«, sagte sie höflich. Eine Pause entstand. »Ich gehe wieder rein«, kündigte sie an. »Vielleicht sehen wir uns später noch.«

Er nickte. Das Timing war nicht ideal. Andererseits war es nach dem, was gerade zwischen ihnen vorgefallen war, vielleicht am besten so. Es würde Isobel die Gelegenheit geben, sich ein wenig zu beruhigen, bevor sie wieder miteinander redeten. Abgesehen davon gab es Dinge, die er mit Kate besprechen musste und bei denen er keine Zuhörer gebrauchen konnte.

Er lächelte Kate an und spürte, wie sich die Stille hinzuziehen begann. Tom wusste, dass sie beide warteten, bis Isobel außer Hörweite war. Schließlich ergriff Kate zuerst das Wort.

»Du meine Güte, Tom, wer um alles in der Welt war dieses umwerfende Wesen? Ich hoffe, wir sind da nicht in irgendwas reingeplatzt … Obwohl: Freut mich zu sehen, dass du dich auf Trab hältst.« Sie hatte ein Funkeln in den Augen.

Tom stöhnte. »Oh, bitte nicht«, sagte er. »Ist schon schlimm genug, dass ich dich ewig nicht gesehen hab, ohne dass ich wie der Schürzenjäger rüberkomme, für den du mich schon immer gehalten hast. Nein, Isobel ist nur ein Gast. Sie wohnt in dem Cottage da hinten.«

Kate lachte. »Ja genau. Das kannst du jemand anderem weismachen, Tom. Niemand, der so aussieht, würde *nicht* dein Interesse wecken. Ich wette, sie ist nicht bloß irgendwer.«

Er überging ihre Bemerkung. »Achte gar nicht auf Mami«, sagte er zu Lily. »Sie ist gerade sehr unhöflich.« Er streckte die Zunge heraus, bevor er das Kind wieder auf den Boden stellte.

Mit tausend Fragen auf den Lippen musterte er seine Schwägerin. Er fand, sie sah gut aus. Auf jeden Fall besser als bei ihrer letzten Begegnung, obwohl das eine ganze Weile zurücklag. Als er sich zu erinnern versuchte, wann genau es gewesen war, gelangte er beschämt zu dem Schluss, dass es deutlich länger als ein halbes Jahr her sein musste. Vor Weihnachten also …

»Wie geht's dir, Tom?«, fragte sie plötzlich.

Er ließ den Kopf sinken. Das sollte er sie fragen, nicht umgekehrt. »Ganz gut«, antwortete er. »Viel zu tun. Hier wartet noch jede Menge Arbeit, und danach hoffe ich, dass ich das Geschäft so richtig ans Laufen bringen kann.«

»Das hab ich eigentlich nicht gemeint.«

Ihre strahlend blauen Augen fixierten ihn eindringlich.

»Ja, ich weiß.« Er zerzauste Lily die Haare. »Aber ja, es geht mir gut. Ich lass die Finger vom Fusel … meistens.« Er dachte an Gelegenheiten vor ein paar Wochen zurück, als das unbestreitbar nicht der Fall gewesen war. »Ich hab immer noch schlimme Momente, aber es werden weniger, und die Abstände dazwischen werden länger.«

Er atmete tief durch. »Wie auch immer, was ist mit dir? Du siehst gut aus. Sehr gut sogar.« Und es stimmte. Die Sonne zauberte goldene Glanzpunkte in ihr blondes Haar, ihr Gesicht strotzte vor Gesundheit. »Es ist so schön, dich zu sehen.«

Lächelnd nickte sie und sah Lily an, die mit einem Armband am zierlichen Handgelenk ein wenig zappelte. Seine Frage wollte Kate offenbar nicht beantworten.

»Lily muss dir was sagen, und na ja, wir haben uns lange nicht mehr gesehen, also …«

Lily strahlte. »Ich lern spielen, Onkel Tom«, sprudelte sie heraus. »Genau wie du. Zwar nur Flöte, nicht Banjo, weil sie das in der Schule nicht unterrichten, aber Mama sagt, wenn ich älter bin, kann ich das vielleicht auch lernen.«

Tom schaute zu Kate und sah den stolzen Ausdruck in ihrem Gesicht. »Und sie stellt sich wirklich gut an, Tom. Hat nichts mit uns zu tun.« Sie hob die Hand an den Mund, als sie ins Stocken geriet. »Sie ist einfach eines Tages mit der Idee angekommen, dass sie ein Instrument lernen will wie ihr Onkel.«

»Das ist großartig, Lily, super!« Er ging in die Hocke, um sich auf Augenhöhe mit ihr zu begeben. Als er zu Kate aufschaute, mied sie seinen Blick, wie er es geahnt hatte. Er wusste, er sollte unbedingt etwas sagen, hatte jedoch keine Ahnung, was. Also richtete er die Aufmerksamkeit stattdessen auf seine Nichte. »Und was hast du bisher gelernt? Kannst du schon irgendwelche Lieder spielen?«

Sie nickte. Die blonden Locken wippten bei der nachdrücklichen Bewegung. »Viele!«, sagte sie. »Und deshalb sind wir hier, Onkel Tom. »Weil, ich werd beim Schulkonzert vor den Sommerferien spielen, und Mama wollte dich fragen, ob du kommen magst.«

»Aber sehr gern«, antwortete er und schaute wieder zu Kate auf. »Wann ist das?«

»Nächsten Freitag«, gab sie zurück. »Um vier Uhr.« Sie kaute auf der Unterlippe.

»Dann bin ich da. Soll bloß jemand versuchen, mich davon abzuhalten.«

Lily warf die Arme um seinen Hals. Tom zog sie fest an sich und suchte Kates Blick. Ihre Lippen formten ein *Danke.*

Tom beschloss, dass er sie fragen würde, aber am besten nicht jetzt.

»Und für Lily beginnen an dem Tag die Sommerferien. Deshalb haben wir uns gefragt, ob du danach mit zu uns kommen und zum Abendessen bleiben willst. Ich weiß, es ist kurzfristig, aber dann könnten wir uns ausführlich unterhalten.«

Tom lächelte. Natürlich war es nicht der richtige Moment, um sie nach dem zu fragen, was sie offensichtlich nicht ansprechen wollte. Danach, was ihre Augen zum Funkeln brachte und die erschöpfte Blässe von ihrer Haut genommen hatte. Offenbar hatte sie alles geplant. Eine angemessen zivilisierte Gelegenheit, um ein Gespräch darüber zu führen, wie es ihr ging und was in ihrem Leben geschah. Das wäre viel besser, als spontan und unvorbereitet miteinander zu reden, während er eigentlich bei der Arbeit sein sollte.

»Kommt Adam auch, Mummy? Dann könnte Tom ihn kennenlernen.«

Tom bemerkte, wie Kate unwillkürlich die Augen schloss, als ihre Tochter ahnungslos ihr Geheimnis ausplauderte. Er lächelte in sich hinein – Kindermund tat Wahrheit kund, oh ja.

»Ich bin mir nicht sicher, Schatz.« Als Tom sich aufrichtete, schaute sie auf ihre Armbanduhr. Einige Herzschläge lang entstand eine Pause. »Jetzt sollten wir aber wirklich gehen, Lily«, sagte Kate dann. Sie konnte Tom immer noch nicht in die Augen sehen.

»Na, dann komm mal her, Frechdachs«, sagte er zu Lily. »Drück mich zum Abschied noch mal, und dann sehen wir uns am Freitag.« Er wedelte mit dem Zeigefinger. »Und vergiss nicht zu üben!«

»Werd ich nicht!«

Sie gab ihm einen Schmatz auf die Wange, bevor sie vorauslief. Tom schaute ihr liebevoll nach. Die Unschuld der

Kinder berührte ihn immer tief. Erst, als sie sich ein Stück entfernt hatte, drehte er sich wieder Kate zu und nahm sie sanft am Arm. Er ergriff auch den anderen und drehte sie so zu sich herum, dass er ihr einen zarten Kuss auf die Stirn drücken konnte.

»Ich freue mich für dich, Kate, wirklich. Ich hab nie erwartet, dass du für immer allein bleiben würdest.«

Sie errötete. »Ich weiß, es ist nur so, dass …«

»Nichts da«, fiel er ihr ins Wort. »Sei glücklich, Kate. Das ist alles, was ich mir für dich wünsche.«

Ihr Augen wurden feucht. »Danke, Tom. »Ich weiß, ich hätt's dir längst sagen sollen, aber …«

Er legte ihr einen Finger auf die Lippen. »Für so was gibt's nie einen richtigen Zeitpunkt außer den jetzt gerade. Und das ist auch schon alles, was du wissen musst.« Er starrte in die Ferne. »Und auf Lily kannst du uneingeschränkt stolz sein. Sieh dir nur an, wie glücklich, wie sorglos sie ist. Begeistert davon, neue Dinge zu lernen. Genau, wie ein Kind sein sollte. Es ist auch für sie das Richtige.«

»Ist noch ziemlich neu, Tom. Wer weiß, wie es sich entwickelt.«

Er hängte sich bei ihr ein, als sie sich den Pfad entlang in Bewegung setzten. »Schon richtig. Aber du kannst viel Spaß dabei haben, es herauszufinden.«

Tom begleitete Kate und Lily zum Auto, wo er wartete, bis Lily eingestiegen und sicher angeschnallt war. Dann beugte er sich hinein, um ihr einen weiteren Schmatz zu geben. Schließlich trat er zurück und beobachtete, wie der Wagen zurücksetzte, bevor er langsam die Einfahrt entlang davonrollte. Dabei winkte Tom die ganze Zeit und warf Lily dazwischen Küsse zu. Auch das Lächeln bewahrte er sich, bis sie außer Sicht gerieten. Danach blieb er noch kurz stehen. Seine Züge fielen in sich zusammen, bevor er den Rückweg in den Hauptgarten antrat.

Er hatte gewusst, dass dieser Tag kommen würde. Natürlich war er nie sicher gewesen, wann. Aber dass es so kommen würde, hatte für ihn immer festgestanden. Kate war eine zu junge, vor Leben strotzende Frau, um allein zu bleiben, und Tom konnte unmöglich als Vaterersatz in Lilys Leben dienen. Seine Nichte brauchte die Geborgenheit und Liebe zweier Eltern.

Doch obwohl er wusste, dass es für beide das Richtige war, spürte er, wie sich der Schmerz in ihm ein wenig tiefer festsetzte. Natürlich würde er das Kate nie merken lassen. Und er freute sich aufrichtig für sie. Aber damit endete wieder ein Kapitel. Es war erneut ein Zeichen dafür, dass sich die Dinge weiterentwickelten und die Vergangenheit zurückbleiben musste. Und er war sich nicht sicher, ob er dafür bereit war.

Kapitel 5

Tom zögerte einen Moment, bevor er an Isobels Tür klopfte. Er war eigentlich nicht in Stimmung für ein gezwungenes Gespräch, aber er hielt es für das Beste, es hinter sich zu bringen. Um ihrer aller willen durfte er ihren ersten Gast nicht so wütend zurücklassen, wie Isobel vorhin gewesen war. Außerdem dachte er schon genug darüber nach, wie er es anstellen könnte, nicht auch Schwierigkeiten mit Seth zu bekommen. Oder mit Maddie. Sie konnte ziemlich forsch auftreten, wenn es sein musste.

Die Tür öffnete sich fast sofort. In dem kurzen Moment, bevor Isobel ihn anlächelte, überfiel Tom wieder jenes Aufblitzen von Vertrautheit. Allerdings verflog es rasch wieder.

Ihr Lächeln wirkte zwar verhalten, aber es war immerhin ein Anfang. Sie zog die Tür weiter auf.

»Ich habe Sie kommen gesehen«, sagte sie. »Deshalb ist der Kessel schon aufgesetzt.« Sie wandte sich ab und ging den Flur entlang.

Tom folgte ihr. »Ich sollte mich wohl entschuldigen«, meinte er. »Dafür, dass ich vorhin so unhöflich war. Das war eine dieser peinlichen Situationen«, fügte er hinzu. »Nicht zwischen Ihnen und mir, sondern zwischen meiner Schwägerin und mir. Und Sie sind unverhofft mitten hineingeraten. Das tut mir leid. Kate und ich haben uns ewig nicht gesehen. Und eigentlich bin ich Lilys Patenonkel, aber ich stelle mich fürchterlich dabei an. Wissen Sie, Kate ist jetzt auf sich allein gestellt. Und ich fühle mich am Anfang immer so schuldig, wenn ich sie sehe, und dann weiß ich nie, was ich sagen soll.«

Mittlerweile schwafelte er. »Tut mir leid«, entschuldigte er sich erneut.

»Ach, und ich dachte, Sie wollten sich dafür entschuldigen, dass Sie mir vorhin heimlich beim Üben zugehört haben.«

Tom wurde mulmig. Das würde nicht so einfach werden, wie er gehofft hatte.

»Na ja, natürlich entschuldige ich mich auch dafür, aber …« Dabei hätte er es belassen sollen, doch das »aber« war ihm einfach so herausgerutscht.

»Aber?« Ihre Augenbrauen hoben sich perfekt symmetrisch.

Innerlich wand er sich. »Aber zu meiner Verteidigung: Ich hab Sie nicht beim Spielen gestört. War wirklich nicht meine Schuld, dass Sie sich die Stelle ausgesucht haben. Ich hab geschlafen und bin erst aufgewacht, als Sie auf das Feld gekommen sind. Wär ich wach gewesen, hätte ich Sie auf meine Anwesenheit aufmerksam gemacht, bevor Sie angefangen haben. Jedenfalls haben Sie wunderschön gespielt, dabei bleib ich.«

Innerlich stöhnte er. *Oh, halt einfach die Klappe, Tom, grab dir dein Loch nicht noch tiefer.*

Sie drehte ihm den Rücken zu und streckte sich zu einem Schrank nach oben, um zwei Becher herauszuholen.

»Ist mir gar nicht aufgefallen«, bemerkte sie. »Dass es irgendwie peinlich mit Ihrer Nichte war, meine ich. Andererseits hab ich nicht viel Erfahrung mit Kindern. Ich bin ein Einzelkind, kann also keine Rückschlüsse aus Geschwistern ziehen, und ich hab definitiv keine eigenen Kinder. Jedenfalls scheint Lily Sie sehr liebzuhaben. Ganz so fürchterlich können Sie sich also nicht anstellen.«

Tom zuckte mit den Schultern. »So sind kleine Kinder eben. Die sind zufrieden damit, sich über die Gegenwart zu freuen. Und Lily scheint nie sauer zu sein über die Zeit, die zwischen meinen Besuchen vergeht.«

»Warum besuchen Sie die beiden nicht öfter? Wohnen sie zu weit weg?«

Er schüttelte den Kopf. »Ungefähr fünf Minuten von hier. Auf dem Heimweg muss ich praktisch an dem Haus vorbei. Es ist erbärmlich. Ich sollte sie wirklich viel öfter sehen, als ich's tu.«

»Ich bin sicher, Sie haben Ihre Gründe.« Sie holte aus demselben Schrank zwei Kartons mit Teebeuteln. »Wenn ich arbeite, trinke ich nur Früchtetee«, fügte sie hinzu. »Wollen Sie einen … oder lieber Kaffee? Jemand hat welchen hiergelassen.«

Tom zuckte zusammen. Dieser »Jemand« war Maddie gewesen, die sorgfältig ein Willkommenspaket mit dem Nötigsten für ihren Gast zusammengestellt hatte. Er hatte schon Zahnbehandlungen gehabt, die angenehmer gewesen waren als dieses Gespräch.

»Kaffee wäre perfekt, danke. Milch und zwei Stück Zucker.«

»Ich könnte mir vorstellen, dass Sie denken, weil sie ja praktisch um die Ecke wohnen, könnten Sie die beiden jederzeit besuchen. Wahrscheinlich nehmen Sie sich das auch regelmäßig vor. Aber irgendwie tun Sie es dann nie.«

»So ungefähr«, murmelte Tom und wünschte inständig, sie würde sich mit seinem Kaffee beeilen.

Isobel drehte sich um und musterte ihn mit schief gelegtem Kopf. »Vermutlich denken Sie, ich würde Sie kritisieren«, meinte sie. »Tu ich nicht. Ich weiß bloß, wie die Zeit verfliegt, ohne dass wir je mitbekommen, wie viel davon schon vergangen ist … und ich weiß auch, wie Familie sein kann. Eigentlich lieben wir sie ja, aber es ist nie so ganz einfach, oder?«

Tom hatte an einer Hornhaut an der Innenseite seines Daumens gezupft und schaute bei ihren Worten jäh auf.

»Nein«, sagte er langsam und bemüht, sich seine Überraschung nicht anmerken zu lassen. »Ist es nicht.«

Sie stellte einen Becher vor ihm ab. »Warum sind die beiden heute hergekommen? Wenn Sie so lange keinen Kontakt mehr mit ihnen hatten.«

Tom hatte ganz bestimmt nicht vor, ihr den wahren Grund zu nennen. »Lily hat an der Schule mit Musikunterricht begonnen«, antwortete er stattdessen. »Am Freitag findet ein Konzert zum Schulschluss vor den Ferien statt, und sie haben mich dazu eingeladen.«

»Ach ja? Welches Instrument?«

»Na ja, ich nehme an, es werden verschiedene Instrumente sein, aber Lily spielt Flöte.«

Isobel nickte und nahm Platz. Ein wehmütiger Ausdruck huschte über ihre Züge. »Als Kind wollte ich immer Flöte spielen. Ist viel romantischer als Geige. Dachte ich damals zumindest. Ich weiß gar nicht mehr, warum eigentlich. Dafür erinnere ich mich noch an die Konzerte. Unzählige - zu Ostern, im Sommer, zu Weihnachten, zum Erntedank. Jede Gelegenheit, sich zu präsentieren …«

Sie zog an der Schnur des Teebeutels, der noch in ihrem Becher hing, bewegte den Beutel hoch und runter. Von dem widerlich süßlichen Geruch wurde Tom ein wenig flau. »Aber nach einer Weile hat das alles aufgehört. Ich bin zu Größerem übergegangen. Ist Jahre her, seit ich zuletzt bei einem Konzert dieser Art gewesen bin.«

Tom beschlich der deutliche Verdacht, dass sie nicht wirklich mit ihm redete, sondern lediglich ihre Gedanken laut aussprach.

»Sie könnten ja mitkommen, wenn Sie mögen.« Die Worte flutschten aus seinem Mund, bevor er sie bremsen konnte. Das erregte ihre Aufmerksamkeit.

»Ach, lieber nicht. Wieso sollten Sie mich dabeihaben wollen?«

Gute Frage.

»Na ja, könnte für Sie eine nostalgische Reise ins Reich der

Erinnerungen sein. Ich bin sicher, Kate und Lily hätten nichts dagegen. Denken Sie drüber nach. Ist ja erst am Freitag. Sie müssen mir die Antwort nicht sofort geben.«

Isobel neigte den Kopf. »Ich bin nicht so scharf drauf, ins Reich der Erinnerungen zu reisen, aber ich denke drüber nach, danke.«

Es klang deutlich durch, dass über das Thema genug gesprochen worden war. Isobel nahm einen Schluck von ihrem Tee.

»Bestimmt haben Sie es mir gesagt, aber so leid es mir tut, ich weiß nicht mehr, was Sie selbst spielen.«

»Selektives Gedächtnis?«

»Ich fürchte, ja.« Sie lächelte. »Und das habe ich mir wahrscheinlich anmerken lassen.«

Tom ignorierte den Kommentar. »Ich hab ihnen nicht erzählt, was ich spiele.«

Plötzlich zeigten sich Fältchen um ihre Augenwinkel. »Und?«, hakte sie nach.

»Gitarre, Ukulele, Banjo, Geige – sehr schlecht – und Akkordeon.«

Sie starrte ihn an. »Wirklich?«

»Wirklich. Ich spiele in einer Folk-Band, meist in Pubs.« Er zuckte angesichts ihres Gesichtsausdrucks mit den Schultern. »Ja, ich bin einer *dieser* Musiker.«

»Oh, das hab ich nicht gemeint.« Betroffen legte sie die Hand auf die Brust.

»Doch, haben Sie. Versuchen Sie erst gar nicht, es abzustreiten.« Aber er lächelte dabei.

»Ich habe mal irgendwo gehört, dass Folk-Musik am Ende jeden einholt, aber …«

»Aber Sie würden sich lieber rituell ausweiden lassen?«

»Das hab ich nicht gesagt.«

Tom grinste. »Ist schon gut. Ich nehm's nicht persönlich.«

»Und trotzdem waren Sie allem Anschein nach bei mehr als einem klassischen Konzert. Wie kommt das?«

»Eltern aus der Mittelschicht mit großen Ambitionen«, erklärte er. »Eltern, die dachten, wenn ihr Faulpelz von einem Sohn schon Musiker werden will, dann wenigstens ein angesehener und nicht irgendein Niemand in einer *Band*, der gerade mal eine Handvoll Akkorde beherrscht.«

Isobel wollte gerade ihren Becher wieder an die Lippen heben, hielt jedoch mitten in der Bewegung inne und erstarrte.

»Wie alt waren Sie da?«, erkundigte sie sich.

»Mitten in der Teenagerzeit, würde ich sagen. Jedenfalls jung genug, dass sie noch für meinen Musikunterricht bezahlt haben.«

»Und haben Sie die Träume erfüllt, die sie für Sie hatten?«

»Nein. Trotz ihrer Ambitionen bin ich in einer Band gelandet. Obwohl natürlich erst viel später. Erst, nachdem ich den Versuch aufgegeben hatte, eine respektable Karriere zu machen und stattdessen Strohdachdecker geworden bin. Das hat sie *so richtig* verärgert.«

»Gut für Sie.«

Tom schaute überrascht drein. »Wirklich?«, fragte er. »Gut für mich? Die meisten Leute wirken leicht verschnupft, wenn ich ihnen so was erzähle.«

Isobel senkte den Blick, als sie ihren Becher wieder auf den Tisch stellte. »Strohdächer decken passt zu Ihnen, das ist alles. Ich kann Sie mir nicht als Arzt oder Banker vorstellen.« Sie überlegte kurz. »Was haben Sie damals als Jugendlicher gespielt?«

Er lächelte und beobachtete sie über den Tisch.

Sie stöhnte und klatschte sich mit der Hand an die Stirn. »Geige. Natürlich. Was auch sonst?«

»Tja, Sie haben gefragt. Mittlerweile ist es mein am wenigsten geliebtes Instrument. Zum Spielen, meine ich«, korrigierte er sich. »*Zuhören* könnte ich den ganzen Tag.« Er sah, wie sie leicht errötete, und ihm wurde bewusst, was er gerade von sich gegeben hatte. »So sehr es mich schmerzt, das zu sagen, es muss wohl auf mich abgefärbt haben, dass ich als Kind ständig zu all den Konzerten mitgenommen worden bin. Das ist jetzt rund zwanzig Jahre her. Und obwohl ich damals geleugnet habe, dass mir die Konzerte gefallen haben, irgendwie hat sich die Musik im Alter an mich rangepirscht.«

Isobel schnaubte. »Sie haben doch bloß Angst zuzugeben, dass Sie klassische Musik mögen, weil sie nicht so recht zu Ihrem Image passt.«

Tom schaute verdutzt drein. »Ich habe ein *Image?*«, fragte er.

»Na ja, Sie wissen schon, all das …« Plötzlich verstummte sie und blickte auf ihre Hände.

»Aber im Ernst«, sagte Tom. »Meine Eltern und ich haben uns ziemlich zerstritten. Das hat dazu geführt, dass ich gegen das Instrument ihrer Wahl rebelliert habe. Trotzdem hoffe ich schon, genug von der Geige zu verstehen, dass ich weiß, wann sie außergewöhnlich gut gespielt wird. Und so wie Sie hab ich sehr lange niemanden mehr spielen gehört.«

Isobel senkte den Blick und errötete wieder. »Danke«, sagte sie. »Ich spiele auch schon seit meiner Kindheit, hab sehr früh angefangen. Ich kann also nachvollziehen, wie sich dieser elterliche Druck anfühlt.«

Tom hob den Kopf und wollte gerade etwas sagen, als sie plötzlich ihre Tasse aufnahm und in einem Zug austrank. Ein überdeutlicher Wink mit dem Zaunpfahl.

Er warf einen Blick auf seine Uhr. »Ich sollte zurück an die Arbeit.«

Sie nickte dankbar. »Ja, ich auch. Ich habe eine Menge zu tun.«

Plötzlich fühlte sich die Unterhaltung wieder gehemmt an. »Tja, danke für den Kaffee – hoffentlich helfen das kleine Nickerchen und das Koffein. Ich krieg alle möglichen Schwierigkeiten, wenn ich heute nicht noch ein paar Stunden Arbeit hinbekomme. Termine und so.«

»Das kenne ich gut. Ich war heute auch viel zu nachlässig, obwohl ich nicht bei der Arbeit eingeschlafen bin.«

»Ich hab nicht bei der Arbeit geschlafen. Schön wär's. Aber irgendein Frauenzimmer musste ja unbedingt Geige spielen. Hat geklungen, als würde 'ne Katze erwürgt.«

Kapitel 6

Tom erwachte mit einem Ruck und kämpfte sich taumelnd vom Stuhl hoch. Er stöhnte, als sein Blick auf die Wanduhr fiel. In seinem Kopf drehte sich alles. Er musste sich an der Tischkante abstützen, um nicht hinzufallen, und trat dabei gegen die Flasche zu seinen Füßen. Sie schlitterte über den Boden und wirbelte herum. Tom wankte zum Waschbecken, füllte einen Becher mit Wasser und leerte ihn mit mehreren Schlucken. Danach rülpste er laut und wischte sich mit dem Handrücken über den Mund.

Leicht schwankend wappnete er sich für den Weg die Treppe hinauf. Er musste ins Bett, und zwar bald. Sonst würde ihm Seth die Hammelbeine langziehen. Er ließ das Waschbecken los und machte sich daran, den Raum zu durchqueren. Als er die Treppe erreichte, klammerte er sich mit eingespielter Routine am Geländer fest. Dann trat er den Aufstieg an.

Sein letzter Gedanke, als er sich aufs Bett fallen ließ, galt Isobel.

***

Nicht annähernd genug Stunden später biss Tom die Zähne zusammen und stellte die Dusche auf kalt. Er zuckte zusammen, als das eisige Wasser über ihn strömte. Er hielt so lange still, wie er es ertragen konnte. Dann drehte er den Mischer der Dusche zurück in die ursprüngliche Stellung und sackte vor Erleichterung gegen die Wand. Zwei Minuten später wiederholte er die Tortur. Nach einer Viertelstunde des Wechselspiels zwischen heiß und kalt entschied Tom, dass es besser nicht werden würde. Er stellte das Wasser ab und wickelte sich ein Handtuch um die Taille.

Wieder und wieder hatte er sich geschworen, dass er es nicht mehr so weit kommen lassen würde. Es war zu einfach, sich hinter der tröstlichen Taubheit zu verstecken, die Alkohol mit sich brachte, statt sich den Dingen zu stellen, die ihn quälten. Deshalb hatte er vor zwei Wochen jede Flasche Alkohol aus dem Haus entfernt. Nur hatte er sich am Vorabend, als er am Küchentisch sitzend sein Treffen mit Kate Revue passieren ließ, an das Geschenk eines dankbaren Paares erinnert. Er hatte unlängst bei der Party nach der Hochzeit der Frischvermählten gespielt. Die beiden hatten ihm aus den Flitterwochen eine Flasche Whisky mitgebracht, die noch im Kofferraum seines Autos lag. Der Whisky hatte ihn endlos gelockt, bis Tom ihn letztlich holen gegangen war. Doch selbst dann hatte er die Flasche nicht sofort geöffnet. Er hatte dagesessen, sie betrachtet und sich gesagt, dass sie nicht die Antwort enthielt. Aber als der Abend fortschritt, war die Stille immer mehr in die Ecken seines Geistes gesickert, und er wusste, dass er sich nirgendwo mehr verstecken konnte. Er erinnerte sich lebhaft an das Gefühl der Befreiung, das ihm das erste Glas beschert hatte – bei dem es nicht geblieben war.

Bisher war es ihm an diesem Morgen gelungen, jeden Spiegel im Haus zu meiden. Aber als er sich eine halbe Stunde später die Autoschlüssel vom Tisch in der Diele griff, bemerkte er versehentlich sein Spiegelbild. Mehrere Minuten lang starrte er sich an und versuchte, das Gesicht eines ihm bekannten Menschen hinter den dunklen Ringen unter den Augen und dem ungepflegten Bart zu erkennen.

Seth erwartete ihn bereits, als er auf Joy's Acre eintraf. Natürlich nicht offensichtlich. Dafür war er ein zu guter Freund. Dennoch entging Tom nicht, dass er sich im Garten herumdrückte, als er sich dem Cottage näherte, dessen Dach er gerade in Arbeit hatte.

»Morgen«, grüßte Seth und kam herüber. »Alles in Ordnung?«

Tom überging die Frage. »Ich weiß, ich bin spät dran. Tut mir leid.«

»Kein Problem. Ist nur so, dass ich versprochen hab, dir heute Vormittag zu helfen. Ich hab aber nur bis eins Zeit.«

Tom wusste, es war kurz nach zehn – er hatte bereits zwei Arbeitsstunden versäumt. »Weiß ich, und wie gesagt, es tut mir leid.« Er schaute die Leiter vor ihm hinauf. »Aber jetzt bin ich ja da, also packen wir's, in Ordnung? Und ja, bevor du fragst, ich bin voll einsatzfähig.«

Seth zog eine Augenbraue hoch, doch Tom wandte sich von ihm ab und begann zu klettern.

Gute zehn Minuten verstrichen, bevor Seth wieder etwas sagte. »Das Stroh sieht gut aus. Bist du zufrieden damit, wie's läuft?«

»Einigermaßen«, brummte Tom. »Der Tag hat einfach nicht genug verdammte Stunden.« Ihm war durchaus bewusst, dass er Seth mit der Äußerung förmlich zu einer Bemerkung herausforderte. Aber obwohl sein Arbeitsrhythmus nicht immer regelmäßig war, holte er die Zeit auf die eine oder andere Weise auf, und mit dem Dach kam er gut voran.

Seth wollte eben etwas erwidern, als Tom plötzlich die Hand hob und ihm zu schweigen bedeutete. Er lauschte. Die Eröffnungstakte eines Tschaikowsky-Violinkonzerts klangen durch den Garten.

Nach einigen Sekunden drehte er sich wieder zu Seth und wartete auf den unvermeidlichen Kommentar über sein Zeitmanagement. Stattdessen entdeckte er überrascht einen amüsierten Ausdruck in dessen Gesicht. Er runzelte die Stirn, während sein Gehirn den Anblick langsam verarbeitete. Letztlich jedoch fiel der Groschen.

»Und nein, es ist nicht so, wie du denkst, du kannst das Grinsen also wegpacken. Ich bin entschieden nicht interessiert an Isobel.« Er wandte sich wieder der Arbeit zu, wohl wissend, dass Seth ihn anstarrte. »Mir gefällt ihre Musik, das ist alles.«

Der warnende Ton in Toms Stimme hätte die meisten Leute davon abgehalten, das Gespräch weiterzuführen, aber dafür kannten Seth und er sich viel zu lange.

»Dir gefällt also ihre Musik«, wiederholte Seth. »Und du bist sicher, das ist alles? Also ist dir ihr umwerfendes Aussehen nicht aufgefallen? Diese tiefdunklen Augen, in denen man ertrinken könnte …«

Mit finsterer Miene schaute Tom auf. »Hör auf damit, Seth«, warnte er. »Ja, mir ist ihr Aussehen aufgefallen. Mir ist aber auch aufgefallen, wie sie mit Leuten redet. Diese Frau hätte mir gestern fast den Kopf abgerissen, obwohl ich nichts falsch gemacht hatte. Ganz abgesehen davon: Glaubst du wirklich, jemand wie Isobel könnte je Interesse an jemandem wie mir haben? Sie ist hübsch anzusehen, aber damit hat es sich auch schon.«

»Und?«

Tom konnte nichts erwidern. Seth kannte ihn zu gut. Hinter der vermeintlich banalen Äußerung verbarg sich ein wohldurchdachter Haken, der Tom aus dem Wasser ziehen wollte wie einen gefangenen Fisch.

Einen Moment lang starrten sich die Männer gegenseitig an. Aber Tom ließ sich nicht ködern. »Ich muss arbeiten«, sagte er.

Seth seufzte. »Na schön. Dann eben zu einem praktischeren Thema: Hast du schon gefrühstückt?«

Tom schüttelte den Kopf. »Schien mir anfangs keine gute Idee zu sein …«

»Und jetzt?«

»Ja, okay.« Tom wusste, dass er auf ein Specksandwich anspielte. Er beobachtete, wie Seth seine Kniepolster entfernte und den Weg zurück die Leiter hinunter antrat. Tom atmete tief ein, ergriff seinen Holzhammer und verdrängte alle Gedanken, die über das Stroh hinausgingen, mit dem er arbeitete.

Nachdem er gegessen hatte, fühlte er sich besser, und sie werkelten konstant etwa eine Stunde lang. Dabei verspürten sie beide nicht das Bedürfnis, sich groß zu unterhalten. Die Musik erklang weiter, aber Tom gelang es, sie größtenteils auszublenden. Erst, als er innehielt, um den Abschnitt zu begutachten, den er gerade bearbeitet hatte, drang sie wieder in sein Bewusstsein. Er fuhr sich mit der Hand übers Gesicht. Die Hitze nahm allmählich zu.

»Herrgott, sie hört wohl nie auf, was?« Seth hatte dasselbe getan wie Tom, nämlich innegehalten, um sich den Schweiß aus dem Gesicht zu wischen. Er starrte zu Isobels Cottage hinüber. »Immer wieder dasselbe Stück. Kennt sie kein anderes?«

Tom schaute auf. »Sie übt, so sieht's aus. Mit dem zweiten Satz hat sie Schwierigkeiten. Aber nicht wirklich. Ich meine, sie spielt ihn fehlerlos, soweit ich das beurteilen kann. Trotzdem ist sie offenbar noch nicht zufrieden damit.«

Kaum hatte er die Worte ausgesprochen, ertönte ein gequältes Kreischen – das Geräusch von Saiten, die zornig gefoltert wurden.

»Autsch …«, sagte Tom. »Ich hab dir ja gesagt, sie ist nicht zufrieden.«

Fast sofort setzte die Musik wieder ein, diesmal vom Anfang.

»Ausdauer hat sie«, meinte Seth. »Das muss ich ihr lassen.«

Derselbe Gedanke kam Tom. Er fragte sich, ob das der wahre Grund war, wieso er beim Spielen nie dieses Niveau erreicht hatte. »Ja. Wahrscheinlich übt sie jeden Tag mehrere Stunden lang. Und ich meine jeden Tag, auch an Wochenenden, Feiertagen … jeden einzelnen Tag.«

»Also, was ist sie? So was wie ein kleiner Star der Musikwelt? Sollte man sie kennen?«

Tom zog seinen Passstift zurück. Seths Worte schlugen etwas tief in ihm Schlummerndes an. Er hatte Mühe, seine Gedanken zu ordnen.

»Ich glaub nicht, jedenfalls hab ich noch nie von ihr gehört. Gestern hat sie mir erzählt, dass sie schon seit ihrer Kindheit spielt …« Er verstummte und dachte kurz nach, bevor er den Kopf schüttelte und weitermachte. »Aber so muss man's machen, um so gut zu werden. Vermutlich hat sie früher in Orchestern gespielt. Aber das ist wie bei einem Muskel, verstehst du? Wenn man ihn nicht benutzt, wird er schlaff.« Er setzte den Passstift ein Stück von der vorigen Stelle entfernt an, um die Tiefe des Strohbelags zu messen.

»Tja, freut mich, dass es dir gestern noch gelungen ist, mit ihr zu plaudern. Beim gemeinsamen Mittagessen ist sie mir ein bisschen wortkarg vorgekommen, und sie ist nicht lange geblieben, oder?«

Seth versucht schon wieder, ihn zu ködern.

»Wir haben erst später am Nachmittag geredet …« Tom dachte sorgfältig über seine Worte nach. »Ich hab gerade Pause gemacht, und wir … sind uns über den Weg gelaufen.«

»Das war wohl der Moment, an dem sie dir fast den Kopf abgerissen hätte, stimmt's?« Seth ließ den Satz in der Luft hängen.

Tom starrte auf die Strohgarbe in seinen Händen und stieß laut den Atem aus. »Na schön. Ich hab ein Nickerchen auf dem Feld hinter dem Cottage gemacht, wenn du's unbedingt wissen willst. Isobel ist da aufgetaucht und hat mich erst bemerkt, als sie gerade gehen wollte. Dann ist sie aus der Haut gefahren, weil ich sie beim Spielen belauscht habe. War aber nicht meine Schuld, dass sie mich zuerst nicht gesehen hat. Und ehrlich, du hättest sie hören sollen! Sie hat sich aufgeführt wie 'ne richtige Primadonna. Hat gemeint, ich hätte kein Recht gehabt, ihre Musik zu hören – obwohl sie mitten auf dem Feld gespielt hat!«

»Und da hat sie dir davon erzählt, dass sie schon als Kind angefangen hat?«

»Nicht ganz, nein.«

Seth schwieg.

»Irgendwie konnte ich sie ein bisschen beruhigen, und sie hat mich zu einer Tasse Tee eingeladen … Da konnte ich ja kaum Nein sagen, oder? Immerhin ist sie unser erster Gast, Seth. Ich wollte nicht, dass sie weiterhin wütend war, wegen etwas, das ich getan hatte. Das wäre *richtig* schlecht angekommen.«

»Ich verstehe. Also hast du zugesagt, um zu versuchen, die Wogen zu glätten? So was in der Art?« In Seths Stimme schwang ein belustigter Ton mit, der Tom gar nicht gefiel. Er spürte haargenau, worauf diese Unterhaltung hinauslief.

»Ich hab zugesagt, zum Tee zu kommen, ja. Aber es ist nicht so, wie du denkst. Dann sind Kate und Lily aufgekreuzt, und …«

»Ah.« Hinter dem Wort stand ein großes Gewicht.

Tom sackte gegen die Leiter. »Kate hat einen Neuen, Seth.«

Sein Freund erwiderte nichts. Das musste er nicht.

»Und das ist in Ordnung. Ich meine, ich hab ja gewusst, dass sie nicht ewig allein bleiben würde. Und sie hat gut ausgesehen, blendend sogar. Ist nur so, dass …«

»Sie Matt hinter sich lässt?«

»Ja … Ich hab noch nicht damit gerechnet, das ist alles.«

Seth legte Tom mitfühlend die Hand auf die Schulter. »Irgendwann musste es ja passieren, Kumpel. Dein Bruder ist schon vor einer ganzen Weile von uns gegangen. Und nicht zuletzt für Lily ist es vielleicht am besten so.«

Ein Leuchten trat in Toms Augen. »Lily hat so erwachsen ausgesehen, Seth, so wunderhübsch. Du hättest sie kaum wiedererkannt. Und sie lernt jetzt Flöte – die zwei sind gekommen, um mich zu einem Konzert einzuladen. Sie hat richtig glücklich gewirkt.«

»Dann solltest du nur daran denken.«

Tom schaute seinen Freund an und nickte. »Ich weiß, aber …«

Seth begegnete seinem Blick, und Tom merkte ihm an, dass er nach einer Öffnung suchte. Eigentlich konnte er genauso gut reinen Tisch machen – Seth ahnte es ohnehin schon längst.

»Also ja, gestern Abend … Darum ist es gegangen. Ich hab getan, was ich für gewöhnlich tue, wenn das Thema aufkommt – nach Hause gehen, zwanghaft drüber nachdenken, mich dabei total fertig machen und mich anschließend mit billigem Whisky hoffnungslos betrinken. Nur war der billige Whisky in dem Fall eine atemberaubend gute Flasche Lagavulin. Den ganzen anderen Fusel hatte ich bereits entsorgt. Keine Ahnung, warum ich's immer wieder mache, Seth. Es hilft nämlich nie.«

Er suchte nicht nach einer Antwort. Seth und er hatten das Thema in den letzten Jahren von vorn bis hinten und zurück durchgekaut. Zugegeben, in den letzten Monaten nicht mehr so oft, trotzdem gab es nichts mehr hinzuzufügen.

Sein Freund dachte dennoch über seine Äußerung nach. »Vielleicht«, sagte er langsam, »weil du jetzt erkennst, dass du dich von der Vergangenheit verabschieden musst.« Er verstummte für einen Atemzug. »Und vielleicht ist jetzt genau der richtige Zeitpunkt dafür.«

Tom setzte ein gequältes Lächeln auf. »Das ist ja das Dumme daran. Ich weiß das. Schon vor ein paar Wochen hab ich beschlossen, mich am Riemen zu reißen. Kein Alkohol mehr, keine Jagd mehr auf jeden an mir vorbeischlendernden Rock in der Hoffnung, das würde helfen. Ich brauch keine schnelle Lösung, Seth. Ich bin damit durch, die Risse mit Klebeband zu flicken. Diesmal brauch ich eine ordentliche Rundumrenovierung.«

Plötzlich grinste Seth. »Willkommen auf Joy's Acre.«

»Und das ist auch der Grund, warum ich mit unserem musikalischen Gast nichts zu tun haben darf.« Er stöhnte. »Herrgott, ich hab sie sogar zu Lilys Konzert eingeladen, nachdem wir über Eltern gesprochen hatten – echt schlau von mir, was? Und dann hab ich auch noch eine blöde Bemerkung gemacht. Ich hab zu ihr gesagt, wenn sie spielt, klingt es so, als würde 'ne Katze erwürgt. Was hab ich mir nur dabei gedacht? Ich mein's ernst, Seth. Wenn du mich dabei ertappst, wie ich auch nur in ihre Richtung schaue, hast du meine uneingeschränkte Erlaubnis, mich k. o. zu schlagen.«

***

Isobel konnte sie nicht mehr lange ignorieren – es fiel ihr schwerer und schwerer, nicht auf die verpassten Anrufe zu achten, die sich auf ihrem Handy ansammelten. Um fünf Uhr bereitete sie sich schließlich eine Tasse Tee zu und setzte sich aufs Sofa, um sich zu wappnen. Sie konnten nichts dagegen unternehmen, dass sie hier war – immerhin war sie erwachsen, kein Kind mehr. Sie musste nur ruhig bleiben und ihre Absichten entschlossen durchsetzen. Sie griff zum Handy und tippte die Nummer ein.

»Liebling, Gott sei Dank! Geht's dir gut? Wo steckst du?«

Isobel ignorierte die Frage ihrer Mutter. »Es geht mir bestens, Mum. Ich hab nur beschlossen, für ein paar Tage wegzufahren, das ist alles. An einen schönen, friedlichen Ort, wo ich ungestört arbeiten kann.«

»Aber Liebes, den hast du hier doch auch. Benimm dich nicht so lächerlich.«

Isobel atmete tief durch. »Das sagst du. Du sagst es ständig. Aber du siehst alle fünf Minuten nach mir und fragst mich, wie es läuft. Du fragst mich ständig, ob ich meine Übungen gemacht habe. Du zwingst mich zu essen, wenn ich nicht hungrig bin. Ich kann nicht denken, wenn du mich andauernd beobachtest. Das erdrückt mich.«

Am anderen Ende der Leitung wurde hörbar die Luft eingesogen, dann folgte ein zorniges Schweigen.

»Und wo wärst du heute ohne das, Isobel? Sag es mir.«

Ihre Mutter sammelte sich für einen Angriff. Aber Isobel hatte das alles schon tausendmal gehört.

»Nein? Soll ich es dir sagen? Du wärst ein Nichts, ein Niemand, genau wie alle anderen, ohne nennenswertes Talent und nur mit einem jämmerlichen Zeugnis aus der neunten Klasse, das an der Kühlschranktür klebt. Ist dir nicht klar, wie besonders du bist, Isobel? Ist dir nicht klar, welche Opfer wir für dich gebracht haben, damit du dorthin kommen konntest, wo du heute bist?«

Isobel hielt das Telefon vom Ohr weg, trotzdem hörte sie die schneidende Stimme ihrer Mutter immer noch.

»Und wer soll sich um dich kümmern, wenn nicht wir? Du kommst allein nicht klar, Isobel, das weißt du. Konntest du noch nie.« Ihre Stimme wurde etwas milder. »Komm nach Hause, dann können wir über alles reden. Ich weiß, du machst das nur wegen deiner Angstzustände. Ich weiß, dass du uns nicht wirklich leiden lassen willst …«

Isobel schluckte. »Mum, ich komme nicht nach Hause, hörst du? Ich komponiere Musik, ich übe, ich esse gut, und ich komme nicht nach Hause. Ich habe mich jetzt nur gemeldet, um dich wissen zu lassen, dass es mir gut geht. In dem Haus, in dem ich wohne, gibt's keinen Empfang. Ich steh gerade mitten in einem Feld, damit ich mit dir telefonieren kann. Ich werd nicht wieder anrufen, bis ich bereit dazu bin. Hat also keinen Sinn, wenn du versuchst, mich zu erreichen.«

»Aber wie lange wirst du denn wegbleiben?«

»Sechs Wochen.« Isobel schloss die Augen.

»Sechs Wochen!«, entfuhr es ihrer Mutter. Es klang schrill. »Das ist doch absurd. Deine Komposition muss in sechs Wochen *fertig* sein, hast du das vergessen? Und das ist deine einzige Chance, Isobel, deine *einzige* Chance. Habe ich mich klar ausgedrückt? Komm jetzt sofort nach Hause, und wir verlieren kein Wort mehr darüber. Sag mir, wo du bist, dann komme ich dich abholen, bevor du aus der Sache eine völlig Katastrophe machst.«

»Nein, Mum. Ich bleibe hier.«

»Dann muss ich wohl sehen, was Dr. Mason dazu sagt.« Ihre Stimme war gefährlich leise geworden.

»Ruf ihn ruhig an. Ich bezweifle, dass es ihn interessiert, nachdem ich mich von seiner Liste gestrichen habe. Ich bin nicht mehr seine Patientin. Ich bin niemandes Patientin mehr!«

»Du undankbares kleines …«

Isobel beendete den Anruf.

Kapitel 7

Isobel hob beide Arme über den Kopf, verschränkte die Finger ineinander, drehte die Handflächen zur Decke und streckte sich, so hoch sie konnte. Sie bewegte den Kopf von einer Seite zur anderen. Dann ließ sie die Arme sinken und rollte die Schultern abwechselnd vorwärts und rückwärts. Schier unerträgliche Kopfschmerzen plagten sie. Ihre Schultern und ihr Nacken fühlten sich an, als steckten sie in einem Schraubstock.

Sie hätte das Telefonat bis zu diesem Morgen aufschieben sollen, statt gestern Abend anzurufen, denn es hatte eine Nacht mit sehr wenig Schlaf zur Folge gehabt. Stundenlang hatte Isobel wach gelegen, hin- und hergerissen zwischen heftigen Wutanfällen und einer Angst, die an Panik grenzte. Den ganzen Morgen hatte sie keine sinnvolle Arbeit zustande gebracht, weil sich ständig Einzelheiten des Gesprächs mit ihrer Mutter heimtückisch in all die Lücken zwischen ihren Noten schlichen. Sie brauchte eine Pause und frische Luft.

Als sie die Haustür öffnete, schaute sie automatisch nach rechts zu dem Cottage hinüber, an dem Tom arbeitete. Er war schon früh hier gewesen, aber jetzt war nichts von ihm zu sehen. Sie runzelte die Stirn. Es war die heißeste Zeit des Tages – gut möglich, dass er wieder irgendwo im Schatten döste. Eine sanfte Brise wehte durch den Garten. Isobel hob sich das Haar vom Nacken und genoss das Gefühl des Luftzugs, der über ihre bloße Haut strich. Einige Augenblicke verharrte sie auf dem Weg und ließ die angenehme Wärme der Pflastersteine unter ihren nackten Zehen auf sich wirken, bevor sie über die Wiese zu der Bank schlenderte, die dort stand.

»Guten Morgen!«

Die fröhliche Begrüßung kam von links. Als sie sich in die Richtung drehte, erblickte sie Clara, die gerade eines der Beete bearbeitete. Isobel hatte nicht bemerkt, dass sich jemand im Garten aufhielt. Ihr erster Impuls war, sich abzuwenden, aber als sie in Claras freundliches Gesicht sah, wurde ihr bewusst, dass sie gerade absolut nicht allein sein wollte. Zögernd winkte sie.

Clara hatte das lange blonde Haar zu einem unordentlichen Dutt hochgesteckt, der jedes Mal, wenn sie die Gabel in die Erde schob, leicht zur Seite wippte. Sie musste förmlich glühen – Isobel hatte die Hitze schon gespürt, als sie noch ruhig in dem kühlen Cottage saß.

»Bei dem Wetter müssen Sie ja fast schon durchgebraten sein«, sagte sie. »Kann ich Ihnen ein Glas Wasser oder was anderes holen?«

Clara richtete sich auf und zeigte auf eine leere Wasserflasche, die ein Stück entfernt auf dem Weg stand. »Ich hab heut Morgen zwar dran gedacht, die Flasche mitzunehmen«, erwiderte sie grinsend, »aber ich fürchte, das Wasser hat nicht lange gereicht. Ich hätte sehr gern noch was, wenn's keine Umstände macht.«

Isobel nahm die leere Flasche, ging zurück zum Cottage und füllte sie mit Wasser. Sie brachte sie Clara, die noch immer die Gabel in den Boden stieß. Aus der Nähe stellte Isobel fest, dass Clara nicht nur die Erde auflockerte, sondern haufenweise Zwiebeln zutage förderte. Isobel reichte ihr das Wasser und beobachtete, wie Clara die Flasche an die Lippen setzte und sie in einem Zug halb leer trank.

Sie grinste. »Schon besser. Man merkt gar nicht, wie durstig man ist, bis man aufhört zu arbeiten und darüber nachdenkt, oder? Aber ich will mich nicht über die Hitze beschweren, sie wird bei meinen *Allium cepa* Wunder wirken.«

»Ihren was?«

»*Allium cepa*«, wiederholte Clara. »Oder schlichtweg *Zwiebeln.*« Sie musterte Isobel mit zusammengekniffenen Augen. »Wissen Sie, ich brauche die Sonne, damit das Beet trocknet, und je länger es warm bleibt, desto besser. Je trockener sie werden, desto länger halten sie. Und Trixie wird in den kommenden Monaten eine Menge Zwiebeln brauchen.«

Isobel runzelte die Stirn. »Das wusste ich gar nicht«, gestand sie. »Ich dachte, man gräbt sie einfach aus, und schwupp kann man sie verwenden.« Sie sah sich um. »Hier gibt's ziemlich viel zu tun, was?«

»Stimmt, aber ich liebe das – jeder Tag bringt etwas anderes. Wenn ich hier fertig bin, knipse ich die überflüssigen Triebe meiner Tomatenpflanzen ab, dünge meine Paprikapflanzen, und ich muss fürs nächste Frühjahr Kohl aussäen.«

»Herrje, und ich dachte, *ich* hätte alle Hände voll zu tun.«

Clara bückte sich und zog die freigelegten Zwiebeln aus dem Boden, schüttelte die Erde davon ab und legte sie dann beiseite. »Also, ich könnte das nicht, was Sie machen«, meinte sie. »Ich hab überhaupt keine kreative Ader.«

»Das sagen die meisten Leute von sich.« Isobel lächelte. »Aber Sie wären überrascht. So ziemlich jeder mag Musik, und mit ein wenig Anleitung können die meisten ganz gut spielen und Noten erkennen. Obwohl das natürlich nicht für *alle* Menschen gilt, das geb ich gern zu.«

Clara lachte. »Ich denke, ich gehöre zu den Ausnahmen«, meinte sie. »Ich schätze, mit der Musik ist es wie mit allem anderen – es gibt viel zu lernen, aber wenn man die Grundlagen beherrscht, kann man darauf aufbauen. Beim Gärtnern ist es genauso. Die Leute fragen mich immer, wie ich mir bloß all die Namen für die einzelnen Pflanzen merken kann oder was sie mögen und was nicht. Aber wenn man sich für etwas interessiert, will man instinktiv mehr darüber erfahren. Dann kommt das einfach mit der Zeit. Bis es zu einem Teil von einem geworden ist, ohne dass man's überhaupt bemerkt hat.«

»Da haben Sie wohl recht«, erwiderte Isobel nachdenklich. »Aber Musik ist sehr strukturiert. Sie hat ihre Wurzeln in der Mathematik. Und obwohl es bei jedem bestimmten Instrument Abweichungen gibt – je nachdem, wo man es spielt, wie man es spielt und sogar abhängig vom Instrument selbst –, weiß man im Großen und Ganzen immer, was dabei rauskommt.« Sie starrte auf den Zwiebelhaufen neben Clara. »Wenn ich spiele, entscheide *ich* darüber, wie etwas klingt. Und genau so ist es dann. Aber wenn Sie etwas anbauen, können Sie sich doch bestimmt nie sicher über die Ergebnisse sein. Funkt Ihnen Mutter Natur nicht ab und zu dazwischen?«

»Oh doch, das tut sie. Manchmal kommt sie mir wie die unglaublichste Frau aller Zeiten vor, unheimlich großzügig und in der Lage, aus fast nichts etwas zu erschaffen. Dann habe ich größte Ehrfurcht vor ihr.« Kurz verstummte Clara, stach die Gabel in die Erde und richtete sich auf. »Natürlich wünsche ich sie auch manchmal zum Teufel. Zu heiß, zu kalt, zu nass, zu trocken. Und dann, gerade wenn man denkt, alles würde nach Plan laufen, schickt sie Horden garstiger Insekten, die sich durch alles fressen, was man angebaut hat.«

Sie stupste den Zwiebelhaufen neben ihr mit dem Fuß an und bückte sich, um eine Zwiebel aufzuheben. Sie grinste. »Und dann wieder gibt es Zeiten, da läuft zwar alles nach Plan, trotzdem schleicht sich ein kleiner Tunichtgut wie der hier ein.« Sie streckte die winzige hellbraune Kugel vor, die klein und schrumpelig aussah, völlig anders als ihre perfekt geformten Gefährten. Clara zuckte mit den Schultern. »Aber ich muss zugeben, einem Teil von mir gefällt sogar das.« Sie lächelte verlegen. »Ich neige dazu, Außenseiter zu unterstützen.«

Isobel zuckte zusammen, als sie das traurige kleine Gewächs in Claras Hand betrachtete. »Ich bin mir nicht sicher, ob ich damit klarkommen würde«, sagte sie. »Ich mag es, wenn sich alles so entwickelt, wie ich es will. Mit der einen oder anderen Einschränkung … natürlich gibt es immer Nuancen. Aber bei der Musik ist das Endergebnis entweder richtig oder falsch. Und wenn eine Note falsch ist, wird das weder von einem selbst noch vom Publikum geduldet.«

Clara sah sie einen Moment lang an. »Wie, auch wenn jemand mit Herzblut gespielt hat?«, fragte sie schließlich. »Das klingt nicht sehr nachsichtig. Ich würde viel lieber Leuten zuhören, die mit ganzer Seele spielen, auch wenn sie ein paar Töne nicht ganz treffen, als jemandem, der perfekt, aber ohne Gefühl spielt. Stellen Sie sich nur vor, wie leblos das klingen würde.«

»Ich bin mir nicht sicher, ob ich verstehe, was Sie meinen.« Allmählich fühlte sich Isobel ziemlich unbehaglich. »Es ist fast, als würden Sie sagen, dass es keine Rolle spielt, wie gut die Musik ist. Aber wenn ich nicht richtig spiele, ist die Musik einfach falsch, sie klingt nicht gleich. Das kann es doch nicht sein, was das Publikum will.«

»Nein, das habe ich nicht gemeint«, erwiderte Clara und schaute etwas verlegen drein. »Und natürlich wäre jemand, der auf Ihrem Niveau spielt, auch technisch brillant. Aber wenn das Publikum sieht und hört, dass jemand alles von sich – all seine Emotionen – in die Musik einbringt, stelle ich mir vor, dass sich der Auftritt dadurch noch besonderer anfühlt. Genau wie bei meinem Gemüse und mir.«

»Aber ich … das ist nicht, was ich …« Isobel brach ab, denn sie wusste wirklich nicht, was sie noch sagen sollte. Sie starrte Clara an. Diese Frau war nicht der erste Mensch, der so etwas zu ihr sagte. Und jedes Mal wusste Isobel tief in ihrem Inneren, dass es vollkommen logisch war. Deshalb fiel es ihr so schwer zu verstehen, warum ihr das nie jemand gesagt hatte, als sie jünger gewesen war. All die Stunden, die sie geübt, dieselben Stücke wieder und wieder gespielt hatte – dabei war es immer nur um ihre Technik gegangen. Das war das einzig Wichtige. Jede Note musste perfekt sein. Gefolgt von der nächsten perfekten Note am perfekten Platz und zum perfekten Zeitpunkt. Den Menschen war nie bewusst, wie schwierig es war, das zu erreichen. Um Emotionen ging es dabei nie. Wie hätte das auch sein können, wenn dabei Gefühle einfließen würden? Wenn sie Isobel vergessen ließen, was Perfektion war? Und nach Perfektion strebte sie. Perfektion hatte sie immer gewollt – und man hatte ihr eingebläut, diese zu liefern.

Sie spürte, wie ein unangenehmes Frösteln durch ihre Magengrube flatterte, dennoch schenkte sie Clara ein breites Lächeln. »Oh ja, da haben Sie natürlich völlig recht.«

»Vielleicht mag ich deshalb meinen Garten so sehr«, sagte Clara. »Er ist voll von vielen verschiedenen Persönlichkeiten, genau wie Musikstücke. Sonnenblumen sind extrovertiert. *Sieh mich an, ich bin unglaublich!*, rufen sie. Die Bergastern sind freundlich. Sie sehen mich immer an, als würden sie lächeln und dazu in einen Brise mit den Köpfen nicken. Die Pfingstrosen sind sinnlich, satt und berauschend, während die Rosen viel zurückhaltender sind, wie schüchterne Debütantinnen.«

Isobel ließ den Blick durch den Garten schweifen. Sie konnte all die Blumen sehen, die Clara erwähnt hatte. Und ja, die Köpfe der Bergastern nickten sanft, und die Farben der Pfingstrosen bildeten einen schönen Kontrast zu den Rosen. Trotzdem waren sie alle unbestreitbar Blumen. Aber Isobel konnte keine eigenen Persönlichkeiten entdecken – Unterschiede schon, doch die beschränkten sich auf Größe, Form und Schattierungen. Und erst recht konnte sie nicht nachvollziehen, was sie mit Musik zu tun haben sollten.

Sicher, sie hatte Lieblingsstücke, manche schnell, manche langsam. Einige technisch anspruchsvoll, andere weniger. In der Regel vermittelten ihr die schwierigeren Stücke die erfüllendsten Erfolgserlebnisse. Aber konnte man sagen, dass sie eine eigene Persönlichkeit besäßen? Isobel überlegte kurz. Es musste wohl so sein. Jedenfalls konnten sie zweifellos ihre eigene Stimmung ändern, wenn sie die Stücke spielte. Also lag es nahe, dass ihr Publikum beim Zuhören genauso empfinden würde. Allerdings schockierte sie die Erkenntnis, dass niemand ihr beigebracht hatte, auf diese Weise zu spielen. In ihren Augen war ein Auftritt dann gut, wenn sie perfekt spielte. Nicht mehr und nicht weniger. Sie hatte nie einen Gedanken an die Stimmung und die Emotionen der Menschen verschwendet, die ihrer Musik lauschten. Die Worte unzähliger Kritiker zogen wie in ihren schlimmsten Albträumen durch ihren Kopf. Die plötzliche Kälte in ihrem Inneren ließ sie trotz der Hitze erschauern.

Isobel war nach draußen gegangen, weil sie gedacht hatte, die Pause würde ihr guttun. Sie sollte ihr eine Auszeit von den Gedanken verschaffen, die sich in ihrem Kopf drängten. Stattdessen warf sie *noch mehr* Fragen auf. Obendrein Fragen, auf die sie keine Antworten hatte. Es war nicht Claras Schuld. Der Garten war wunderschön, und Isobel erkannte durchaus echte Leidenschaft für etwas, wenn sie welche sah. Bei einer anderen Gelegenheit hätte sie vielleicht genau das gebraucht. An diesem Tag jedoch konnte selbst die unbeschwerte Unterhaltung mit Clara nichts daran ändern, wie sie sich fühlte.

Sie plauderten noch ein paar Minuten und schlenderten über den Weg entlang zurück bis zu der Stelle, an der Clara ursprünglich gegraben hatte. Ein Blick auf die Uhr bestätigte, dass Trixie bald mit dem Mittagessen auftauchen würde. Sowohl das als auch die Arbeit, die Clara noch zu erledigen hatte, verschaffte Isobel eine gute Ausrede, um zum Cottage zurückzukehren. Sie winkte zum Abschied, ein bisschen traurig darüber, dass sie erleichtert war, die Tür hinter sich zu schließen.

Eine Weile verharrte sie mitten im Wohnzimmer. Über den Monitor des Computers zogen die Zufallsmuster des Bildschirmschoners. Aber sie wusste, sobald sie die Maus bewegte, würde ihre Arbeit so erscheinen, wie Isobel sie zurückgelassen hatte. Sie nahm ihre Kopfhörer und wechselte sie von einer Hand zur anderen, während sie im Zimmer auf und ab lief. Am Morgen hatte sie angefangen, den Eröffnungssatz des Stücks auszugestalten, an dem sie arbeitete. Dass sie dabei nur mühsam vorangekommen war, hatte sie ihrer allgemeinen Zerstreutheit zugeschrieben. Mittlerweile begann sie, sich zu fragen, ob das gar nicht das wirkliche Problem war. Hatte sie sich von Anfang an bloß eingeredet, ihre Komposition wäre gut, obwohl sie tief in ihrem Inneren wusste, dass es nicht stimmte? Die Pause im Garten hatte ihr vor Augen geführt, dass sie gar nicht zerstreut, sondern verblendet gewesen war. Sie hatte an etwas geschuftet, von dem sie unterschwellig gewusst hatte, dass es mangelhaft war. Der Gedanke, es sich noch einmal anzuhören, erfüllte sie mit Beklommenheit. Sie zog den Schreibtischstuhl zurück und setzte sich.

Sie holte tief Luft, legte die Hand auf die Maus und ließ nach wenigen Klicks die Musik abspielen. Isobel saß ganz still, schloss die Augen und konzentrierte sich darauf, was sie hörte: das Muster der Noten, das Tempo, das An- und Abschwellen und die Flüssigkeit des Tons. Das Stück war fünf Minuten lang, und sie lauschte, atmete dabei kaum. Statt das Gehörte aus der Sicht einer Musikerin zu interpretieren, versuchte sie, es so zu hören, als säße sie im Zuschauerraum.

Noch vor der Hälfte des Stücks erhielt sie ihre Antwort. Sie hatte die Musik bewusst anspruchsvoll gestaltet. Sie zielte darauf ab, ihr Können als Komponistin zu zeigen. Und sie wusste, bei einer Live-Aufführung könnten dem Stück abgesehen von ihr selbst nur wenige Musiker gerecht werden. Es sollte eine Komposition werden, die man begeistert aufnehmen würde. Ein Stück, das ihre Kritiker ein für alle Mal zum Schweigen brächte. Nach einer so langen Abwesenheit aus der Musikszene würden die Menschen danach verlangen, etwas Grandioses von ihr zu hören, ein Originalwerk, das alles andere übertraf. Und Isobel war fest entschlossen gewesen, genau das zu liefern.

Nur war ihr das nicht gelungen. Ihre Musik erzählte keine Geschichte, besaß keine Persönlichkeit. Im Gegensatz zu den lebhaften Farben in Claras Garten wirkte das Ganze trist und leblos.

Kapitel 8

Ein herrlicher Wohlgeruch erfüllte die Abendluft, als Isobel zu der Bank hinüberging. Sie erkannte diesen besonderen Duft nicht. Der Garten war voller Blumen, und er konnte von praktisch jeder Blüte ausgehen. Es dämmerte schon, doch im Hochsommer war es auch um diese Zeit noch warm. Nun lag der längste Tag des Jahres hinter ihnen, und Isobel war ein bisschen traurig darüber, dass es bald früher dunkel werden würde. Allzu nah waren die düsteren Herbst- und Wintertage, und sie hatte keine Ahnung, wo sie dann sein oder was sie tun würde. Sie seufzte.

Auch Clara hatte den langen Tag genutzt. Sie hatte gewartet, bis die heiße Sonne aus dem Garten verschwunden war, bevor sie die Pflanzen und Blumen goss, die nahezu jeden Quadratzentimeter des Bodens bedeckten. Isobel hatte vom Fenster aus gesehen, wie sie etwa eine Stunde lang die Wege auf und ab gewandert war. Inzwischen jedoch war sie gegangen. Isobel sah Wassertröpfchen auf den Blättern um sie herum glitzern. Sie wäre gern schon früher herausgekommen, um noch einmal mit der freundlichen Gärtnerin zu sprechen, aber sie hatte nicht gewusst, was sie sagen sollte, deshalb war sie im Haus geblieben. Vielleicht würde sie an einem anderen Tag den Mut dazu aufbringen.

Nun saß sie einfach da und lauschte den Gesängen der Vögel. Ihre rechte Schulter schmerzte, eine Folge der Anspannung, mit der sie den ganzen Nachmittag über gespielt hatte. Sie hatte sich nicht mit ihrer Komposition, sondern mit einem ihrer Übungsstücke befasst und versucht, die Musik und die darin enthaltenen Emotionen zu analysieren, doch in jeder

Pause hatten sich ihre Gedanken in den Vordergrund gedrängt. Am Ende hatte sie sich in Wut hineingesteigert und viel zu aggressiv gespielt, was sie kein bisschen weitergebracht hatte. Sie hatte weder gut gespielt noch erreicht, was sie sich vorgenommen hatte. Der ganze Tag war vergeudet. Zeit, die zu verlieren sie sich kaum leisten konnte. Um ihre Frustration loszuwerden, hatte sie nach dem Abendessen lange geduscht und eine Weile gelesen, aber nun stand ihr garantiert eine Nacht bevor, in der sie sich unruhig hin und her wälzen würde. Und sie wusste nicht, was sie mit sich anfangen sollte.

Hinter ihr ertönte ein lautes Klimpern. Erschrocken wirbelte sie herum. Tom bahnte sich mit dem Handy am Ohr den Weg quer durch den Garten. An der Art, wie er ging, merkte sie, dass er keine Ahnung von ihrer Anwesenheit hatte.

»Tom Hollingsworth«, meldete er sich.

Isobel versuchte, sich auf der Bank noch kleiner zu machen.

Stirnrunzelnd hielt er inne. »Ah, hallo. Ja, ich hab Ihre Nachricht erhalten. Wie kann ich Ihnen helfen? Nein, daran liegt's nicht, ich ... Wenn Sie's mir jetzt sagen, kann ich vielleicht morgen vorbeischauen und einen Blick drauf werfen. Oh, verstehe ...«

Tom beendete den Anruf, holte mit dem Fuß aus und trat zornig in den Boden, bevor er in Isobels Richtung stürmte. »Mist!«, fluchte er laut.

Sie sah genau, wann er sie bemerkte. Eine Sekunde lang dachte sie, er würde geradewegs an ihr vorbeimarschieren. Dann jedoch blieb er stehen und streckte sein Handy aus, um ihre Aufmerksamkeit darauf zu lenken.

»Sorry«, sagte er. »Hab gerade 'nen Auftrag verloren. Einen großen.«

»Oh ... Ich wollte nicht lauschen, aber es ging nicht anders. Tschuldigung.«

Tom stieß einen Seufzer aus. »Ich glaub, ich hab laut genug gebrüllt, dass es jeder hören konnte. Sie können nichts dafür. Tatsächlich ist es absolut, ganz und gar zu hundert Prozent meine eigene Schuld. Ich hätte schon vor Tagen zurückrufen sollen, hab's aber vergessen. Also hat sich der mögliche Kunde jemand anderen gesucht.«

»Ah.«

»Ja … ein lausiger Abschluss für einen lausigen Tag.« Tom ließ sich neben sie auf die Bank plumpsen. Fast sofort sprang er wieder auf. »Sorry, Sie können das wohl gerade auch nicht brauchen, was?« Er wandte sich zum Gehen.

»Warten Sie, Tom. Was meinen Sie?«

Isobel sah, wie er zögerte. »Das Stück von Tschaikowsky. So hab ich das noch nie gehört. Was haben Sie da vorhin bloß *gemacht?*« Fragend blickte er sie an. »Obwohl ich Ihr Engagement bewundere, das muss ich zugeben. Ich meine, Sie haben es wieder und wieder ermordet …«

Isobel spürte, wie ihr das Blut in die Wangen schoss. Wie konnte er es wagen, ohne die geringste Ahnung, womit sie zu kämpfen hatte? Während er keine wirklichen Sorgen hatte und einfach den ganzen Tag lang auf einem verfluchten Dach in der Sonne saß!

»Tut mir leid, ich hab ja schon gesagt, dass Sie das nicht brauchen, und ich hatte recht.« Er ließ den Kopf hängen. »Ich lasse Sie in Frieden. Gute Nacht, Isobel.«

Sie betrachtete seine müden Augen, seine Haare, die ihm zu Berge standen. Selbst im schwindenden Licht konnte sie sehen, dass sein Gesicht viel zu blass war. Isobel senkte den Kopf.

»Nein, *mir* tut's leid. Ich merke, dass Sie auch keinen tollen Tag hatten.« Sie rutschte auf der Bank zur Seite und wartete, während er wieder Platz nahm. Einige Sekunden lang saßen sie schweigend da.

»Eigentlich hab ich nicht versucht, die *Musik* zu ermorden …«

»Ah, dann also *jemanden* oder *etwas?* Einen Ex-Mann vielleicht? Einen eifersüchtigen Freund?«

»Wohl eher meine Mutter.«

Er nickte, schien über ihre Worte nachzudenken, schwieg jedoch.

»Also hatten Sie auch einen harten Tag?«

Er rieb sich das Kinn. »Hab mich bloß nicht so gut gefühlt, das ist alles. Normalerweise empfinde ich die Arbeit nicht als Arbeit, falls Sie verstehen, was ich meine. Aber heute war's ein bisschen zäh.«

Sie wies mit dem Daumen über die Schulter auf das Cottage hinter ihr. »Aber es ist sehr spät. Das finde ich ziemlich engagiert, vor allem, wenn Sie sich nicht wohlfühlen.«

Tom lächelte. »Leider nicht oft genug engagiert, deshalb der verlorene Job. Und nein, ich hab nicht eben erst Schluss gemacht. Nach dem Abendessen war ich ausgiebig spazieren. Ich muss den Kopf freibekommen, bevor ich auch nur dran denke, nach Hause zu gehen.«

»Und ich bin hier draußen, weil ich zu vermeiden versuche, wieder reinzugehen …« Sie zuckte mit den Schultern. »Was sollen wir machen? Die ganze Nacht hier draußen sitzen?«

Tom betrachtete die Bank und das weiche Gras davor. »Ich nehme den Boden«, verkündete er.

Isobel erwiderte sein schiefes Lächeln. Einige Herzschläge lang herrschte Stille, bevor Tom weitersprach.

»Tatsächlich bewundere ich *Ihr* Engagement«, gestand er. »Obwohl Sie frustriert waren, haben Sie das Stück bestimmt … wie oft gespielt? Zwanzigmal? Dreißigmal?«

»Ich zähle nie mit«, erwiderte Isobel. »Sonst wird man wahnsinnig. Ich mache einfach so lange weiter, bis ich entweder zufrieden bin oder zumindest das Gefühl habe, genügend Fortschritte gemacht zu haben.«

»Und was war das Problem?«

Sie starrte in den Garten. Vermutlich war es nicht klug, darüber zu reden. Andererseits war es sehr lange her, dass sie überhaupt in der Lage war, sich jemandem mitzuteilen.

»Komischerweise war nicht Tschaikowsky das Problem. Eigentlich hätte das Stück viel mehr ein Teil der Lösung sein sollen … nur hat das nicht geklappt.« Sie schob sich die Haare hinter die Ohren. »Mit der Komposition, an der ich arbeite, komme ich nicht recht voran. Das macht mich ziemlich fertig.«

»Wegen des Abgabetermins?«

Sie nickte.

»Ich hab auch einen Termin«, verriet er ihr. »Knifflige Sache, so 'ne Deadline. Je mehr man grübelt, desto schlimmer wird es, bis man an nichts anderes mehr denken kann. Da kann man's genauso gut gleich ganz aufgeben.« Er seufzte. »Ich bin vielleicht nicht besonders gut geeignet, um Ratschläge zu geben. Aber wenn Sie trotzdem einen hören wollen: Ich würde versuchen, den Termin eine Zeit lang zu vergessen. Machen Sie was anderes, gehen Sie spazieren oder so. Egal was. Aber lernen Sie, Pausen einzulegen und Ihr eigenes Tempo zu finden. Dann haben Sie die Chance, doch noch rechtzeitig fertig zu werden.«

»Aber was, wenn nicht?«

Plötzlich lächelte er. »Wie ich sehe, haben Sie auf Anhieb den fatalen Fehler in meinem Plan erkannt.« Er zuckte mit den Schultern. »Hab Ihnen ja gesagt, dass ich nicht wirklich gut im Ratgeben bin. Trotzdem glaub ich, dass Sie's schaffen werden. Ich hab nämlich den Eindruck, Sie sind ziemlich …«

»Besessen?«

Er antwortete nicht sofort.

»Ich wollte engagiert sagen. Aber wenn Sie meinen, Sie

wären besessen: Sagt Ihnen das nicht etwas? Ich glaube jedenfalls, dass ich mir das eine oder andere von Ihnen abschauen könnte«, sagte er. »Ich gebe nämlich zu leicht auf. Das mit dem Auftrag vorhin ist das beste Beispiel dafür. Ich hätte die Leute nur zurückrufen müssen. Aber ich hab's immer wieder vor mir hergeschoben, mir eingeredet, ich wäre zu beschäftigt und würd's am nächsten Tag tun. Was ich dann natürlich nicht getan hab. Und was ist dabei rausgekommen? Sie haben den Auftrag mit Recht an jemand anderen vergeben.«

»Und ich sollte mir vielleicht in der Hinsicht eine Scheibe von Ihnen abschneiden, dass ich lernen muss, wann es genug ist. Wann ich spazieren gehen sollte oder so. Wann ich irgendwas anderes tun sollte, als meine Geige zu martern.« Isobel verzog das Gesicht. »Mir bleiben noch etwas mehr als vier Wochen bis zum Ende des Sommers. Bis dahin muss mein Meisterwerk fertig sein.« Sie hob die Augenbrauen. »Und Sie haben bis zum Ende des Sommers, um das Dach fertig zu bekommen. Bis dahin sollte das Cottage bezugsfertig sein. Was halten Sie hiervon? Ich helfe Ihnen, ein strammeres Regiment zu führen, und Sie helfen mir, mehr Ausgeglichenheit in meinem Leben und eine kleine Perspektive für meine Komposition zu finden.«

Er wollte etwas erwidern, aber dann huschte ein skeptischer Ausdruck über seine Züge. »Mal sehen, ja? Ich geb nicht gerne Versprechen ab, die ich nicht halten kann, Isobel. Aber überlegen Sie mal, ob sie mich zu Lilys Konzert begleiten. Täte Ihnen vielleicht gut, mal ein bisschen rauszukommen und zur Abwechslung anderen beim Spielen zuzuhören. Ich kann nicht garantieren, dass die Musik viel taugen wird, aber ein gutes Kinderkonzert mag doch jeder, oder?«

Bei dem Gedanken daran drehte sich ihr der Magen um. »Danke.« Sie lächelte. »Ich denk drüber nach.«

Kapitel 9

»Tom, könntest du mir wohl auch ein bisschen was von deinem Gesicht zudrehen? So knackig dein Hintern auch ist, ich bekomme nur Fotos von deinem Allerwertesten.«

»Und was ist daran verkehrt? Ich dachte, du willst Gäste anlocken.«

Maddie ließ die Kamera sinken und lachte. »Ich hoffe doch, die Leute kommen wegen der Unterkunft und nicht, um deine Unterwäsche zu bestaunen.«

Tom hob ein weiteres Strohbündel an und setzte es an seinen Platz. »Warum machst du dann Bilder von mir? Schon klar, ich bin unheimlich fotogen, aber …«

»Die sind für die Website«, erklärte Maddie. »Ich will so bald wie möglich Detailaufnahmen von diesem Cottage. Wenn alles nach Plan verläuft, kann ich Buchungen für Ende August annehmen, und die will ich mir nicht entgehen lassen.«

Tom dachte an seine letzte Unterhaltung mit Isobel, bevor er antwortete. »Dann solltest du besser um gutes Wetter beten«, gab er zurück. »Es ist schon viel zu lange schön gewesen. Das macht mich nervös.«

»Und das ist das Einzige, was uns einen Strich durch die Rechnung machen könnte?«

Es war eine berechtigte Frage. Tom war gelegentlich alles andere als zuverlässig gewesen. Aber die Tatsache, dass Maddie meinte, die Frage stellen zu müssen, traf ihn trotzdem.

»Ja, sofern ich nicht vom Dach falle – und das hab ich nicht vor«, fügte er hinzu. Er bemerkte den Ausdruck in ihrem Gesicht. »Aber im Ernst: Im Moment sieht die Prognose noch gut aus, nur kann der August ein launischer Monat sein. Ich werd tun, was ich kann.«

»Ich weiß, Tom, ich weiß.« Maddie lächelte. »Gib mir vorerst mal dein bestes *Seht-her-ich-bin-umwerfend*-Grinsen, dann verewige ich dich auf der Website.«

Tom kam ihrer Aufforderung nach, spielte bei dem Spaß mit. Seth mochte er sich geöffnet haben, aber niemand sonst auf Joy's Acre wusste über seine Kämpfe in der Vergangenheit Bescheid. Und vorerst wollte er es gern so belassen. Sein Aussehen und sein Liebesleben boten Anlass für so manchen Scherz. Allerdings wusste nur Seth, warum Tom nie jemanden nahe an sich heranließ. Oder warum ihm das Flirten, die Witze und die Reihe von One-Night-Stands als perfekte Tarnung dienten. Aber was war er doch für ein Idiot! Erst gestern hatte Tom gegenüber Seth beteuert, er wolle nichts mehr mit Isobel zu tun haben. Trotzdem hatte er sich am Abend mit ihr auf etwas eingelassen, auf dem in großen Lettern potenzielle Katastrophe geschrieben stand.

Isobel war schön und klug. Und er hatte genug gesehen, um zu wissen, dass sie ihm tatsächlich mühelos unter die Haut gehen könnte. Und wenn ihr das allmählich gelänge, würde nach und nach die Wahrheit ans Licht kommen. Und Tom würde sich damit auseinandersetzen müssen. Das Problem war: Isobels Vorschlag, sich gegenseitig zu helfen, schien die perfekte Lösung für die Situation zu sein, in der sie sich beide befanden. Sie hatte offensichtlich mit ihrer Komposition zu kämpfen, und er hatte so viele Jahre ohne eine echte Richtung in seinem Leben verbracht. Eine Veränderung war längst überfällig. Er wandte seine Aufmerksamkeit wieder Maddie zu.

»Nichts für ungut, Mads, aber solltest du nicht auch Fotos vom Inneren des Hauses schießen? Nur für den Fall, dass die Leute doch mehr als meine blonde, blauäugige Schönheit bewundern wollen.«

Maddie streckte ihm die Zunge heraus. »Genau das hatte ich vor«, sagte sie, »obwohl ich allmählich anfange, es zu bereuen … Weißt du noch, wie wir beschlossen haben, dass jedes Cottage einen Namen haben sollte, das an die viktorianische Farm erinnert? Tja, das hier ist offensichtlich das *Thatcher's Cottage*, die Dachdeckerhütte. Und da wir schon die Geschichte haben, wie Joy's Acre zu seinem Namen gekommen ist, dachten wir, es wäre ein interessanter Aufhänger für die Website, wenn wir die Renovierung jedes Häuschens vom Anfang bis zur Fertigstellung dokumentieren. Wir können auch unsere Ideen für die Einrichtung und die Dekoration einbauen, so wie wir's beim *Gardener's Cottage* gemacht haben, der Gärtnerhütte, in der Isobel jetzt wohnt.«

»Und haben wir denn schon Ideen für die Innenausstattung?«, fragte Tom mit hochgezogenen Augenbrauen.

»Ja, die haben wir tatsächlich, ich jedenfalls.«

Tom liebte es, Maddie aufzuziehen. »Du bist ja so schlau.« Er lächelte spöttisch.

»Ist mein Job«, erwiderte sie spitz.

»Ach, tatsächlich?«, gab er zurück und sah sie mit schiefgelegtem Kopf an.

Da setzte sie ein strahlendes Lächeln auf, das ihr gesamtes Gesicht erhellte, und sogar oben auf dem Dach konnte Tom erkennen, dass sie rot wurde. »Na schön, ich geb zu, inzwischen ist es wohl etwas mehr als das …«

»Dann bin ich ja beruhigt. Und niemand verdient es mehr als du.«

Ihre Beziehung mit Seth stand zwar noch am Anfang, aber Tom hatte seinen Freund nie glücklicher erlebt. Nun, zumindest seit langer Zeit nicht mehr. Als Maddie damals auf der Farm ankam, hatte Seth ihr das Leben ziemlich schwer gemacht. Die letzten Jahre waren auch für ihn hart gewesen, und zuerst hatte er sie als lästigen Eindringling betrachtet. Dabei hatte sich Maddie als der helle Funke erwiesen, den sie alle gebraucht hatten, um die Vision von Joy's Acre zu verwirklichen, die Seth immer vorgeschwebt hatte. Und so, wie Maddie in den Bann dieses Ortes geraten war, hatte Seth keine Chance gehabt und war Maddies Zauber erlegen.

Tom schaute hinaus über die Felder, die sich hell in der Morgensonne abzeichneten, und dachte an Isobels Worte vom Vorabend. Er konnte sich glücklich schätzen, eine Arbeit zu haben, die er liebte. Wenn man allerdings bedachte, wie lustlos er sein Geschäft führte, würde man kaum darauf kommen.

»Du, Maddie«, begann er. »Ich wollte dich was wegen der Website fragen. Aber nur, wenn du versprichst, nicht zu lachen.«

Sie hatte die Kamera gezückt, um ein weiteres Foto aufzunehmen, ließ sie nun aber wieder sinken. »Schieß los«, sagte sie und schaute zu ihm hoch. »Ich versprech's.«

»Also, ich denk da schon 'ne Weile drüber nach, weil ich ja auch älter werde und so. Jedenfalls hab ich mich gefragt, ob ich eine eigene Website haben sollte.« Er verzog das Gesicht. »Ich weiß, ist eine ziemlich radikale Idee für mich. Und ich geb gern zu, dass ich ein lausiger Geschäftsmann bin. Aber vielleicht sollte ich versuchen, mich zusammenzureißen und wenigstens nach außen so wirken, als wäre ich ein seriöser Dienstleister.«

Tom rechnete zwar nicht damit, dass sie ihn auslachte, sehr wohl jedoch, dass sie seine Frage mit einer gewissen Leichtigkeit abtun würde. Der Nachteil, wenn man immer den Narren spielte, war nun mal, dass man unweigerlich nicht ernst genommen wurde. Maddie sah auf die Uhr, bevor sie wieder zu ihm hochschaute.

»Hast du Zeit für eine Pause?«, fragte sie zu seiner Überraschung. »Ich könnte dir jetzt gleich was zeigen, wenn du willst. Zumindest die Möglichkeiten, die es gibt.«

Er schluckte, fühlte sich leicht nervös und schaute vermutlich wie ein Vollidiot drein. Aber vielleicht stimmte das alte Sprichwort ja: *Was du heute kannst besorgen, das verschiebe nicht auf morgen.* Prompt befreite er sich von seinen Knieschonern.

»Bin gleich unten bei dir«, sagte er.

***

Als Tom mit zwei Bechern Kaffee im Arbeitszimmer im Haupthaus erschien, hatte Maddie bereits den Computer hochgefahren. Sie betrachtete eine Seite mit den Ergebnissen einer Suchmaschine. Er stellte die Becher auf einem Stück Papier ab und zog sich einen Stuhl neben sie.

»Was ist das?«, fragte er.

»Ich sehe mir gerade deine Konkurrenz an«, erklärte sie und klickte auf einen Link. Es wurde eine Seite angezeigt, die sogar für Tom äußerst laienhaft aussah. Prüfend blickte er auf den Bildschirm.

»Aye, *Farmer & Sons*«, sagte er. »Ich weiß, dass es die gibt, hab aber noch nicht viel über ihre Arbeit gehört. Die sitzen drüben in Hereford, vielleicht ein bisschen zu weit weg, als dass ich hier irgendwas darüber erfahre.«

Maddie nickte und klickte erneut mit der Maus, kehrte zu den Suchergebnissen zurück.

»Und was ist mit denen?«

Die Website sah äußerst schick aus, mit beweglichen Bildern, die quer über den Bildschirm ein- und ausgeblendet wurden.

»Ja, die kriegen viele Aufträge, aber die Firma ist landesweit tätig.« Tom zeigte auf den unteren Rand des Bildschirms. »Siehst du? Das ist eine Adresse in Shropshire, aber sie arbeiten auch in den meisten Bezirken in der Umgebung. So was kann ich nicht leiden.«

»Aber sind sie erfolgreich?«

»Wahrscheinlich. Und sie haben ja auch eine Website mit allem Drum und Dran. Könnte mir vorstellen, das lockt Kundschaft an.«

»Schon möglich«, erwiderte Maddie. »Obwohl ich persönlich finde, sie ist ein bisschen zu … wie beschreib ich's am besten? Unpersönlich? Protzig? Zu viel Design, zu wenig Substanz. Sagt nicht viel über die Leute aus, die für die Firma tätig sind. Oder darüber, ob es lokale Handwerker sind, die für Menschen aus der Umgebung arbeiten. Wenn ich auf der Suche nach einem Dachdecker wäre, würde ich, glaub ich, wissen wollen, wer für mich arbeitet und was für eine Beziehung die Leute zur Region haben.«

Tom zuckte mit den Schultern. »Das liegt vielleicht daran, dass du ein anderes Verständnis von Seriosität hast als die meisten. Viele wollen einfach nur anständig ausgeführte Arbeit zu einem günstigen Preis.«

»Kann sein. Aber vielleicht ist es eher die Frage, wen sie für verfügbar halten. Wenn sie die Wahl hätten zwischen billig und protzig oder jemandem aus der Gegend, der die Gebäude hier in- und auswendig kennt, seiner Arbeit mit Leidenschaft nachgeht und die ländlichen Traditionen hochhält, würden sich die Leute vielleicht doch für die zweite Möglichkeit entscheiden.«

Ein schiefes Lächeln kroch über Toms Gesicht. »Okay, du hast mich überzeugt«, sagte er. »Ich kann schon sehen, wie deine kleinen grauen Zellen arbeiten.«

»Worauf ich hinauswill, ist, dass ich klar vor mir sehe, wie du dir innerhalb kürzester Zeit deine eigene Website einrichten könntest. Was wir bisher angeschaut haben, war nicht besonders inspirierend, aber mit ein bisschen Nachdenken fällt dir bestimmt was ein, das dir in Zukunft bei deinem Geschäft nutzen könnte.« Maddie sah ihn von der Seite an. »Du weißt schon, dass du noch mindestens bis zum Ende des Jahrs hier genug zu tun hast, oder?«

»Ja, weiß ich. Aber was ist danach? Das ist alles noch recht vage. Ich hab mich zwar immer an den Grundsatz gehalten, dass sich schon irgendwas ergeben wird, aber was, wenn nicht? Ich möchte nicht wieder in einer Kneipe arbeiten, damit ich die Rechnungen bezahlen kann. Dafür werd ich allmählich zu alt.«

»Aber was ist mit deiner Musik?«

»Was soll damit sein?«

»Na ja, gibt's nicht eine Möglichkeit, damit mehr Geld zu verdienen, als du's jetzt tust?«

Tom starrte sie an. »Hast du uns schon mal spielen gehört?«, fragte er. »Ne, das machen wir nur zum Spaß. Die Jungs und ich hatten nie vor, was Ernsteres draus zu machen. Ich meine, nicht wie Isobel. Das ist eine völlig andere Liga.«

»Okay.« Maddie richtete die Aufmerksamkeit wieder auf den Bildschirm und lächelte. »Konzentrieren wir uns mal kurz darauf. Mit wenigen Tagen Arbeit könntest du etwas relativ Einfaches zusammenstellen. Mehr müsstest du nicht tun.«

Tom schüttelte den Kopf. »Nein, Maddie, mehr müsstest *du* nicht tun. Ich hab überhaupt keine Ahnung davon, schon vergessen?«

»Dann mach ich es für dich. Die Ideen können trotzdem deine sein – wie die Website aussehen soll, was du mitteilen willst. Der Rest ist bloß Handwerk. Mit zum Wichtigsten, was du brauchst, gehören anständige Fotos. Und mit ein bisschen Glück habe ich gerade ein paar davon geschossen.«

Sie griff nach der Kamera. »Werfen wir mal einen Blick drauf, ja?« Sie schloss ein Kabel vom Computer an die Kamera an und wartete auf die Übertragung der Bilder. »Außerdem sollten wir natürlich deine Arbeit hier auch auf der Website von Joy's Acre darstellen. Empfehlungen von Kunden sind ein tolles Marketinginstrument. Wenn du eine Website hast und wir uns gegenseitig verlinken, kommt uns das allen zugute.«

Sie trank einen Schluck Kaffee. »Tatsächlich bringt mich

das auf noch eine Idee …« Sie zog einen Block mit Haftnotizen und einen Stift zu sich, dann kritzelte sie etwas auf einen der Zettel. »In Ordnung, schauen wir uns mal die Bilder an.«

Die Fotos entsprachen überhaupt nicht dem, was Tom erwartet hatte. Oben auf dem Dach hatte er nur gesehen, wie Maddie die Kamera in seine Richtung gehalten hatte. Er hatte mit einer Reihe von Aufnahmen gerechnet, auf denen er lächelte. Stattdessen hatte Maddie – von ihm unbemerkt – den Zoom so eingesetzt, dass sie außergewöhnliche Effekte erzielt hatte.

Auf einem Foto zeichneten sich die Enden einer Strohgarbe als Silhouette vor dem strahlenden Blau des Himmels ab. Ein anderes zeigte nur seine Hand in Nahaufnahme beim Schichten des Strohs. Sogar ein Häufchen noch nicht benutzter Birkenzweige, mit denen das Stroh auf dem Dach gebunden werden würde, hatte Maddie fotografiert, und ihr Muster aus Licht und Schatten ließ das gesamte Dach lebendig wirken.

Statt nichtssagenden, eindimensionalen Ansichten brachten diese Aufnahmen das Wesen und die Bedeutung seines Handwerks zur Geltung. Die Bilder zeigten das Dach als lebendes, atmendes Gebilde, und als Maddie nacheinander durch die Fotos klickte, wirkte es, als wäre Tom der Herr darüber.

Maddie drehte den Kopf und lächelte ihn an. »Hab gelogen, dass alles Fotos von deinem Allerwertesten sind.«

»Das seh ich … Maddie, das ist brillant. Im Ernst, ich bin hin und weg von den Perspektiven und davon, wie du die Komplexität der Arbeit herausgearbeitet hast. Die Bilder sind völlig anders, als man erwarten würde. Und die willst du alle auf die Website von Joy's Acre stellen?«

»Na ja, schon, zumindest ein paar. Ich will die Geschichte zeigen, wie wir entstanden sind – und dass wir mehr sind als nur eine Gruppe von Ferienhäuschen. Ich will unseren Namen zu etwas entwickeln, das sich die Leute merken.«

Tom hatte so etwas nie auch nur in Betracht gezogen, geschweige denn, dass er sich davon hätte begeistern lassen. Nun jedoch spürte er, wie sich Interesse in ihm regte. »Kannst du mir die Website zeigen?«

Ein Mausklick, und schon war sie da. Die Farben sprangen ihm förmlich vom Bildschirm entgegen. Die Startseite der Website von Joy's Acre mutete wie ein klassisches, gerahmtes Gemälde an, als hätte es Joy höchstpersönlich gemalt. Tom hatte die Website gesehen, als Maddie sie ursprünglich zusammengestellt hatte. Er hatte nicht gewusst, dass sie immer noch daran arbeitete und schämte sich ein bisschen, weil er sich nie die Mühe gemacht hatte, die Seite noch mal aufzurufen. Er fragte sich, ob es jemand von den anderen getan hatte. Seine Hand bewegte sich zu Maddies, die auf der Maus ruhte.

»Darf ich?«, fragte er.

Sie schob ihm die Maus zu. Eine Weile klickte er von Seite zu Seite, scrollte und las, bis er alles auf sich hatte wirken lassen.

»Hast du das schon jemandem gezeigt? Seth oder den Mädels?«

Fragend sah sie ihn an. »Na ja, sicher, ihr habt es alle gesehen.«

»Nein, ich meine in letzter Zeit. Seit du die ganzen Änderungen vorgenommen hast.«

»Da gibt's nicht viel zu zeigen, ich hab bloß ein paar Kleinigkeiten hinzugefügt, das ist alles.«

Tom sah erst zum Bildschirm, dann wieder zu Maddie. »Ein paar Kleinigkeiten? Das ist nicht dieselbe Website, die du uns allen vor Wochen gezeigt hast, und sie ist verdammt genial! Woher um alles in der Welt nimmst du nur die Ideen dafür?«

»Damit verdiene ich meinen Lebensunterhalt, Tom. Na ja, habe ich zumindest, bevor ich hergekommen bin.«

»Aber das ist wie ein Sammelalbum! Es ist, als würde man sich mit einem Buch auf dem Schoß und einer Tasse Tee hinsetzen. Oder als würde man mit einem alten Freund darüber plaudern, was man so gemacht hat.«

Er klickte wieder auf die Seite des *Gardener's Cottage*. Maddie hatte vom Beginn der Arbeiten an Fotos gemacht, kleine Skizzen angefertigt und Zitate aus den Äußerungen von Leuten hinzugefügt. Irgendwie hatte sie das alles so angeordnet, dass es aussah, als wäre es in die Seiten eines Albums geklebt. Einige Bilder sahen sogar so aus, als kräuselte sich Klebeband an ihren Rändern – ein winziges Detail, durch das jedoch der Gesamteindruck lebendiger wirkte.

Eine Dokumentation ihrer Reise vom Anfang zum Ende. Und sie teilten sie mit jedem, den es interessierte, ihre Gedanken und ihre Hoffnungen für das kleine Cottage auf dem Hügel zu lesen. Wenn jemand alles zu Ende gelesen hatte, würde niemand mehr woanders übernachten wollen. Deshalb folgte unten praktischerweise eine Schaltfläche zu einem Buchungsformular. Alles unglaublich einfach, aber unfassbar brillant.

Ähnliche Seiten gab es für die Gärten. Sie zeigten Claras wunderschöne Bepflanzung mit Blumen- und Gemüsebeeten, die nebeneinander um Platz rangen. Vögel huschten von Fruchtstand zu Fruchtstand, Schmetterlinge schlürften Nektar aus den bunten Blüten. Einige Bilder zeigten, wie Sämlinge zu kleinen Pflänzchen heranwuchsen, umgebettet wurden, zu größeren Pflanzen gediehen und schließlich zwei aufkeimende Stiele mit Kirschtomaten bildeten. Auf einem weiteren Foto sah man dieselben Tomaten, mit Kräutern, Olivenöl und Pfeffer angebraten, serviert auf Bruschetta – Trixie hatte ihnen die italienischen Tomaten-Knoblauch-Brote an einem Tag zum Mittagessen aufgetischt. Es gab auch Links zu Rezepten und

Tipps nicht nur dazu, wie man Gemüse erfolgreich anbaute, sondern auch dazu, wie man es kochen und servieren konnte.

Tom war tagtäglich zur Arbeit erschienen und über die Leiter zum Dach hinaufgeklettert. Dort ließ er seine Magie an dem Stroh wirken, aus dem bald ein neues Dach entstanden sein würde. Aber selbst von seinem erhöhten Aussichtspunkt hatte er irgendwie nie das größere Bild gesehen, hatte nie wirklich verstanden, wovon er ein Teil war und was Maddie und Seth zu erreichen versuchten. Der Blick auf diese Website war eine Erfahrung, die ihn demütig werden ließ. Und er lieferte Tom alle Inspiration, die er je brauchen würde.

»Weißt du was, Maddie? Ich glaub, ich bin selbst ein klitzekleines bisschen verliebt in dich.«

Maddie grinste nur. »Heißt das: ›Ja bitte, Maddie, ich hätte zu gern, dass du eine Website für mich machst‹?«

»Bist du sicher, dass du Zeit dafür hast? Dafür musst du ja ewig gebraucht haben.«

»Nicht wirklich – wenn man das Leitmotiv mal hat und weiß, wie's gemacht wird, muss es nicht lange dauern. Und du bräuchtest ohnehin nichts so Aufwendiges wie die Website von Joy's Acre, also kann ich's problemlos unterbringen. Schreib ein paar grundlegende Informationen für mich auf, dann arbeiten wir sie gemeinsam durch.« Sie verstummte kurz, fuhr sich mit der Zunge über die Lippen und grinste keck. »Aber ich hab eine Bedingung …«

»Raus damit.«

Maddie zog eine Schublade des Schreibtischs auf und entnahm ihr ein recht großes Buch. »Das hab ich aus der örtlichen Bibliothek«, erklärte sie. »Und ein Vögelchen hat mir gezwitschert, dass du ein alter Hase darin bist, sie anzufertigen. Was gut ist, weil ich haufenweise davon brauchen werde, um das neue Cottage zu dekorieren.« Sie grinste ihn an. »Haben wir eine Abmachung?«

Tom stöhnte. »Wie könnte ich das Angebot ausschlagen?«,

meinte er schließlich, nahm das Buch und betrachtete die kunstvoll geflochtene Strohfigur auf dem Einband.

Kapitel 10

Tom rutschte auf dem harten Plastikstuhl hin und her. Der Platz zwischen ihm und der Reihe vor ihm reichte nicht annähernd für seine langen Beine. Aber er wusste, dass seine Unruhe nicht daher kam. Wieso um Himmels willen hatte er nur die Klappe so weit aufgerissen? Es war kein Wort mehr über Lilys Schulkonzert gefallen. Hätte er einfach den Mund gehalten, wäre alles in Ordnung gewesen. Aber als er Isobel an diesem Morgen im Garten begegnet war und nicht wusste, was er sagen sollte, hatte er sie gefragt, ob sie noch einmal darüber nachgedacht hätte, ihn zu begleiten. Obwohl er nicht mal wirklich wollte, dass sie mitkam. Das Konzert würde nicht das Problem sein. Aber danach wartete das Minenfeld der Unterhaltung beim Tee. Dabei würde es unweigerlich auch um Kates neuen Lebensgefährten gehen. Das würde schon für ihn allein hart genug werden, auch ohne Isobel, die er kaum kannte.

Und sie hegte offensichtlich Zweifel an ihrer Entscheidung, ihn zu begleiten. Sie hatte schon ewig gebraucht, um sich überhaupt zu einem Entschluss durchzuringen. Und natürlich hatte sich Tom durch ihr Zögern idiotischerweise verpflichtet gefühlt, sie zu ermutigen, damit sie sich nicht gekränkt fühlte. Und nun, nach einer nahezu stummen Fahrt zu Lilys Schule, saß Isobel kerzengerade auf ihrem Stuhl und hatte bisher kaum ein Wort von sich gegeben. Zu allem Überfluss hatte Tom eine kurze SMS an Kate geschickt und sie gefragt, ob es in Ordnung wäre, wenn er Isobel mitbringen würde. Prompt hatte Kate völlig falsche Schlüsse über ihre Beziehung gezogen. Die Dinge wurden von Minute zu Minute komplizierter.

»So was haben Sie wohl noch nie gemacht, was?«, meinte Tom. »Im Publikum sitzen, meine ich.«

»Noch nie. Oder zumindest erinnere ich mich nicht daran.« Isobel saß da und sah sich mit einer Miene um, die Tom nicht recht einzuordnen vermochte. Hätte er diese benennen müssen, hätte er gesagt, sie wirke verängstigt. Sie hatte das Gesicht immer noch halb von ihm abgewandt. »Ich weiß, dass ich ständig bei solchen Konzerten war, aber ich weiß nicht mehr, ob ich da auch gespielt habe. Ich erinnere mich nur an die, die …« Sie verstummte und fasste sich an den Hals. Unter der zarten, blassen Haut sah er eine Ader pulsieren.

»Na ja, ich schätze, Sie waren noch klein. Ich hätte wohl auch Mühe, mich zu erinnern, was …«

Plötzlich drehte sie sich zu ihm um und sah ihn eindringlich an. »Nein, das ist es nicht, es ist …« Aber wieder brach sie jäh ab, als bliebe ihr in der Kehle stecken, was sie sagen wollte. Erneut sah sie sich um, ließ den Blick hin und her über die Reihe wandern, in der sie saßen, dicht an dicht neben anderen zu beiden Seiten. »Tut mir leid, Tom, ich …«

Sie wurde abrupt unterbrochen, als eine schrille Rückkopplung aus einer Reihe von Lautsprechern auf beiden Seiten der Bühne dröhnte. Gleich darauf verebbte der Lärm. Von links erschien ein gehetzt wirkender Lehrer, erklomm rasch die Bühne und verschwand hinter dem Vorhang. Erwartungsvolle Stille senkte sich über das Publikum.

Tom beugte sich zu Isobel, aber der Moment war verstrichen. Ihr Blick war nach vorn gerichtet, ihre Augen folgten dem Weg eines anderen Mitarbeiters auf die Bühne. Tom vernahm Kates Stimme von seiner anderen Seite.

»Das ist der Direktor«, flüsterte sie.

Er drehte sich ihr zu, lächelte sie an und nickte. Das Konzert würde gleich beginnen.

Das Gemurmel im Saal verstummte beinahe völlig. Vereinzelt wurde noch gehüstelt, und man hörte das Rascheln von Kleidung und Papier, als es sich Eltern für die nächste Stunde gemütlich machten. Neben Tom saß Isobel starr wie eine gespannte Feder. Durch das jahrelange Spielen hatte sie sich eine makellose Pose angeeignet, die jedem Schweizer Mädchenpensionat würdig gewesen wäre. Nie saß sie krumm da, und ihre Haltung wirkte in der Regel gelassen und elegant. An diesem Tag jedoch sah sie verkrampft aus. Ihre Muskeln waren angespannt, als wäre sie bereit … wofür? Kampf oder Flucht? Tom schaute weg. Plötzlich überkam ihn das schier unerträgliche Verlangen, ihre Hand zu halten.

Mittlerweile hatte der Direktor das Wort ergriffen und begrüßte die Anwesenden. Tom setzte ein Grinsen auf, als er das handschriftliche Programmheft in seinen Fingern betrachtete. Als Erstes trat ein Blockflöten-Ensemble auf.

Wie zu erwarten kreischten und krächzten sich die Blockflöten qualvoll durch drei Minuten gefolterter Musik. Trotzdem spendete das im Saal versammelte Publikum am Ende begeistert Beifall und ließ sich die Herzen von dem Strahlen der musizierenden Kinder wärmen. Für Tom war der Auftritt ein bezauberndes Durcheinander von schlecht gespielten Noten und guten Absichten. Doch wichtiger fand er, dass er bei einem Rundumblick stolze, lächelnde Gesichter sah. Diese Kinder waren irgendjemandes Söhne und Töchter. Und das war alles, was in Wirklichkeit zählte.

Unwillkürlich fragte er sich, was Isobel gerade empfand. Seine Ohren waren gefeit gegen falsche Noten und mangelndes Taktgefühl. Aber Isobel hatte mehr Musik als Blut in den Adern. Ihr professionelles Gehör würde den Gesamtklang, wahrscheinlich sogar die Akustik im Saal beurteilen. Und vermutlich zuckte sie bei jeder falschen Note gequält zusammen. Sie hatte gesagt, sie könnte sich nicht daran erinnern, bei solchen Konzerten gespielt zu haben. Und etwas daran bereitete ihr Unbehagen, das ließ sich nicht übersehen …

Nach mehreren weiteren Auftritten erkannte Tom, dass

Lily demnächst die Bühne betreten würde. Er sah, dass sie am Rand mit zweien ihrer Klassenkameradinnen wartete, und er schaute zu Kate, die zu seiner Linken saß. Sie wandte sich ihm zu, schenkte ihm ein strahlendes Lächeln und hob zwei überkreuzte Finger als Glücksbringer. Isobel würde Lily wohl nicht erkennen. Als er sich zu ihr beugte, um ihr zuzuflüstern, dass die Kleine gleich an der Reihe wäre, stellte er fest, dass Isobel das Programm aufmerksam mitverfolgte und ihrerseits ihn darüber informieren wollte. Ihre Köpfe berührten sich irgendwo über Isobels linker Schulter. Und hätte Tom jemand gefragt, er hätte geschworen, dass die Zeit einen Moment lang stillstand.

Beide zogen sich zurück. Allerdings war ihm nicht entgangen, dass sich ihre Mundwinkel leicht gehoben hatten. Als Lily die Bühne betrat, hörte er, wie Isobel ein leiser Seufzer herausrutschte. Danach schienen sie beide den Atem anzuhalten und sich innig zu wünschen, Lily würde sich die Seele aus dem Leib spielen und es gut hinbekommen.

Als der letzte Takt der Musik verklungen war, brach um Tom herum spontaner Beifall aus. Am lautesten, wie zu erwarten, von Kate. Isobel schaute auf, sah einen Herzschlag lang erschrocken aus und studierte Toms Miene, bevor sie die Menschen um sie herum musterte. Plötzlich lächelte sie von einem Ohr bis zum anderen und klatschte begeistert.

Tom wäre es egal gewesen, wenn jedes Kind grauenhaft gespielt hätte. Es wäre dennoch das beste Konzert gewesen, das er je besucht hatte. Er konnte seine Aufregung kaum bändigen, als sie am Ende der Aufführung zwischen den anderen Menschen zusammenstanden.

»Du warst einfach spitze!«, rief er, hob Lily hoch und herzte sie innig. »Und natürlich die Beste«, fügte er hinzu. Er lachte, als Kate ihn in die Rippen stupste. »Was denn? War sie doch wirklich, ich sag bloß die Wahrheit.«

Er drehte sich Isobel zu, die sich verstohlen mit einem Finger an den Augenwinkel fasste. Fragend sah er sie an, doch sie wich seinem Blick aus und wandte sich stattdessen an seine Nichte.

»Toll gemacht, Lily«, lobte sie. »Das war wirklich *sehr* gut. Hattest du auch Spaß dabei?« Lily nickte eifrig. »Tja, das ist super. Und das Einzige, was wirklich zählt.«

Lily kämpfte sich aus Toms Armen, und er sah ihr nach, als sie losrannte, um ihre Freundinnen zu suchen. Die beiden Frauen und er standen einen Moment lang verlegen da, bis Isobel einen Schritt vortrat.

»Sie hatte ihre Sache sehr gut gemacht«, sagte sie. »Und es ist wirklich schwer, beim Flötespielen zu lächeln. Trotzdem hat sie es irgendwie geschafft und dabei die richtigen Noten getroffen. Sie hat ausgesehen, als hätte sie einen Heidenspaß.«

Kate stöhnte. »Sie war so aufgeregt, dass wir seit Wochen nichts anderes von ihr gehört haben. Wahrscheinlich sollte ich das nicht sagen, schon gar nicht vor Ihnen, aber ich bin ein bisschen froh, dass es vorbei ist. Ich meine, ich freu mich wahnsinnig, dass es ihr so gefällt. Aber nach einer Weile wird es anstrengend.« Sie lächelte Isobel an. »Tom hat mir erzählt, dass Sie Violinistin sind. Ich hoffe, Sie finden das nicht allzu schlimm.«

Falls es so war, ließ Isobel es sich nicht anmerken. »Ganz und gar nicht. Aber heute versuche ich, nicht wie eine Geigerin zu denken. Tatsächlich war es richtig schön, den Kindern zuzuhören. So völlig anders als meine Erfahrungen mit solchen …« Sie verstummte und lächelte verhalten. »Egal, das ist nicht wirklich wichtig. Aber nebenbei bemerkt, ich finde, Sie haben recht. Wenn Lily weiterhin so gern spielt, ist das wunderbar. Und ich persönlich denke, jedes Kind sollte möglichst diese Erfahrung machen können. Aber es gibt noch viele andere Dinge, die Kinder tun sollten. Ich finde es gut, dass Sie sie dabei nicht wie eine Dampflok anschieben.«

»Oh Gott.« Kate schauderte. »Wie diese schrecklich überehrgeizigen Eltern im Fernsehen? Die sind ja nicht auszuhalten. Es sollte schon ausgewogen sein, oder? Andererseits …« Sie musterte Isobel mit schiefgelegtem Kopf. »Ich vermute, ohne Hingabe wird man keine große Musikerin, oder?«

»Stimmt schon. Aber es gibt Hingabe, und es gibt Besessenheit. Und es gibt die Ansicht, dass Kinder mit Ermutigung und Unterstützung besser spielen als mit einer ungesunden Fixierung auf jeden kleinen Fehler.«

Kate lachte nervös, nickte aber. »Zum Glück ist es ja wohl so, dass die Produzenten solcher Sendungen bewusst nach den extremsten Beispielen suchen, die sie finden können. Die meisten Eltern sind wie ich stolz. Aber unterm Strich wollen wir nur, dass unsere Kinder glücklich sind, ganz egal, was sie machen.«

Isobel hob die Hand, eine Geste, die Tom allmählich wiedererkannte. »Tut mir leid, ich wollte Sie nicht …«

Kate berührte sie am Arm. »Seien Sie nicht albern, das weiß ich doch. Aber ich verrate Ihnen etwas, und nichts für ungut, Isobel, aber ich bin unheimlich froh, dass Lily nicht Geige lernen wollte. Ich hab ein paar Heimvideos von Tom als Kind mit seinem Bruder gesehen. Der Krawall, den die beiden veranstaltet haben, gehört mit zum Grauenhaftesten, das ich je gehört habe.« Sie verdrehte die Augen.

Tom blies den angehaltenen Atem aus. »Also wirklich!«, protestierte er und versuchte, empört zu klingen. *Gott segne dich, Kate,* dachte er, als sich der Moment der Spannung auflöste. »*So* schlecht war ich nun auch wieder nicht.«

»Ach nein?« Sie zwinkerte Isobel zu. »War er wohl!«

Zu seiner Erleichterung grinste auch Isobel. »Tja, ich hab ihn noch nicht spielen gehört. Also kann ich nicht beurteilen, ob er besser geworden ist oder nicht.«

»Wirklich nicht?« Sie wandte sich an Tom. »Was denn, hast du Angst, sie könnte dich für grottenschlecht halten?«, stichelte sie. »In Wirklichkeit ist seine Band ziemlich gut. Sie sollten sich mal zu einem Auftritt gehen. Überrascht mich, dass Tom Sie noch nicht dazu eingeladen hat.«

Das war wohl unvermeidlich, vermutete er. Tom sah deutlich, wohin die Unterhaltung steuerte, konnte jedoch nichts dagegen tun. Er verlagerte das Gewicht auf den anderen Fuß. »Ich glaub nicht, dass Isobel besonders scharf auf Folk-Musik ist. Oder?«

Bevor sie etwas erwidern konnte, kam Lily zu ihnen zurückgerannt und schwang ihre Schultasche. »Mama, darf ich mit zu Caitlin? Biiiiiiitte. Ihre Mama sagt, es ist in Ordnung, und ich darf zum Tee bleiben.«

Kate bedachte ihre Tochter mit einem bedauernden Blick. »Heute nicht, Schatz. Du weißt doch, Tom und Isobel kommen mit zu uns. Vielleicht ein andermal.«

Lilys Züge fielen in sich zusammen. »Aber Mama, Caitlin fliegt morgen nach Australien zu ihrer Oma und bleibt da fast die ganzen Ferien! Wenn ich sie heut nicht sehe …«

Tom warf Kate einen beruhigenden Blick zu. »Falls es die Dinge erleichtert, können wir auch ein anderes Mal kommen. An einem Tag in den Ferien, wenn ihr sonst nichts zu tun habt.«

Kate war hin- und hergerissen, das merkte er ihr an. Sie wusste nicht recht, ob sie konsequent bleiben sollte oder ob sie es sich in diesem Fall leisten konnte nachzugeben. Das ewige Dilemma von Eltern. Allerdings gab es einen bestimmten Grund, warum Kate das Treffen an diesem Tag wollte. Sie senkte die Stimme und drehte sich leicht von Lily weg.

»Ist nur so, dass ich dachte, wir könnten uns unterhalten. Du weißt schon … über Adam.«

»Ich weiß«, antwortete Tom. »Aber ehrlich, ist schon gut.«

Als sich die Möglichkeit, doch nicht zum Tee bleiben zu müssen, so unverhofft auftat, war er sich nicht sicher, was ihm lieber wäre. Er hatte noch nicht recht herausgefunden, wie er über Adam dachte. Und wenn er ehrlich war, konnte er sich überhaupt nicht mit der Vorstellung anfreunden, dass Kate ihn und Isobel für ein Paar hielt. Ihm stünde ein peinlicher Nachmittag und Abend bevor.

»Na ja, wenn du meinst …« Kate sah ihre Tochter an, die vor Aufregung auf und ab hüpfte. Plötzlich hellte sich ihre Miene auf. »Hör mal«, sagte sie lächelnd. »Was hältst du davon, wenn wir gleich was abmachen? Adam ist im Moment unterwegs. Aber warum treffen wir uns nicht zu fünft zum Essen, wenn er wieder da ist? Ich würde ihn dir sehr gern vorstellen.« Sie überlegte kurz. »Ich weiß, es ist ein bisschen unangenehm, aber hey, irgendwann kommt es ja so oder so dazu.«

Toms Stimmung sank. Das war nicht wirklich das, was ihm vorschwebte. Er wagte nicht, Isobel anzuschauen. Sorgsam setzte er eine hoffentlich angemessen begeisterte Miene auf. Immerhin musste das für Kate ziemlich schwer sein.

»Also … ja, gute Idee …«

»Prima«, sagte Kate. »Dann hätten wir das geklärt. Ich melde mich bei dir, in Ordnung? Sobald ich ein genaues Datum habe.«

Tom ertappte sich dabei, dass er nickte. Dabei warf er einen verstohlenen Blick zu Isobel und stellte fest, dass sie lächelte. Ob es ein echtes oder gekünsteltes Lächeln war, konnte er nicht sagen.

Lily zog an Kates Hand, und Tom wurde bewusst, dass sich der Saal rasch leerte. Er beugte sich hinunter. »Viel Spaß, Lily. Wir sehen uns bald, okay?«

Strahlend drückte sie ihm einen Schmatz auf die Wange. »Ja, bis bald. Und danke fürs Kommen, Onkel Tom!«

Kate bedachte Isobel und ihn mit einem entschuldigenden Blick. »Ich sollte wohl noch kurz mit Caitlins Mutter reden«, erklärte sie, als sie schon von ihrer Tochter weggezogen wurde.

»Ja, klar, mach ruhig, kein Problem«, sagte Tom. »Wir finden selbst raus.«

Dann blieben Isobel und er allein zurück und standen verlegen in dem mittlerweile fast menschenleeren Saal.

»Also ... das ist nicht ganz nach Plan verlaufen.« Er hoffte, Isobel würde der Situation etwas Komisches abgewinnen können. Zu seiner Erleichterung lächelte sie noch immer.

»Stimmt. Aber ich denke, wir müssen Lily die Zeit mit ihrer Freundin gönnen. Sie ist schon ein kleiner Star, oder?«

Stolz schaute Tom in die Richtung, in die sie verschwunden war. »Ist sie. Kate kann wirklich stolz auf sie sein. Sie hat eine schwere Zeit durchgemacht, aber Lily merkt man nichts davon an.«

Ihm wurde bewusst, dass er auch auf Kate unheimlich stolz war. Ihr Weg war weitaus härter gewesen als der seine. Natürlich hatte sie in gewisser Weise schon allein wegen Lily weitermachen müssen, aber er bezweifelte, dass er das an ihrer Stelle so gut gemeistert hätte. Dafür bewunderte er sie sehr.

»Sind sie schon lange getrennt?«, erkundigte sich Isobel. »Kate und Lilys Vater, meine ich ... Ihr Bruder.«

Ein Schmerz durchzuckte Tom. »Nicht wirklich, nein.«

»Oh, tut mir leid. Ich dachte nur ...« Er spürte, dass sie ihn beobachtete. »Muss ein ziemlich zwiespältiges Gefühl für Sie sein, den neuen Mann an ihrer Seite kennenzulernen, wenn alles noch ziemlich frisch ist.«

Er wandte den Kopf ab und starrte in den Saal. »Wir sollten gehen«, sagte er und führte Isobel hinaus in den Flur. Er wartete, bis sie das Gebäude verlassen hatten. Auf dem Weg nach draußen nickte er dem Direktor zu, der in der Tür stand. Schweigend gingen sie zu seinem Auto.

»Es ist jetzt zwei Jahre her«, sagte er, als sich mit einem Piepen der Zentralverriegelung die Autotüren öffneten. »Aber Sie haben recht, es ist immer noch schwer. Oft frage ich mich, ob es leichter gewesen wäre, wenn sie sich getrennt, sich auseinandergelebt hätten wie so viele Paare. Aber das haben sie nicht. Und im Augenblick bin ich mir nicht sicher, was ich empfinde. Ich freue mich für Kate – es ist ja viel Zeit vergangen. Zu viel eigentlich, um ein Kind allein großziehen zu müssen.«

Isobel sah ihn über das Dach des Autos an. »Ich bin nicht sicher, ob ich Ihnen folgen kann …«

Er holte tief Luft. »Kate war die letzten zwei Jahre allein«, sagte er. »Seit sich mein Bruder das Leben genommen hat.«

Kapitel 11

Entsetzt wich Isobel einen Schritt zurück. »Oh.« Es war ihr anzusehen, dass sie nicht wusste, was sie sagen sollte. »Tom, das ist schrecklich. Es tut mir so leid.«

Plötzlich schämte er sich. Er hätte ihr das nicht so unverblümt hinwerfen sollen. Damit hatte er sie in eine äußerst unangenehme Lage gebracht.

»Nein, Isobel, mir tut's leid.« Er ging um das Heck des Wagens herum, stellte sich neben sie und streckte zaghaft eine Hand aus, die zwischen ihnen verharrte. »Ich hätte Ihnen das nicht einfach so hinwerfen sollen«, sagte er. »Aber in all der Zeit seit Matts Tod ist es mir nicht gelungen, diesen Satz zu entschärfen.«

Er blickte auf seine Füße hinab. »Ich bin erst zweiunddreißig, Isobel, mein Bruder war zwei Jahre jünger als ich. Jedes Mal, wenn ich jemandem erzähle, dass er gestorben ist, gehen die Leute automatisch von tragischen Umständen aus. Meist denken sie instinktiv an einen Unfall oder vielleicht eine unheilbare Krankheit. Am Ende muss ich es immer erklären, und es gibt keine einfache Möglichkeit zu sagen, dass jemand sich selbst das Leben genommen hat.«

»Ja, das verstehe ich. Aber Sie müssen sich nicht entschuldigen … es war meine Schuld, ich hätte nicht fragen sollen.«

Sie starrte auf seine Hand, die er plötzlich verlegen zurückzog, bevor er beide Hände in die Taschen seiner Jeans steckte. Er zuckte mit den Schultern.

»Sie konnten es ja nicht wissen«, sagte er. »Und Ihre Frage war nur natürlich. Mein Bruder und Kate hätten sich ja auch getrennt haben oder geschieden sein können. Das wäre unter den gegebenen Umständen die weitaus logischere Erklärung gewesen.«

»Jetzt wollen Sie bloß, dass ich mich besser fühle«, erwiderte sie.

Tom lächelte zurückhaltend. »Und was hätte es für einen Sinn, dafür zu sorgen, dass Sie sich schlechter fühlen?«

Das Schweigen zwischen ihnen zog sich hin. Er scharrte mit dem Fuß auf dem Asphalt, sie fingerte am Träger ihrer Handtasche. Schließlich konnte es Tom nicht länger ertragen. Er zog die Hände aus den Taschen und hob sie in einer hilflosen Geste der Kapitulation.

»Hören Sie«, sagte er. »Offensichtlich wissen wir gerade beide nicht, über was wir jetzt reden sollen. Und ich weiß nicht, wie's Ihnen geht, aber da sich die Aussicht auf ein Abendessen in Luft aufgelöst hat, könnte ich einen Happen vertragen. Was halten Sie davon, wenn wir essen gehen? Es ist ein herrlicher Abend, und ich kenne ein schönes Lokal am Fluss. Nichts Ausgefallenes, nur schlichte, gute Hausmannskost. Aber da könnten wir unsere Unterhaltung in entspannterer Atmosphäre fortsetzen.«

Er sah sie an, wartete auf ihre Antwort. Isobel jedoch sah aus, als wäre ihr Kopf plötzlich völlig leer wie bei einem vom Licht eines Scheinwerfers erfassten Kaninchen.

»Es ist nur ein Happen zu essen«, fügte er hinzu und fragte sich, ob sie dachte, er würde sie um ein Date bitten. »Und vielleicht ein Spaziergang am Fluss. Ist aber kein Problem, wenn Sie lieber nicht wollen.«

»Doch, ich …«, erwiderte sie rasch, bevor sie verstummte und ihren Rock glatt strich. »Danke. Nur finden Sie, ich bin dafür passend angezogen?«

Tom blickte auf seine eigene abgetragene Jeans und sein T-Shirt. »Perfekt«, antwortete er.

Erst, als sie sich schon auf halbem Weg befanden, wurde Tom bewusst, was er tat. War er in seine eigene Falle getappt, ohne es zu merken? Denn das entsprach seinem alten Muster. Er führte Frauen auf ein Getränk und zum Essen aus, wenn er einen Tiefpunkt hatte. Tatsächlich hatte er das zu einer Art Kunstform erhoben. Aber das hier war kein Date. Isobel einzuladen, war lediglich eine Reaktion auf seine plötzliche Erkenntnis gewesen, dass er zum ersten Mal seit dem Tod seines Bruders wirklich das Bedürfnis hatte, über Matt zu reden. Oder vielmehr den Drang, *mit Isobel* weiter über ihn zu reden, was nicht ganz dasselbe war. Jedenfalls empfand er das als außergewöhnliches Gefühl. Tom wusste nicht recht, was er davon halten sollte.

Das *Bumble Bee* war ein winziges Lokal. Er war rein zufällig bei einem abendlichen Spaziergang den Fluss entlang darüber gestolpert. Vermutlich hielt sich der Laden nur wegen seiner idyllischen Lage. Das Pub lag abseits der Straße zurückversetzt, und es gab keine auffallenden Hinweisschilder. Am besten zugänglich war es vom Fluss aus, wo auf den Anlegeplätzen, die sich den Biergarten entlang erstreckten, reger Betrieb herrschte. Trotz des herrlichen Abends war draußen noch etwas frei. Tom führte Isobel zu einem Tisch direkt am Flussufer. Das sanfte Wogen der Äste einer Trauerweide bildete einen angenehm beruhigenden Hintergrund für ihr Gespräch.

Isobel schob die Hände unter die Oberschenkel, als sie Platz nahm und sich umsah.

»Hier ist es wunderschön«, sagte sie. »Ich kann nachvollziehen, warum Ihnen das Lokal gefällt.« Während der Fahrt hatte sie kaum ein Wort gesprochen. Aber als sie jetzt in diesem verwunschenen Biergarten zwischen duftenden Blumenbeeten saßen, fand sie ihre Stimme wieder. »Und der Fluss ist auch faszinierend.«

Tom folgte ihrem Blick. Die untergehende Sonne warf goldene Sprenkel auf die Wasseroberfläche.

»Ich hole uns Speisekarten, ja?«, fragte er, weil er das dringende Gefühl hatte, irgendetwas tun zu müssen. Isobel nickte dankbar.

Als er zurückkam, dachte Tom zuerst, sie hätte ihn sitzen gelassen. Er sah an ihrem Tisch nur zwei leere Stühle. Aber als er den Blick angespannt suchend durch den Biergarten wandern ließ, stellte er fest, dass Isobel nur aufgestanden war und sich an den Fluss gestellt hatte. Ein Schwan trieb gemächlich in der Strömung. Näher am Ufer schwamm eine Schar von Schwanenküken vorbei, und als sich Tom zu Isobel gesellte, steuerte auch der ausgewachsene Schwan auf sie zu.

»Sind sie nicht wunderschön?«, fragte Isobel, ohne den Blick vom Wasser zu lösen. Tom merkte, dass sie zählte. »Sehen Sie nur, es sind sieben. Meinen Sie, die Schwanenmutter hat Hunger?«

»Sie ist wohl eher Opportunistin«, erwiderte Tom. »Könnte mir vorstellen, dass sie in diesem Abschnitt des Wassers reichlich gefüttert werden, und auch aus den Booten dürfte das eine oder andere Stück Brot für sie abfallen.«

Isobel nickte. »Wissen Sie, ich glaube, ich hab noch nie Schwäne oder Enten gefüttert.«

»Haben Sie bestimmt.«

Sie runzelte die Stirn. »Nein, ich denke, nicht.« Tom merkte ihr an, dass sie noch etwas hinzufügen wollte, doch sie überlegte es sich anders und streckte stattdessen die Hand aus. »Sind das die Speisekarten?«

Er zog eine der großen, zusammengefalteten Mappen unter seinem Arm hervor und reichte sie ihr. »Es gibt heute auch zwei Tagesgerichte«, sagte er. »Filet Wellington oder Filet Stroganoff mit Pilzen, falls Sie nicht auf was anderes Appetit haben.«

Isobel kehrte mit der Speisekarte zum Tisch zurück und begann, sie zu studieren.

»Normalerweise bin ich beim Essen sehr heikel. Ist selten, dass ich auf etwas Lust habe, aber …« Sie verstummte mitten im Satz. Ihre Lippen bewegten sich, während sie die Auswahl durchlas.

»Ich fürchte, mein Problem ist genau das Gegenteil, vor allem, seit Trixie bei uns ist«, sagte Tom und lehnte sich zurück. »Ich gewöhne mich viel zu sehr an ihre Kochkünste. Natürlich bin ich auch besonders hungrig, weil ich mich den ganzen Tag an der frischen Luft aufhalte.«

Isobel schaute auf und ließ den Blick durch den Biergarten schweifen. »Ihre Arbeit ist eine körperliche«, meinte sie. »Aber wissen Sie, ich versuche *wirklich*, Ihren Rat zu beherzigen.« Sie schenkte ihm ein scheues Lächeln. »Ich glaube, in den letzten Wochen war ich mehr draußen als wahrscheinlich in den letzten sechs Monaten. Gestern habe ich sogar einen Spaziergang geschafft.«

»Und ich hatte so was wie eine Besprechung mit Maddie«, gab Tom zurück, um zu zeigen, dass auch er seinen Teil der Abmachung erfüllte. »Sie entwirft eine Website für mich. Ich will wenigstens versuchen, ein bisschen Kundschaft für mein Geschäft zusammenzutrommeln und Ordnung ins Geschäft zu bringen. Leider werd ich ja nicht ewig auf Joy's Acre zu tun haben. Sobald die Ferienhäuschen fertig sind, muss ich weiterziehen. Aber Sie haben's gut. Obwohl ich mir nicht vorstellen könnte, so zu arbeiten wie Sie, so sehr ich Ihre Arbeitsmoral bewundere. Ich würd schon nach einem Tag Platzangst kriegen.«

»Ja, wissen Sie, mir ist eben erst klar geworden, dass man bei solchen Dingen eine Wahl hat.« Isobel sprach, ohne aufzuschauen. Und obwohl sie sich die Haare hinter die Ohren geklemmt hatte, um die Speisekarte zu lesen, konnte Tom den Ausdruck in ihrem Gesicht nicht deutlich erkennen. Andererseits musste er das auch nicht. Die Schärfe in ihrer Stimme schnitt wie ein Messer durch die abendliche Luft. Plötzlich ließ sie die Speisekarte sinken. »Tut mir leid, wir sind ja nicht hergekommen, damit Sie mir zuhören. Sie wollten mir etwas über Ihren Bruder erzählen.«

»Wollte ich?« Auf einmal fühlte sich Toms Mund trocken an. Er saß hier in diesem wunderschönen Garten mit einer wunderschönen Frau, da stellte sich nur zu leicht der Gedanke ein, sie wären aus einem völlig anderen Grund hier. Er musste sich vor Augen halten, dass dem nicht so war. »Wollen wir erst mal bestellen?« Er schaute in die Speisekarte.

»Also, ich nehme die Krabbenpastete«, verkündete Isobel. Sie lächelte, und Tom war dankbar, dass sie ihn wegen seines Bruders nicht bedrängt hatte. Er war sich nicht sicher, was er gesagt hätte. Er streckte die Hand nach ihrer Speisekarte aus. »Und was möchten Sie trinken?«

»Nur Wasser, bitte. Wenn's geht mit Sprudel.«

»Gern. Aber sind Sie sicher, dass Sie nichts Stärkeres wollen? Der Cider aus der Gegend ist sehr gut.«

»Ich bin sicher, danke.« Ihre Antwort klang endgültig, und Tom fragte sich, ob sie generell nicht trank oder nur an diesem Abend nicht.

Er nickte. »Bin gleich wieder da.«

Er brauchte dringend einen Drink. Tatsächlich wünschte er sich verzweifelt mehr als einen Drink, sonst würde er den Abend kaum überstehen. Aber als er auf die Theke zuging, wurde ihm klar, dass er das unmöglich tun konnte. Nicht nur, weil er es sich geschworen hatte, sondern auch, weil er Isobel mit dem Auto hierhergefahren hatte. Und obwohl sie nichts trank, konnte er sie auf keinen Fall bitten, sie beide zurück zu Joy's Acre zu kutschieren. Also bestellte er widerwillig für sie beide Sprudelwasser.

Tom hatte sich noch nie wohl dabei gefühlt, über Matt zu reden. Und es nun ohne einen Tropfen Alkohol im Blut zu tun, erschien ihm außerordentlich kühn. Er bedauerte schon, dass er Isobel hierher eingeladen hatte. Gleich darauf musste er darüber lächeln, wie absurd und verkehrt sich der Gedanke anfühlte. Normalerweise hätte er seine Eckzähne geopfert, um die Gesellschaft einer so schönen Frau wie ihr zu genießen.

Vom Eingang zur Theke aus hatte Tom freie Sicht durch den Garten zu dem Tisch, an den Isobel saß. Ihre Haltung drückte Unsicherheit aus, und wieder hatte er das merkwürdige Gefühl, dass ihm irgendetwas an ihr bekannt vorkam. Lag es vielleicht an ihrem Hals oder ihrem Haar? Aber je länger er sie ansah, desto mehr legte sich der eigenartige Eindruck, bis sich seine Gedanken nur noch damit beschäftigten, wie unruhig sie wirkte. Als wäre sie nicht daran gewöhnt, sich in der Öffentlichkeit aufzuhalten oder allein mit einem Mann zu sein. Seltsam, wenn man bedachte, wie unglaublich attraktiv sie war. Tom hätte gedacht, in ihrer Vergangenheit hätte es jede Menge Verehrer gegeben, die Schlange gestanden hatten, um sie kennenzulernen. Aber er wollte auf keinen Fall, dass sie sich noch unwohler fühlte. Es wäre viel einfacher, rundheraus zu sagen, dass er im Augenblick lieber nicht über seinen Bruder sprechen würde. Nur wäre es dann durchaus möglich, dass Isobel denken würde, er hätte sie unter einem falschen Vorwand mit Hintergedanken hergebracht. Und wer könnte es ihr verübeln?

Lächelnd stellte er beide Gläser auf den Tisch, setzte sich und streckte die Beine vor sich aus. Er klopfte sich auf den Bauch. »Hoffentlich dauert das mit dem Essen nicht zu lange.«

Isobel griff nach einem der Gläser. »Standen Sie sich sehr nahe?«, fragte sie und trank einen Schluck Wasser.

Toms Herz setzte fast einen Schlag aus. Er hatte sich bemüht, entspannt auszusehen, so als wollte er einfach den milden Abend genießen. Und er hatte gehofft, Isobel würde seinem Beispiel folgen. Dann hätten sie eine Weile schweigend beisammengesessen. Das hätte ihm ein bisschen Zeit verschafft, um zu überlegen, was er sagen sollte. Stattdessen hatte sie sofort dort wieder angeknüpft, wo sie ihr Gespräch unterbrochen hatten – als wäre er nie weg gewesen. Tom spürte, dass sie ihn beobachtete. Er leckte sich über die Lippen.

So unwahrscheinlich es gewesen war – aber Matt und er hatten sich sehr nahegestanden. Eigentlich hätte es anders sein sollen, denn in vieler Hinsicht waren sie völlig gegensätzlich. Erst nach dem Tod seines Bruders war Tom klar geworden, dass sie sich in einem überaus wichtigen Punkt stark geähnelt hatten, nämlich darin, wie sie über ihre Eltern dachten. Der einzige Unterschied hatte darin bestanden, wie sie ihren Schmerz zum Ausdruck brachten.

Er drehte sich Isobel zu und sah sie an. »Matt und ich waren die besten Freunde«, begann er. »Und das schon seit unserer Kindheit.«

»Dann sind wohl die Schuldgefühle am schlimmsten, oder? Stelle ich mir jedenfalls vor.« Ihre Augen schimmerten in dem satten Braun von Kakao. »Einen Menschen zu verlieren, dem man so eng verbunden war, muss schrecklich sein. Ich will mir gar nicht ausmalen, wie sich das anfühlen muss. All die Jahre zu glauben, man würde jemanden kennen und wissen, wie er oder sie denkt und fühlt. Also müsste man doch auch gemerkt haben, wie unglücklich dieser Mensch war. Da fragt man sich bestimmt unweigerlich, wie es so schlimm werden konnte, dass man es nicht mitbekommen hat, bis es zu spät war.« Sie betrachtete den Ring mit dem schwarzen Jettstein an ihrem Finger und drehte ihn ein wenig, bevor sie den Blick wieder hob. »Sie müssen das Gefühl gehabt haben, Sie hätten irgendwas tun können, um ihn davon abzuhalten, sich das Leben zu nehmen.«

Isobels Blick war freundlich, und Tom starrte sie an. Ihre Worte waren ziemlich unverblümt, aber sie äußerte sie auf eine Art, die ihm den Eindruck vermittelte, dass sie haargenau verstand, wie er empfand. Aus ihren Augen sprach Mitgefühl.

Tom konnte sich nicht erinnern, dass in den Jahren seit Matts Tod jemals jemand solche Dinge zu ihm gesagt hatte.

Dabei hatte er es sich insgeheim immer gewünscht. Er hatte es gründlich satt, Menschen zu danken, die ihm mitteilten, wie leid es ihnen täte. Oder schlimmer noch, ihnen zu erzählen, es wäre in Ordnung. Dabei stimmte weder das eine noch das andere. In Wirklichkeit war er weder dankbar, noch war es in Ordnung. Trotzdem hielt er sich weiter an dieses übliche Muster hohler Phrasen.

Außerdem erkundigten sich die Leute in dem speziellen, sanften Ton nach seinem Befinden, der für Menschen reserviert war, die einen schrecklichen Verlust erlitten hatten. Nur wollten sie es nie wirklich wissen. Also erwiderte er darauf schlicht, es ginge ihm *gut* oder höchstens *Wird schon wieder.* Dabei hätte er sie am liebsten angeschrien. Wie um alles in der Welt sollte es ihm denn gut gehen, wenn er noch nie zuvor in seinem Leben so durch den Wind gewesen war und sich nicht vorstellen konnte, dass sich daran je etwas ändern würde?

Und am allerschlimmsten fand er es, wenn die Menschen ihr Mitgefühl zum Ausdruck zu bringen versuchten, indem sie ihm Geschichten eigener Verluste in der Familie erzählten. Da ein grauenhafter Tod durch Krebs, dort ein vorzeitig durch einen tragischen Unfall beendetes Leben oder auch nur das stille Dahinscheiden eines betagten Angehörigen. Das interessierte ihn nicht, und er hatte mit Sicherheit nicht vor, mit dem Tod seines Bruders an einer Art Trauerwettbewerb teilzunehmen.

Was er sich immer gewünscht hatte, war jemand, dem er seine Schuldgefühle und seine Wut entgegenschleudern konnte. Jemand, der ihm darin zustimmte, dass er seinen Bruder im Stich gelassen hatte. Weil er so sehr damit beschäftigt gewesen war, wegzuschauen und sich lächerlich zu verhalten, um seinen Eltern etwas zu beweisen. Darüber hatte er nicht gemerkt, wie dreckig es Matt ging. Er hatte sich immer jemanden gewünscht, der bestätigte, dass Tom seinen Bruder hätte retten können, wenn er ihm nur genug Aufmerksamkeit geschenkt hätte.

Die Menschen versuchten immer, dafür zu sorgen, dass er sich besser fühlte. Das wollte er nie. Er wollte vielmehr, dass seine Trauer so akzeptiert wurde, wie sie war. Nicht beschönigt und unterdrückt. Sondern etwas, das er empfinden und auf jede beliebige Weise ausdrücken durfte. Und plötzlich tat Isobel völlig genau das, wonach er sich so lange gesehnt hatte. Nicht einmal seine Schwägerin, die mehr als die meisten verstand, hatte je etwas anderes als Andeutungen in diese Richtung fallen gelassen.

Tom musterte Isobel, ließ ihren Gesichtsausdruck, ihre selbstverständliche Akzeptanz seiner Schuld auf sich wirken. Sie stellte sie nicht infrage. Urteilte nicht darüber.

»Wie können Sie das sagen?«, fragte er und bremste sich sofort. *Nein, das klingt falsch.* »Was ich damit meine, ist: Wie kann es sein, dass wir uns erst kürzlich begegnet sind, ich Sie kaum kenne und Sie trotzdem den Mumm haben, den Kern der Sache anzusprechen? Sie haben Dinge gesagt, die niemand sonst auch nur in Betracht gezogen hat. Niemand hat das, nicht mal Kate.«

Isobel verzog keine Miene, während sie kurz überlegte, bevor sie antwortete. »Na ja, Sie hätten mir ja auch widersprechen und mir nach dem ersten Satz an die Gurgel gehen können. Sind Sie aber nicht. Und das besagt genauso viel wie Worte.« Sie lächelte verhalten.

Tom schüttelte den Kopf. »Aber die Leute wollen nichts von meiner Schuld hören. Wenn ich auch nur versuche, darüber zu reden, sagen sie mir immer, ich wäre albern und dürfe nicht so denken, ich wäre bloß durcheinander. Es ist, als wollten sie das Thema so schnell wie möglich abhaken … nur für den Fall der winzigen Möglichkeit, dass ich recht habe. Und was sollten sie dann tun?«

»Wohl schleunigst das Weite suchen, jedenfalls nach meiner Erfahrung. Natürlich ruiniere ich jetzt alles, indem ich sage: Nur weil Sie sich schuldig *fühlen*, heißt das noch lange nicht, dass Sie auch schuldig *sind.* Aber ich nehme an, das wissen Sie alles schon. Das ist wahrscheinlich die Frage, die Sie sich immer wieder stellen. Die Frage, die Sie nachts wachhält, die Sie zu viel trinken lässt. Ja, ich erkenne die Anzeichen. Und schlimmer noch ist, dass die Frage nie verschwinden wird. Denn der Einzige, der sie je beantworten könnte, ist Matt.«

Zu seiner Überraschung musste Tom schmunzeln. »Okay … allmählich werden Sie mir ein bisschen unheimlich. Wie kann es sein, dass Sie so weise sind?«

Isobel hob ihr Glas. »Oh, das ist einfach«, erwiderte sie. »Das liegt daran, dass ich genauso verkorkst bin wie Sie.«

Kapitel 12

Es musste an der Hitze liegen, dass sie so aufgewühlt war. Aber während Isobel im Wohnzimmer auf und ab lief, wusste sie, dass sie sich damit bloß etwas vormachte. Ihre Unausgeglichenheit hatte nichts mit dem Wetter zu tun. Ja, es *war* ein heißer Tag. Doch sie trug ein kurzes Etuikleid aus Baumwolle, ging auf nackten Füßen herum und hatte sich die Haare zu einem losen Zopf geflochten, durch den der Hals und die Schultern frei blieben. So warm war ihr nicht.

Sie schlenderte hinüber zum Fenster und blickte hinaus. Sie hätte nach draußen gehen können und mit Clara plaudern, allerdings war sie nicht davon überzeugt, dass sie ihr helfen könnte. Und dasselbe galt für Maddie und Trixie. Blieb nur Tom. Und aus irgendeinem Grund zögerte sie, sich an ihn zu wenden. Was keineswegs daran lag, dass sie sich gestern nicht verstanden hätten. Denn das hatten sie. Aber vielleicht lag gerade darin ein Teil des Problems: Isobel war sich überhaupt nicht sicher, was sie für Tom empfand. Wahrscheinlich war er der Einzige, der ihre missliche Lage verstehen könnte, und doch verspürte sie das dringende Bedürfnis, Abstand zwischen ihm und sich zu wahren. Sein Ruf als Schürzenjäger war übel, wenn man nach diversen Äußerungen der anderen gehen durfte. Und Komplikationen dieser Art waren das Letzte, was sie brauchte.

Hinter ihr gab ihr Laptop ein leises Surren von sich, als sich der Lüfter einschaltete. Sie könnte sich wieder die Musik anhören. Aber ob das helfen würde? Sie schnalzte missbilligend, verließ das Wohnzimmer, ging den Flur hinunter und öffnete die Eingangstür. Isobel wusste nicht mal, ob er überhaupt draußen sein würde. Doch kaum hatte sie den Garten betreten, hörte sie ihn auf dem Dach vor sich hin pfeifen. Tatsächlich pfiff er die Melodie ausgerechnet desselben Stücks, das sie sich zuletzt angehört hatte. Unwillkürlich verzog sie das Gesicht.

Sie folgte dem Weg, bis sie vor dem von ihrem Cottage am weitesten entfernte Häuschen stand. Fast sofort hörte sie ihn rufen.

»*Peter und der Wolf!*«, brüllte er. »Das hab ich seit Jahren nicht mehr gehört!« Er winkte ihr zu.

Isobel lächelte und hob einen Arm, war jedoch alles andere als erfreut darüber, auch die Stimme erheben zu müssen. »Kann ich Sie was fragen?«

Er hielt sich eine Hand ans Ohr, aber sie würde mit Sicherheit nicht noch lauter schreien. Also stand sie nur unbeholfen da und wusste nicht recht, was sie tun sollte.

»Moment, ich kann Sie nicht hören, ich komme runter.«

Innerhalb von gefühlten Sekunden war er die Leiter heruntergeklettert.

»Ist alles in Ordnung?«

»Ich hab mir ein Musikstück angehört und …«

»Ja, *Peter und der Wolf*«, fiel ihr Tom ins Wort. »Konnte ich auf dem Dach hören.«

Isobel zögerte. »Tut mir leid, ich sollte Ihnen ja helfen, mit dem Dach fertig zu werden und Sie nicht ablenken.«

»Aber?«

Sie biss sich auf die Unterlippe. »Ich hab mich gefragt, ob Sie mir Ihre Meinung zu etwas sagen könnten. Haben Sie eine Minute Zeit, um mit reinzukommen?«

Tom nickte und folgte ihr ins Cottage.

»Sie kennen das Stück also«, sagte sie, sobald sie ins Wohnzimmer traten.

»Hab als Kind viele glückliche Stunden damit verbracht, mich zu gruseln, wenn ich es mir angehört habe. Natürlich kannte ich die Geschichte. Trotzdem hab ich mich bei jedem Anhören gleich gefühlt.«

»Es hat Ihnen Angst gemacht?«

»Ja. Ihnen etwa nicht? Diese großen, dröhnenden Töne bei jedem Auftritt des Wolfs. Prokofjew war ein Genie, oder?«

»Aber wie alt waren Sie, als Sie es sich angehört haben?«, hakte sie nach.

Tom kratzte sich am Kopf. »Oh, da war ich noch klein. Weiß nicht, vielleicht sieben oder acht. Ich weiß noch, dass ich damals schon Geige gelernt habe.«

»Und haben Sie je eine Aufführung davon gesehen?«

»Nein. Hätte ich gern, aber meine Eltern haben es wahrscheinlich für … allzu simpel gehalten.«

Sie runzelte die Stirn. »Wieso das?«

»Na ja, es ist immerhin für Kinder geschrieben, nicht wahr? Als Medium, um ihnen die Instrumente des Orchesters näherzubringen, indem für jede Figur der Geschichte ein anderes Instrument ihr Leitmotiv spielt. Ich hab die Musik geliebt. Aber für meine Eltern war es bloß ein Märchen und hatte als solches in ihren Augen wenig Wert. Ich hab's mir trotzdem immer wieder angehört. Tatsächlich musste ich oben auf dem Dach gerade daran denken, wie ich es an Sonntagnachmittagen abgespielt habe, während sie ein Nickerchen machten. Schon komisch … ich hab's seit vielen, vielen Jahren nicht mehr gehört und kann mich trotzdem an jede Note erinnern, als wär es gestern gewesen.«

Isobel beobachtete ihn aufmerksam und mit einem beinahe wilden Ausdruck im Gesicht. Sie wusste, dass sie ihm dadurch Unbehagen bereitete, aber das war ihr in dem Moment egal – sie musste wissen, ob sie recht hatte.

»Mir hat man als Kind verboten, es mir anzuhören«, sagte sie leise. »Meine Eltern waren der Meinung, es würde die Instrumente karikieren und herabwürdigen. Wenn ich es mir anhörte, würde ich nie etwas anderes spielen.«

»Ah …« Tom verstummte, statt noch etwas hinzuzufügen. Sie wusste, dass er sich mit seinen Eltern nicht verstand. Aber das stellte ihm keinen Freibrief aus, *ihre* Eltern offen zu kritisieren. »Vielleicht hab ich es schlicht deshalb so sehr geliebt, weil ich eben ein Kind *war.* Prokofiev hat die Musik für ein Publikum in dem Alter geschrieben. Gut möglich, dass sie mich deshalb so angesprochen hat. Genau wie das Lieblingsbuch eines Kindes für einen Erwachsenen oft wenig zu bieten haben. Ich sehe da gewisse Parallelen.«

»Aber warum haben Sie diese Musik so sehr geliebt?« Isobel ließ nicht locker.

»Als ich Geige spielen gelernt habe, wollten meine Eltern, dass ich mir große Violinkonzerte anhöre. Und ich kann nachvollziehen, warum. Das sollte ich in ihren Augen nämlich anstreben. Aber in dem Alter fand ich diese Musik langweilig. Sie war zu schwierig für mich, um sie zu begreifen, und zum Spielen schien sie völlig unerreichbar zu sein. Aber wenn ich mir *Peter und der Wolf* angehört habe, war mir klar, dass man mit Musik auch Spaß haben kann. Man konnte mitspielen, trotzdem war diese Musik unheimlich clever. Die einfachsten Melodien waren so sorgfältig durchdacht, dass sie auf Anhieb jeder der Figuren einen Charakter verliehen. Die Töne haben sie zum Leben erweckt, und dadurch habe ich erkannt, dass Musik Geschichten erzählen kann. Das hat mich damals inspiriert. Tut es eigentlich heute noch.« Er nickte Isobel zu. »Deshalb mag ich Folk-Musik so sehr«, fuhr er fort. »Viele Stücke sind traditionelle Geschichten, die von Generation zu Generation weitergegeben werden. Früher hat man sie sich am Lagerfeuer erzählt, verschiedene Geschichten für verschiedene Anlässe. Und irgendwann wurden sie dann vertont.«

Isobel lauschte stumm, während er sprach. Ihre Gedanken jedoch gingen weit über seine Worte hinaus und kehrten in ihre Kindheit zurück. Sie war entsetzt, als sie plötzlich Tränen in den Augen spürte. »Ich wusste doch, dass sie sich geirrt haben«, sagte sie. »Ich wusste es.« Isobel blinzelte heftig, wandte den Kopf ab und durchquerte das Zimmer. »Soll ich uns etwas zu trinken machen?«

»Ein Kaffee wäre toll, danke«, antwortete Tom und folgte ihr in die Küche. Er beobachtete sie, das spürte sie. *Verdammt.*

»Ich dachte mir, ich könnte vielleicht später heute Abend einen Spaziergang machen«, begann sie, um das Thema zu wechseln. »Wenn es ein bisschen abgekühlt hat. Gibt es hinter dem Haus irgendwelche Fußwege? Ich brauche irgendwas, dem ich folgen kann. Mein Orientierungssinn ist eine Katastrophe.«

»Nein, ich fürchte nicht. Aber man kann sich nicht wirklich verlaufen, man muss nur die Felder zählen. Es gibt da ein wunderschönes Fleckchen zwei Felder weiter. Dort ist ein Waldstück wie eine Trennwand vor dem nächsten Feld. Am Abend hörte man die Nachtigallen singen. Das ist eine Musik ganz besonderer Art.«

Isobel konzentrierte sich darauf, das Kaffeepulver für Tom in einen Becher zu löffeln. »Ich gebe es nur ungern zu, aber ich wüsste nicht mal, wie sich das anhört. Trotzdem danke, das klingt wunderbar. Vielleicht schaffe ich es gar nicht bis dorthin. Hängt alles davon ab, wie ich heute Nachmittag vorankomme. Ich dachte, ich hätte bei der Arbeit an meiner Komposition ein paar gute Tage gehabt. Nur hat sich herausgestellt, dass sie in Wirklichkeit gar nicht gut waren. Ich muss einiges aufholen.«

»Und was hat Prokofjew damit zu tun?«

»Könnten Sie mir etwas vorspielen?«, fragte sie statt einer Antwort. »Eine Ihrer Geschichten?«

Einen Moment lang herrschte Stille, während er darüber nachdachte.

»Könnte ich … aber ich fürchte, das müssen wir auf ein

andermal verschieben. Ich hab keines meiner Instrumente dabei.«

»Also, das ist kein Problem. Sie haben ja im Wohnzimmer gesehen, was für eine Ausstattung ich habe. Für jemanden mit Ihrem Wissen dürfte es kein Problem sein, die Möglichkeiten zu verstehen und auszuschöpfen. Mir steht so ziemlich jedes erdenkliche Instrument zur Verfügung.«

Er zögerte. »Aber es ist nicht wirklich dasselbe, oder? Ich bin nicht dran gewöhnt, so zu spielen. Irgendwie brauche ich dafür das Instrument in den Händen.«

»Dann vielleicht Keyboard?«, schlug sie vor. »Ich bin sicher, das können Sie.«

Tom trat von einem Bein aufs andere.

»Sie sind doch nicht etwa schüchtern, oder?«, fragte sie. »Oder liegt es daran, dass Sie zu bescheiden sind?«

Tom fuhr sich mit den Fingern durchs Haar. »Isobel, es tut mir leid. Egal, ob's an Schüchternheit oder Bescheidenheit liegt … ich werde nicht für Sie spielen. Nicht hier, nicht so.« Kurz verstummte er und bemühte sich um einen sanfteren Gesichtsausdruck. »Ich bin dran gewöhnt, für andere zu spielen, aber in Kneipen, bei Hochzeiten oder auf Geburtstagsfeiern, wo die Leute entspannt sind und ein paar Drinks intus haben. Und ich spiele mit der Band, nicht allein. Das hier ist mir zu … intim.«

»Oh.« Isobel verschlug es die Sprache. Sie hatte nicht damit gerechnet, dass er sich weigern würde.

Verlegen zuckte er mit den Schultern. »Tut mir leid, aber so ist es nun mal. Wenn Sie mich spielen sehen wollen, können Sie gern mal an einem Abend mit in die Kneipe kommen und den Jungs und mir zuhören.« Er lächelte. »Dazu sind Sie sehr herzlich eingeladen.«

»Tja, abhalten könnten Sie mich davon ohnehin nicht, oder? Wäre ja immerhin ein öffentlicher Ort.«

Seine Augen blitzten auf. Sie begegnete seinem Blick einen

Moment lang trotzig, bevor sie zu Boden schaute. Das hätte sie nicht sagen sollen. Was um alles in der Welt stimmte nicht mit ihr? Sie sah, wie sich seine Kiefern verkrampften. Die Stille wurde unerträglich.

»Isobel, was ist los?«

Jäh schaute sie mit einer Frage im Gesicht auf. »Nichts. Ich …«

Er trat einen Schritt näher. »Doch, es ist etwas.« Er seufzte. »Hören Sie, gestern hab ich Ihnen meine Seele offenbart. Sie haben es vielleicht nicht so wahrgenommen, aber das war ein Riesending für mich. Ich habe Ihnen Sachen erzählt, die sonst fast niemand weiß. Und mir fällt gerade schwer zu verstehen, warum. Weil Sie heute nämlich so tun, als sei nichts gewesen.« Allmählich wurde er zornig. »Dank Ihnen hab ich mich wegen Matt besser als seit sehr langer Zeit gefühlt. Weil ich den Eindruck hatte, Sie verstehen, was ich durchmache. Und als ich Sie gefragt habe, wie das sein kann, haben Sie gemeint, Sie wären genauso verkorkst!« Er musterte sie kurz. »So, wie ich das jetzt gerade sehe, muss ich Ihnen da wohl zustimmen. Also frage ich Sie noch mal: Was ist los, Isobel?«

Immer noch starrte er ihr unverwandt in die Augen. Aus dem Blau der seinen sprach eine zarte Freundlichkeit – und noch etwas, womit sie nicht gerechnet hatte: Herzlichkeit. Eine Reihe von Gefühlen durchflutete Isobel. Sie schluckte.

»Ich weiß es nicht«, erwiderte sie und fing an zu zittern.

Sie drehte ihr Gesicht zur Wand. Mit zwei Schritten war Tom an ihrer Seite. Seine Hände hielten ihre Arme und zogen behutsam an ihr, als wollte er, dass sie etwas losließe. Isobel klammerte sich bis zum letzten Moment an ihre Entschlossenheit, bis sie schließlich kapitulierte. Die Tränen strömten als wilde Flut der Emotionen aus ihr heraus und zwangen sie beinahe in die Knie. Sie hielt sich an Tom fest wie ein kleines Kind, nahm ihre Umgebung kaum noch bewusst wahr, spürte nur ihr überwältigendes Bedürfnis nach Trost.

Ein für sie seltsames Gefühl. Toms Arme und Brust waren hart, was sie ein bisschen überraschte. Aber die Hand, die sich auf ihren Hinterkopf legte, um ihn an seine Schulter zu drücken, fühlte sich zärtlich an, als seine Finger in Zeitlupe über ihr Haar strichen. Es war ein außergewöhnliches Gefühl. Und zum ersten Mal in Isobels Erinnerung ließ sie sich fallen, entspannte sich, schmiegte sich in die Geborgenheit seiner Arme, die sie dazu einluden. Sie war völlig außerstande, ein Wort hervorzubringen, lauschte nur seiner leisen Stimme an ihrem Ohr, die murmelte, dass alles gut werden würde.

Oh, wie sehr sie ihm glauben wollte! Sie wollte glauben, dass sie eine Zukunft damit hätte zu tun, was sie am meisten liebte. Aber ihre Geige war eine grausame Geliebte, die mit der einen Hand gab und mit der anderen nahm. Isobel hatte sich völlig dem Geigenspielen verschrieben, aber um welchen Preis?

In Wirklichkeit brauchte sie keine Antwort darauf – sie kannte sie seit Jahren. Die eigentliche Frage war, wie sie ihre Besessenheit je loslassen könnte. Das war der Grund, weshalb sie sich nun an Tom klammerte.

Auf diese Erkenntnis folgte eine weitere: Was immer in den nächsten Minuten geschehen mochte, es würde entscheidend für sie beide sein. Allmählich wurde Isobel ihr Gefühlsausbruch unsagbar peinlich. Sie hatte Tom ihre tiefsten Gefühle anvertraut und ihm damit unabsichtlich eine gewaltige Verantwortung aufgebürdet. Langsam löste sie sich von ihm.

Sein Hemd war feucht, hatte einen dunklen Fleck an der Schulter. Rasch rollte er einen Ärmel hinunter, bis der abgewetzte Stoff über seine Hand hing. Er zog ihn noch weiter nach unten, ergriff mit Daumen und Zeigefinger den Rand und benutzte dann den Handballen, um Isobel die Tränen abzuwischen. Nicht unfreundlich, aber eher nüchtern.

»Wag es bloß nicht, dich zu entschuldigen.« Er war plötzlich zum Du übergegangen. »Das Hemd hab ich sowieso nie besonders gemocht«, fügte er hinzu. »Ist also völlig egal, dass du's ruiniert hast.«

Überrascht öffnete sie den Mund, wusste nicht recht, was sie darauf erwidern sollte, bis sie das Grinsen bemerkte, das auf sein Gesicht getreten war.

»Oh Gott«, entfuhr es ihr. »Das war schrecklich.« Aber sie lächelte.

»Was meinst du?«, fragte Tom. »Dass du mich eimerweise vollgeweint hast – oder dass du mich dabei mit Rotz bekleckert hast?« Er hob eine Hand. »Nein, warte. Eigentlich war das beides nicht schrecklich. Nach der Wäsche wird das Hemd so gut wie neu sein, und du scheinst das spontane Weinen geradezu genossen zu haben.«

Isobel lachte und prustete plötzlich, weshalb sie noch mehr lachen musste. »Hätte es überhaupt noch schlimmer kommen können?«, fragte sie. »Abgesehen davon, dass ich dich mit Körperflüssigkeiten besudelt habe, seh ich bestimmt grässlich aus.«

»Du siehst *fürchterlich* aus. Um Himmels willen, Frau, reiß dich zusammen.«

Immer noch lächelnd wischte sie sich über die Augen, wurde dann aber wieder ernster. Sie legte ihm eine Hand auf den Arm.

»Danke.« Sie wusste, dass Tom sie verstand. Mehr musste nicht gesagt werden.

Er wandte sich ab und nahm die beiden Becher, die Isobel auf den Küchentisch gestellt hatte.

»Ich mache mal die Getränke fertig«, sagte er. »Tu du inzwischen, was immer ihr Frauen so tut, um euch zu beruhigen. Bin gleich wieder da.«

Isobel kam seiner Aufforderung nach. Als er zurückkam, saß sie wieder an ihrem Schreibtisch, hatte sich die Nase geputzt und das Gesicht abgetupft, bis die meisten Spuren der Tränen von vorhin verschwunden waren. Tom stellte den Becher mit dem Tee neben sie, ging weiter und setzte sich in den Lehnsessel ihr gegenüber. Er blies über die Oberfläche seines Kaffees.

»Also ich denke, wir haben festgestellt, dass es tatsächlich irgendeine Kleinigkeit gibt, die dir zu schaffen macht. Verrätst du mir, was es ist? Denn ich bin sicher, dass du's weißt. Oder soll ich lieber gehen?«

»Nein!« Ihre Antwort kam wie aus der Pistole geschossen, bevor sie leiser hinzufügte: »Nein. Bitte geh nicht.«

Er wartete darauf, dass sie weitersprach, während sie darum kämpfte, einen Anfang zu finden.

»Das ist wirklich schwierig«, begann sie schließlich.

Er nippte an seinem Kaffee. »Dann fang mit Prokofjew an. Ich weiß zwar nicht, warum er eine Rolle dabei spielt, tut er aber anscheinend, also …« Er ließ den Satz unvollendet in der Luft hängen.

Isobel setzte sich auf dem Stuhl zurecht und atmete durch. »Ich muss eine Komposition schreiben, das weißt du ja schon. Und sie muss etwas Besonderes sein, etwas *sehr* Besonderes. Du musst jetzt nicht wissen, warum, aber es ist ungemein wichtig für mich, und …« Sie warf die Hände hoch, als sie nach den richtigen Worten suchte. »Also, simpel ausgedrückt: Was ich bisher geschrieben habe, ist Kacke. Und ich meine totale Kacke, spektakuläre Kacke, unfassbare!«

»Ich denke, ich hab verstanden.«

Isobel lächelte, dann schluckte sie. »Ich bekomme keine Emotionen hin, Tom, in meiner Musik, meine ich. Das konnte ich noch nie. Wenn ich spiele, dann spiele ich versiert. Nein, mehr als das … eigentlich immer perfekt. Aber ich bin wie eine Maschine. Ich habe keine Seele, wenn ich spiele.«

Er wollte ihr widersprechen, doch sie hob die Hand. »Und wenn ich komponiere, kommt dabei etwas Fades, Lebloses heraus. Es besitzt keine Farben, keine Geschichte, keine Leidenschaft, nichts. Ich höre mir *Peter und der Wolf* an, weil ich den erzählerischen Aspekt der Musik mag. Und auch, dass jedes Instrument seinen eigenen Charakter hat. Und ich verstehe es. Nur kann ich es selbst nicht …« Sie verstummte und ließ den Kopf hängen.

Ein Stirnrunzeln hielt in Toms Gesicht Einzug, bevor er es verhindern konnte.

»Siehst du?«, sagte sie. »Ich wusste doch, dass du mich für blöd halten würdest.«

»Isobel, das tu ich nicht!« Er streckte eine Hand aus und berührte sie sanft am Arm. »Nicht jeder trägt das Herz auf der Zunge, und das ist in Ordnung. Aber vielleicht bin ich ein bisschen neugierig.« Er wartete ab, wie seine Erwiderung ankam, bevor er fortfuhr. »Für mich geht's bei Musik *ausschließlich* um Gefühle. Ich spiele dann am besten, wenn jeder Teil von mir in der Musik aufgeht. Dann ist da diese vollkommene Verbundenheit, die alles verknüpft und antreibt. Schätze, ich dachte, das ist bei jedem so.«

»Ist es auch. Bei jedem außer mir.«

Wieder wollte er ihr widersprechen. So etwas sagte man, wenn man eine Blockade hatte und mit einem Musikstück kämpfte, das einfach nicht in die gewünschte Richtung wollte, so sehr man sich auch bemühte. Dann jedoch wurde ihm klar, dass sie es ernst meinte. Todernst.

Er überlegte kurz. »Okay, dann lass mich dich spielen hören.« Er nickte in Richtung ihrer Geige, die neben ihrer Teetasse lag. »Aber etwas, das *du* geschrieben hast, kein Stück von einem anderen Komponisten. Spiel mir vor, woran du heute Morgen gearbeitet hast.«

»Aber es ist noch nicht fertig. Das kann ich dir unmöglich vorspielen.«

Er zog die Augenbrauen hoch und brachte damit glasklar zum Ausdruck, was er dazu meinte.

Isobel ergriff die Geige, setzte sie am Kinn an und bereitete den Bogen vor. Fast sofort begann sie zu spielen.

Das Stück dauerte etwa acht Minuten, und Tom lauschte wortlos bis zum Schluss, beobachtete sie dabei aufmerksam. Am Ende dieser Zeit wartete er noch ein paar Sekunden, bevor er kurz nickte.

»Spiel's noch mal«, forderte er sie auf. »Diesmal mit Gefühl, wie es so schön heißt.« Er grinste.

Als sie diesmal spielte, schloss Tom die Augen. Und nachdem sie fertig war, saß er weiter da und rührte keinen Muskel, bis der letzte Ton vollständig verklungen war. Langsam hob er den Kopf und sah ihr in die Augen. Er nickte. »Worum geht's darin?«, fragte er. »Was ist die Geschichte dahinter?«

»Das ist es ja«, erwiderte Isobel und bemühte sich, ein Zittern aus ihrer Stimme zu verbannen. »Ich glaube, es gibt keine.«

Er nickte, beugte sich vor, und in einer fast durchgehenden Bewegung nahm er seinen Becher und trank den Kaffee aus. »Weißt du, was ich denke?«

Sie bewegte den Kopf kaum merklich.

»Ich denke, dass *du*, Isobel Hardcastle, mal ein bisschen leben musst. Und sobald du das getan hast, wirst du feststellen: Was in dir steckt und so dringend mitgeteilt werden möchte, wird so schnell heraussprudeln, dass du es gar nicht mehr aufhalten kannst.«

Damit stand er auf, stellte den Becher zurück auf den Tisch und drückte ihr einen sanften Kuss auf die Stirn, bevor er das Zimmer verließ.

Kapitel 13

Nach seinem Besuch bei Isobel hatte Tom den Nachmittag hindurch stramm gearbeitet und war gut vorangekommen – gut genug, dass er das Gefühl hatte, gleich nach dem Abendessen heimgehen zu können, statt noch ein paar Stunden dranzuhängen. Zu Hause hatte er die Bettwäsche gewechselt, die Waschmaschine befüllt und sowohl die Küche als auch das Badezimmer gründlich geputzt. Was längst überfällig gewesen war. Nun saß er am Küchentisch, sah müßig die Post des Tages durch, und es gab nicht viel anderes, womit er sein Gehirn beschäftigen konnte. Unweigerlich füllte sich sein Kopf mit den Gedanken, die er die ganze Zeit zu verdrängen versucht hatte, seit er Isobel in den Armen gehalten hatte.

Tom fühlte sich hin- und hergerissen. Einerseits war sie eine der schönsten und faszinierendsten Frauen, denen er je begegnet war. Andererseits hatte sich ihre Zuwendung eher wie ein Verlangen nach Trost angefühlt, nach Zuspruch. Wie ihn vielleicht eine Tochter bei ihrem Vater suchte. Tief innerlich wusste er, dass es ein gewaltiger Fehler gewesen wäre, wenn er versucht hätte, ihr irgendetwas anderes anzubieten. Und dass er das gar nicht gewollt hatte, überraschte sogar ihn selbst. Er konnte sich nicht daran erinnern, wann er zuletzt eine Frau so innig umarmt hatte und nicht am nächsten Morgen neben ihr aufgewacht war. Aber Isobel war anders. Oder er war inzwischen anders. Jedenfalls war die Erkenntnis, dass er nicht mehr gewollt hatte, als sie zu trösten, vielleicht einer der wichtigsten Momente in seinem bisherigen Leben gewesen.

Nur, was sollte er jetzt tun? In den letzten zwei Jahren hatten ihm alle Frauen, die er kennengelernt hatte, nur als Ablenkung gedient. Er war nicht stolz darauf, aber dieser Lebensstil hatte ihn davon abgehalten, in seiner Trauer und den alles verzehrenden Schuldgefühlen wegen des Todes seines Bruders zu versinken. Früher hatte er sich davor gefürchtet, jemanden nahe an sich heranzulassen, weil er gedacht hatte, dann müsste er der Person seine innersten Dämonen offenbaren. Isobel jedoch hatte ihm mit ihrer ruhigen, nüchternen Art Dinge entlockt, die er noch niemandem sonst anvertraut hatte. In ihrer Gegenwart hatte er sich seinen Schuldgefühlen gestellt. Und nun fühlte er sich befreit, erfüllt von innerem Frieden. Was bedeutete das für ihn? Und was bedeutete es für Isobel und ihre Dämonen?

Das Buch, das Maddie ihm gegeben hatte, lag noch immer auf dem Tisch, wo er es hingelegt hatte. Er zog es zu sich und schlug willkürlich eine Seite auf. Tom fertigte seit Jahren Strohpuppen an, obwohl er sie lieber als »Strohfiguren« bezeichnete, weil er fand, das hörte sich nicht so sehr nach Mädchenkram an.

In der Lehre hatte er sich wie die meisten Auszubildenden damit die Zeit zwischen Aufgaben vertrieben. Die Methoden und traditionellen Formen wurden dabei in jeder Region von Familie zu Familie weitergegeben. Ursprünglich dienten Strohfiguren dazu, den Göttern für eine erfolgreiche Ernte zu danken, und wurden von Frauen in den Dörfern als Symbole der Fruchtbarkeit angefertigt. Man behielt sie bis zum nächsten Jahr im Haus, dann wurden sie zur Zeit der Aussaat wieder dem Feld »geopfert«, um ein weiteres gutes Jahr zu gewährleisten. Und als gute Ernte galt nicht nur reichlich Weizen für Brot, sondern auch reichlich Stroh zum Dachdecken.

Tom hatte ein, zwei Lieblingsentwürfe. Im Verlauf der Jahre hatte er so viele Strohfiguren gemacht, dass er sie praktisch mit verbundenen Augen herstellen konnte. Er war nicht sicher, was Maddie für das Cottage wollte, das er derzeit neu deckte. Aber er vermutete, es sollte etwas sein, das mehr Können demonstrierte oder ein kunstvolleres Muster hatte als einige der schlichteren Vorlagen. Er blätterte durch die Seiten und wartete darauf, dass ihm etwas ins Auge sprang – ideal wäre etwas, das sich mit der Geschichte von Joy's Acre verknüpfen ließe.

Eine der Seiten betrachtete er eine Weile und dachte nach. In gewisser Weise hatten alle auf Joy's Acre ihre eigene Geschichte – Trixie und Clara, Maddie und Seth und auch Tom selbst. Zusammen jedoch ergaben sie eine größere Geschichte, die Geschichte von Joy's Acre. Und wenngleich ein einzelner Strohhalm allein wenig bewirken konnte, ließ sich mit anderen zusammen etwas wesentlich Stärkeres erschaffen, beispielsweise ein Dach. Genau wie Joy's Acre stellten seine Dächer die Summe ihrer Bestandteile dar. Wenn mit der Zeit ein Teil davon versagte, würde auch der Rest ausfallen.

Ohne es zu merken, war ihm gerade die perfekte Idee für seine Website gekommen. Maddie hatte bereits damit begonnen, die Fäden der Geschichten anderer Menschen zu verflechten, und Tom hatte gesehen, wie wirkungsvoll das war. Seine eigene Website konnte dazu beitragen, auch die von Joy's Acre zu stärken. Tom stand auf, holte einen Block und einen Stift aus einer der Küchenschubladen und begann eifrig, seine Gedanken aufzuschreiben. Was er im Kopf vor sich sah, würde vielleicht gar nicht möglich sein. Aber Maddie würde es wissen, und wenn sie es umsetzen könnte, würde es fantastisch aussehen. Als er mit seiner Liste fertig war, konnte er nicht anders, als sich zu fragen, wie Isobel vorankam. Hatte sie inzwischen einen Weg gefunden, ihre Geschichte zu erzählen?

Er wandte sich wieder dem Buch zu und blätterte weiter. Jeder Abschnitt befasste sich mit einer anderen Art von Strohkunst – traditionelle Garben, Fruchtbarkeitssymbole. Ein dritter Abschnitt enthielt moderne Designs, die ihm persönlich am wenigsten gefielen. Der letzte Teil jedoch konzentrierte sich auf Figuren, und über diesen Seiten verharrten seine Finger am längsten. Die Vorlagen reichten von naiv bis aufwendig. Ihn sprachen die einfacheren Entwürfe an. Insbesondere einer veranlasste ihn, das Buch näher zu sich zu ziehen.

Es handelte sich um eine sehr schlichte Figur, beinah stockartig, aber mit zwei gekrümmten Armen, die ineinander mündeten und einen Strauß vor einen »Rock« aus gespreizten Strohteilen hielten. Der Kopf war ein einfaches Oval, ergänzt um einen geflochtenen Teil, der den Eindruck von Haaren erweckte. Sie baumelten in Form von zwei langen Zöpfen über die Schultern, jeweils abgeschlossen mit einem winzigen Streifen, der einem Haarband ähneln sollte. Abrupt schaute Tom auf und starrte ins Leere.

An diesem Nachmittag, als Isobel gerade zu spielen beginnen wollte, hatte sie mit einer ruckartigen Kopfbewegung den Zopf über die Schulter zurückgeworfen. Schon bei der ersten Begegnung mit ihr hatte der Stil, wie sie ihr Haar trug, eine Art Déjà-vu bei Tom ausgelöst, nur konnte er bisher nicht den Finger darauflegen, was genau ihm so vertraut erschien. Heute hatte sich sein Gedächtnis erneut geregt, als er diese Geste beobachtete, diesmal jedoch stärker. Und nun, als er das Bild wieder vor Augen hatte, fiel ihm plötzlich ein, wo er das schon einmal gesehen hatte.

Tom verdrängte alle Gedanken an Strohfiguren, als er sich schnell vom Tisch erhob und ins Wohnzimmer ging, wo sein Computer stand. Er setzte sich und trommelte ungeduldig mit den Fingern auf dem Schreibtisch, während er darauf wartete, dass der Rechner hochfuhr. Sein Erinnerungsvermögen konnte man selbst im besten Fall nicht als großartig beschreiben, und er war noch ein kleines Kind gewesen, als er sie zum ersten Mal gesehen hatte. Kein Wunder, dass er sich nicht an ihren Namen erinnern konnte. Jedenfalls war er überzeugt, dass eine Google-Suche nach ihrem derzeitigen Namen – Isobel Hardcastle – wohl keine brauchbaren Ergebnisse bringen würde.

Vielleicht hatte Isobel ihren Nachnamen in den letzten Jahren geändert oder – wahrscheinlicher – beim Buchen des *Gardener's Cottage* einfach nicht ihren richtigen angegeben. Aber was sie nicht ändern konnte, waren ihr bemerkenswertes Aussehen und ihr Angewohnheiten. Seit er sie kennengelernt hatte, nagten sie an ihm, diese kleinen Gesten, durch die sie ihm so bekannt vorkam: wie sie die Hand ans Gesicht hielt, wie sie den Kopf beim Sprechen schief legte, aber vor allem dieser Ruck mit dem Kopf, mit dem sie die Haare über die Schulter und weg von der Geige warf. Das hatte sie schon als Kind getan.

Zuerst gab er ihren aktuellen Namen in eine Suchmaschine ein. Nur für den Fall, dass er sich irrte. Aber obwohl es Hinweise auf viele verschiedene Isobel Hardcastles gab, befand sich darunter kein Treffer für seine Musikerin mit dem rabenschwarzen Haar. Er lehnte sich auf dem Stuhl zurück und ahnte, dass es wohl eine Weile dauern würde, die Informationen zu finden, die er suchte. Was Tom als routinierte Nachteule wenig störte. Falls nötig, hätte er die ganze Nacht.

Seine ersten Suchanfragen ergaben eine Unzahl von Links. Er fing an, ihnen zu folgen, tauchte tiefer und tiefer in den Quell der Daten und Fakten. Die erste Stunde verflog beinahe unbemerkt. Dann versuchte er es mit anderen Suchbegriffen, um die Ergebnisse einzuschränken. Er staunte über die Anzahl ähnlicher Geschichten, die angezeigt wurden. Aber erst, als er aufstand, um sich etwas zu trinken zu holen, kam ihm ein anderer Gedanke. Isobel und er waren ungefähr gleich alt. Da er 1985 geboren war, hatte er im September 1993 seinen achten Geburtstag gefeiert. Wenn man einen geringfügigen Altersunterschied berücksichtigte, konnte er den Zeithorizont auf kurz nach 1990 bis kurz vor der Jahrtausendwende eingrenzen.

Es dauerte fast eine weitere Stunde, bis er fand, wonach er suchte. Tom las jeden Artikel, auf den er stieß. Dabei fühlte er sich fürchterlich schlecht, hasste sich regelrecht für das Eindringen in Isobels Privatsphäre. Aber er musste es einfach wissen. Wenn er ihr in irgendeiner Weise helfen wollte, musste er den Weg verstehen, der sie nach Joy's Acre geführt hatte.

Und schon bei dem, was er bisher in Erfahrung gebracht hatte, konnte er vollkommen verstehen, warum sie ihren Namen geändert hatte. Er konnte nur mutmaßen, was sie in den Jahren seit der Veröffentlichung der Artikel gemacht hatte – in der Zeit danach wurden die Informationen spärlicher und versiegten schließlich ganz – für den Rest der Welt existierten ihre Probleme nicht mehr. Er schloss die Augen und dachte über seine eigenen Qualen in der letzten Zeit nach. Aber im Vergleich dazu, was sie durchgemacht haben musste, verblassten sie fast zu Bedeutungslosigkeit. Also ja – ihm war mittlerweile völlig klar, warum sie nicht wollte, dass irgendjemand etwas über ihre Vergangenheit erfuhr, und er fragte sich verwirrt, warum sie sich das alles noch einmal antun wollte.

Kapitel 14

Isobel betete, dass es nicht Tom war, der vor der Tür stand, wenn sie aufmachte. Er war gestern zwar hilfreich, taktvoll und absolut freundlich gewesen, aber sie hatte ihn vollgeheult wie ein Baby. Und wie! Sie hatte sich an ihm festgeklammert wie ein kleines Kind und ihm schluchzend ihr Herz ausgeschüttet. Er war großartig damit umgegangen, hatte es sogar geschafft, ihr die Verlegenheit zu nehmen. Trotzdem war es passiert, und irgendwann würde sie wieder darüber sprechen müssen, nicht zuletzt, weil Isobel noch immer ein gewaltiges Problem hatte.

Es war jedoch Trixie, die auf der Schwelle stand und sie mit einem Lächeln begrüßte. Erleichtert bat Isobel sie herein.

»Passt es Ihnen gerade mit dem Essen?«, fragte Trixie, als sie ihr einen abgedeckten Korb überreichte. »Sonst hält es sich auch im Kühlschrank. Ist nur Brot, Salat und eine herzhafte Pastete drin. Ich weiß ja nicht, wie's Ihnen geht, aber ich vertrage bei der Hitze nichts Schweres.«

Isobel hob das Tuch an, das über den Korb gelegt war, spähte hinein und sah Trixie ein bisschen verdutzt an. »Oh. Muss ich das alles essen? Ich komm mir vor, als würde ich für Weihnachten gemästet – oder zumindest hemmungslos verwöhnt«, fügte sie hinzu, als ihr klar wurde, dass ihre Äußerung ein wenig grob geklungen hatte. »Das sieht alles unglaublich lecker aus, aber ich bin wirklich nicht sicher, ob ich es essen kann.«

Just in dem Moment gab ihr Magen ein lautes Knurren von sich. Sie legte die Hand darauf. »Wenn ich's mir recht überlege, vielleicht doch«, sagte sie lachend. »Ich glaube, ich habe noch gar nicht gefrühstückt. Heute hab ich fast bis zehn geschlafen, was ich sonst nie mache. Muss wohl an der Umgebung liegen.«

Und das stimmte. Beim Aufwachen war ihr bewusst geworden, dass sie zum ersten Mal seit sehr langer Zeit friedlich geschlafen hatte.

»Ja, gut möglich – aber vielleicht fangen Sie auch bloß an, sich zu entspannen. Oder Joy wirkt ihre Magie. Ich persönlich bin mir nicht so ganz sicher, ob es stimmt, aber Maddie und Clara sind überzeugt davon, dass sie über uns alle wacht.«

Isobel runzelte die Stirn. »Aber ich dachte, sie wäre …«

»Tot? Ja, ist sie. Mausetot. Spielt aber anscheinend keine Rolle. Wahrscheinlich sollte ich nicht so zynisch sein, vor allem, weil gerade alles so gut läuft. Ich hasse solchen Kram, aber wer weiß … könnte ja auch wahr sein.«

»Ich versuche gerade, mich an die Geschichte von der Website zu erinnern«, sagte Isobel. »Ich glaube, sie war Malerin, ist das richtig?«

»Genau, das war sie. Am Ende war das alles ein bisschen tragisch, weil ein Großteil ihrer Werke zerstört wurde. Es gibt nur noch eine Handvoll ihrer Gemälde, und glücklicherweise haben wir zwei davon. Eins hat Seth kurz nach dem Einzug hier gefunden. Bei einer Auktion. Und erst neulich haben wir beim Räumen ein anderes gefunden, das hinter eine Kommode gefallen war.« Sie lächelte Isobel an. »Ist 'ne lange Geschichte«, fügte sie hinzu. »Wahrscheinlich haben Sie für all das im Augenblick keine Zeit. Aber wenn Sie mal ein Stündchen haben, können Sie gern rüber ins Haupthaus kommen – da hängen die Bilder, und ich kann Ihnen alles über Joy erzählen. Dabei fällt mir ein: Es gibt ein Buch über Joy und ihren Mann, das einer der Dorfbewohner während eines Aufenthalts hier geschrieben hat. Seth hätte nichts dagegen, wenn Sie es sich ausleihen. Es erzählt die Geschichte wunderschön.«

»Das tu ich vielleicht«, erwiderte Isobel und dachte an

Toms Worte vom Vortag. Bei der Erinnerung daran errötete sie unwillkürlich.

»Nur nicht heute, ich muss wirklich weitermachen. Gestern hatte ich einen kleinen Rückschlag. Ich bin noch dabei abzuwägen, ob ich irgendwas retten kann oder von vorn anfangen muss. Das Dumme ist nur: Falls ich von vorn anfangen muss, weiß ich nicht, wie ich das machen soll.«

Trixie grinste. »Das geht mir genauso. Ich probiere gerade Rezepte aus, und dabei ist eins, dass ich einfach nicht richtig hinbekomme, egal, wie ich es versuche. Schätze, ich muss wohl noch mal von vorn anfangen.« Sie betrachtete den Korb, den Isobel nach wie vor in den Händen hielt. »Lassen Sie mich wissen, was Sie von der Pastete halten, ja? Ist auch ein neues Rezept, und ich möchte herausfinden, welche Gerichte am beliebtesten sind.«

Isobel spürte, wie ihre Stimmung ein wenig sank, während sie verzweifelt überlegte, was sie sagen sollte.

»Mit Essen haben Sie's wirklich nicht so, was?«, füllte Trixie die Lücke im Gespräch, die Isobel hinterlassen hatte. »Sind Sie nur sehr wählerisch? Oder haben Sie Angst zuzunehmen?«

Dabei musterte sie Isobel eindringlich, allerdings ohne jede Spur von Böswilligkeit. Es interessierte sie lediglich. Für eine Köchin musste es merkwürdig sein, auf jemanden zu treffen, der so gar kein Interesse an Essen zeigte.

»Ich bin mir nicht mal sicher, ob's daran liegt. Es ist bloß etwas, worüber ich mir normalerweise nicht den Kopf zerbreche. Ich meine, natürlich esse ich, aber ich hab nie wirklich groß über Essen nachgedacht. Es ist nur Brennstoff für den Körper.«

Mit der Antwort schien Trixie grundsätzlich zufrieden zu sein, auch wenn sie leicht die Augen verengte. »Hm, das werden wir noch sehen. Ich werd mir überlegen, womit ich Sie verlocken kann. Ein paar hausgemachte Mahlzeiten mehr und viel frische Luft können Ihnen mit Sicherheit nicht schaden.

Sie sind entschieden zu blass …« Plötzlich verstummte sie, errötete ein wenig und räusperte sich. »Hoppla. Ich komm schon wieder in Fahrt. Was ich sagen wollte, ist: Sie arbeiten so hart, dass Sie wahrscheinlich viel zu viel Zeit drinnen verbringen. Wenn Sie öfter rausgehen und die Sonne genießen, werden Sie merken, dass Sie mehr Appetit bekommen.«

Isobel lächelte über Trixies unverblümte, aber gut gemeinte Aufrichtigkeit. Und vermutlich hatte sie nicht mal unrecht. Dennoch wollte Isobel dringend das Thema wechseln.

»Waren Sie schon immer Köchin?«, erkundigte sie sich, um Interesse zu zeigen, wie es ihr von ihrem Therapeuten empfohlen worden war. *Die Menschen mögen es, wenn man sie etwas über sie fragt. Das ist immer eine gute Möglichkeit, ein Gespräch zu beginnen. Und hören Sie immer gut zu, was Ihnen erzählt wird. Achten Sie auf die Hinweise darin. Das hilft dabei, den Dialog auf natürliche Weise zu lenken, ohne dass es aufgesetzt wirkt.*

»Gott, nein«, antwortete Trixie. »Das hier ist meine erste Stelle als richtige Köchin. Aber ich musste mich schon sehr früh selbst versorgen, hatte also keine große Wahl – entweder kochen lernen oder verhungern.« Sie grinste. »Ein Glück, dass ich gern koche, was?«

»Also haben Sie nie eine Ausbildung gemacht?«

»Nein. Alles, was ich kann, hab ich mir selbst beigebracht. Aber vielleicht ist das der beste Weg. Man lernt aus seinen Fehlern. Und so musste ich wenigstens nie Angst haben, dass ich jemanden vergifte.«

»Bis jetzt.«

»Stimmt. Aber so weit, so gut. Und es ist super hier, als würde ich für eine große Familie kochen. Und die Rückmeldungen vom Bauernmarkt sind so ermutigend, dass wir uns gedacht haben, wir gehen noch einen Schritt weiter. Es fragen so viele Leute nach unseren Rezepten, dass es blöd von uns gewesen wäre, sie nicht in einem richtigen Kochbuch zusammenzupacken. Wer weiß? Vielleicht wird's ein totaler Flop, aber wenn man's nicht versucht, weiß man's nie, oder? Da probier ich's lieber und fall auf die Nase, als gar nicht erst den Mumm dafür aufzubringen.«

Isobel spürte, wie sich bei Trixies Worten etwas in ihr regte. Wie recht sie doch hatte. Und an ihren guten Tagen kannte Isobel dieses Gefühl – es brachte sie dazu, morgens aufzustehen. Ihr Problem war nur, dass an manchen Tagen – tatsächlich an zu vielen – die Angst davor, erneut zu versagen, nahezu überwältigend war. Sie lächelte. Was für ein Zufall, dass sie ausgerechnet an einem Ort gelandet war, an dem alle in den einen oder anderen kreativen Prozess verstrickt zu sein schienen. Natürlich konnte es auch ganz und gar *kein* Zufall sein …

»Das ist ja richtig aufregend! Ich hatte keine Ahnung, dass Sie so was vorhaben«, sagte sie.

Trixie verdrehte die Augen. »Ich weiß, wir müssen verrückt sein. Wir haben so schon genug zu tun, um Tag und Nacht mit Vollgas zu arbeiten, wenn wir wollten. Und jetzt halsen wir uns das auch noch auf.« Sie zuckte mit den Schultern. »War eigentlich gar nicht geplant. Aber sollen wir die Möglichkeit sausen lassen, wenn sie uns schon in den Schoß gefallen ist? So eine Chance muss man doch nutzen, oder?«

Isobel nickte. Sie sah erst auf die Armbanduhr, dann auf den Korb mit dem Essen. Es war noch relativ früh. Plötzlich hatte sie eine Idee.

»Wissen Sie was, Trixie? Obwohl mir der Magen knurrt, würde ich gern jetzt gleich auf Ihr Angebot zurückkommen, falls das in Ordnung ist. Könnte ich Sie ins Haupthaus begleiten und mir Joys Werke ansehen? Mir ist da gerade etwas eingefallen, aber ich verspreche, ich halte Sie nicht lange auf.«

Trixie lächelte. »Aber nur unter der Bedingung, dass ich Sie auch ein bisschen aushorchen darf.«

***

Isobel besuchte das Haupthaus zum ersten Mal. Zwar hatte sie am Tag ihrer Ankunft auf Joy's Acre an die Haustür geklopft, war aber dann sofort zu ihrem Cottage geführt worden. Deshalb hatte sie nur einen flüchtigen Blick auf die ersten paar Meter der Diele erhascht. Diesmal fielen ihr die Gemälde direkt ins Auge, als sie über die Schwelle trat. Es waren zwei, die Seite an Seite hingen. Beide zeigten deutlich und in den kräftigsten Farben, die man sich vorstellen konnte, die Gärten und die kleinen Häuser. Isobel fand, dass die Bilder etwas Unschuldiges ausstrahlten. Als hätte ein übermütiges Kind sie gemalt. Gleichzeitig erkannte sie, wie viel Können in die Ausführung geflossen war.

»Das ist das Erste«, erklärte Trixie und betrachtete das etwas kleinere der beiden Gemälde. »Sehen Sie? Es zeigt praktisch den gesamten Garten.«

»Er hat sich ja kaum verändert«, erwiderte Isobel. »Da ist mein Cottage, und ich bin sicher, was da im Garten blüht, sind Herbstrosen.«

»Wahrscheinlich haben Sie recht. Schon erstaunlich, dass auch die Vorbesitzer nie groß was verändert haben. Ich meine, es war nicht so, wie es heute ist – es war alles ziemlich heruntergekommen. Aber Seth und Clara haben sich ins Zeug gelegt, damit wenigstens die Gärten wieder aussehen wie früher. Und jetzt arbeiten wir ja auch an den Häusern. Wird nicht mehr lange dauern, bis auch sie wieder in ihrem alten Glanz erstrahlen. Danach hat Seth noch so einiges mit dem restlichen Gelände vor. Wenn alles optimal läuft, haben wir hier in ein paar Jahren wieder eine traditionell bewirtschaftete Farm.«

Isobel richtete die Aufmerksamkeit auf das zweite Bild und betrachtete es eingehender. »Man kann wirklich sehen, dass

Joy diesen Ort geliebt hat«, sagte sie. »Ihre Bilder sind so … freundlich. Und alles hier fühlt sich auch noch heute so an.«

»Ich freu mich, dass Sie so denken.« Trixie lächelte. »Kommen Sie mit in die Küche, dann hole ich das Buch für Sie.«

Isobel folgte der Köchin in einen warmen, luftigen Raum, den ein in der Mitte stehender großer Tisch mit geschrubbter Kiefernholzplatte beherrschte. Allerlei Küchengerätschaften lagen darüber verstreut.

»Setzen Sie sich kurz, ich bin gleich wieder da.«

Isobel entschied sich für einen Stuhl am hinteren Ende, wo sich am wenigsten auf dem Tisch stapelte. Aber auch dort lagen mehrere handgeschriebene Zettel neben einem Haufen von Notizblöcken. Eine große, geschwungene Handschrift bedeckte das Papier. Isobel nahm einen der Zettel und verspürte plötzlich Hunger, als sie die Zutatenliste las. Sie erkannte das Rezept: Es war ein Gericht, das Trixie neulich zum Abendessen serviert hatte.

»Das ist mein Stapel mit sehr aussichtsreichen Kandidaten«, kommentierte Trixie, als sie in die Küche zurückkam. »Sehen Sie die Rezepte ruhig durch, und lassen Sie mich wissen, was Sie denken. Vor allem, wenn was dabei ist, das Ihnen nicht so gut geschmeckt hat.« Trixie legte das Buch, das sie in der Hand hatte, auf den Tisch. »Hier bitte, etwas Bettlektüre. Achten Sie nur drauf, ausreichend Taschentücher in der Nähe zu haben. Drückt ein bisschen auf die Tränendrüse.«

Isobel schaute auf. »Sie haben gesagt, es wäre recht tragisch gewesen. Was ist passiert?«

Trixie schüttelte den Kopf. »Gespoilert wird nicht«, entgegnete sie. »Aber was anderes: Was war das für ein Gedanke, den Sie vorhin hatten?«

»Ich bin mir noch nicht sicher … vielleicht gar nichts. Jedenfalls werde ich mal reinlesen, vielen Dank.« Isobel griff nach einem weiteren Zettel, um das Thema zu wechseln. Mittlerweile schwirrten ihr mehrere Ideen durch den Kopf und rangen um ihre Aufmerksamkeit. Aber sie wollte erst ein bisschen Zeit allein mit ihnen verbringen, bevor sie jemandem davon erzählte. »Das ist das Rezept für die kalte Suppe, die es neulich gab. Die hat mir recht gut geschmeckt.«

Erst fast eine Stunde später kehrte Isobel ins Cottage zurück. Trixies Begeisterung nicht nur für Essen, sondern scheinbar für die meisten Dinge in ihrem Leben, war offenbar ansteckend. Isobel hätte ihr noch stundenlang zuhören können. Wieso hatte sie das früher nie gemacht? Wieso hatte sie sich nie auf Menschen eingelassen, die diese Wirkung auf sie haben konnten? Menschen, die das Leben als etwas betrachteten, das es zu erkunden und zu genießen galt. Die Träume und Ambitionen hatten. Und denen es gleichzeitig gelang, sie auf ausgeglichene Weise zu erreichen – nicht in Form der auszehrenden Besessenheit, die Isobel ihr Leben lang versklavt hatte.

Ihr Computer lief noch. Ein Teil von ihr wusste, sie sollte sich hinsetzen und zu arbeiten versuchen. Allerdings hatten die Stunden, die sie am Vormittag damit verbracht hatte, bereits bewiesen, dass es reine Zeitverschwendung war. Sie fand ihre derzeitige Stimmung äußerst absonderlich, ganz und gar nicht das, was sie gewohnt war. Doch irgendetwas sagte ihr, dass es der perfekte Moment wäre, sich dem einfach hinzugeben. Sie schlenderte zurück in die Küche und richtete sich die Pilzpastete an, dazu etwas von dem Salat, den Trixie ihr gebracht hatte. Damit ging sie zum Sofa, nahm das Buch über Joy's Acre zur Hand und fing an zu lesen. Ihre Augen wurden mit jeder Seite größer.

***

Isobel erreichte den von Tom beschriebenen Wald wesentlich schneller, als sie erwartet hatte. Vom Tor hinter ihrem Cottage aus hatte er weit entfernt gewirkt, aber sie war schon nach wenigen Minuten da. Vielleicht brachte der Tag selbst ihr Zeitgefühl durcheinander. Zum ersten Mal seit sehr Langem hielt sie sich nicht an einen strengen Plan, sondern ließ sich einfach mit dem Fluss des Lebens auf der Farm treiben. Noch aufschlussreicher war es, dass sie am Nachmittag nicht wie ursprünglich beabsichtigt die Arbeit fortgesetzt, sondern sich einfach auf dem Sofa ausgestreckt und weitergelesen hatte.

Trixie hatte recht: Die Geschichte von Joy's Acre war zugleich herzzerreißend und herzerwärmend. Und zu ihrer Überraschung empfand Isobel eine ausgeprägte Verbundenheit mit der Künstlerin. Beide verstanden die Leidenschaft hinter ihrer Kunst, die treibende Kraft des Erschaffens, die Vorrang vor allem anderen hatte, manchmal aber eher ein Leiden als ein gottgegebenes Talent zu sein schien. Und auch wenn Joy in viktorianischer Zeit gelebt hatte: Die ihr damals auferlegten Zwänge der Gesellschaft waren vermutlich kaum anders gewesen als die in Isobels eigenem Leben.

Der einzige Unterschied zwischen ihnen war, dass Joy das Glück gehabt hatte, die Wärme einer liebevollen Beziehung in ihrem Dasein zu erfahren. Joy hatte unter einer bipolaren Störung gelitten. Aber statt zu versuchen, sie zu verheimlichen, hatte ihr Ehemann für sie einen Ort erschaffen, an dem er sie lieben und pflegen konnte. Und der ihr gleichzeitig die kreative Freiheit ermöglichte, nach der sie sich so gesehnt hatte.

Isobel konnte nachvollziehen, warum sich Seth und Maddie in den Ort verliebt hatten. Abgesehen von der atemberaubenden Lage und Landschaft herrschte hier eine undefinierbare Atmosphäre, die Isobel schon nach kurzer Zeit bei der Arbeit spürte. Sie war nach Joy's Acre gekommen, um ihrer gewohnten Umgebung zu entfliehen. Sie hatte gedacht, mehr bräuchte sie nicht, um arbeiten zu können. Aber je länger sie hier war, desto klarer wurde ihr, dass sie damit nur einen Tapetenwechsel erreicht hatte. Nicht Isobels Umgebung hatte sie eingekerkert, sondern ihre Arbeit selbst. Ein zugleich befreiender und überaus beängstigender Gedanke – denn wer wäre sie eigentlich ohne ihre Arbeit? Sie würde ziellos dahintreiben. Und auch wenn sie dadurch losgelöst von allem wäre, was ihr in der Vergangenheit Kummer bereitet hatte, würde sie damit zugleich die Verbindung zu der einzigen Sache verlieren, die ihr jemals Freude gemacht hatte.

Wenn sie je den Weg in eine vernünftige Zukunft finden wollte, musste sie ein neues Gleichgewicht in ihr Leben bringen. Eine aus ihrer derzeitigen Sicht schier unmögliche Aufgabe … oder doch nicht? Während sie mitten auf dem Feld stand, wo sie nur die Wärme der Sonne auf der Haut spürte und das sanfte Rauschen des Windes und das Summen emsiger Insekten hörte, schien fast alles möglich zu sein.

Gerade hatte die dritte Woche ihres Aufenthalts hier begonnen, was bedeutete, dass ihr nur etwas weniger als ein Monat blieb, um ihr Stück zu beenden – oder eher, wie ihr mittlerweile klar wurde, um ein neues zu beginnen und zu vollenden. Die Komposition, mit der sie sich bisher herumgeplagt hatte, funktionierte einfach nicht. Technisch war das Stück anspruchsvoll, und wie so vieles, was sie in der Vergangenheit gespielt hatte, würde es ihr Talent zur Geltung bringen. Allerdings gab es eine ganze Reihe sehr talentierter Geigerinnen und Geiger. Früher war Isobels einzige Besonderheit, durch die sie sich von der Konkurrenz abgehoben hatte, ihr Alter gewesen, und das zählte nicht mehr. Mittlerweile stach sie nur noch durch ihren spektakulären Absturz hervor.

Im Schatten der Bäume war es kühler. Isobel war dankbar für die Verschnaufpause von der Hitze. Der Wald um sie herum prangte in jeder erdenklichen Schattierung von Grün. Durch die Wipfel konnte sie einen Hauch von Blau erkennen. Sie setzte sich ein Weilchen auf einen umgestürzten Baumstamm, als sie spürte, wie sich ihre Gedanken überschlugen. Sie holte tief Luft und versuchte, einen klaren Kopf zu bekommen.

Die abgeschiedene Atmosphäre in ihrem Zuhause bot ihr keinen Raum zum Denken. Vielleicht hatte sie unterbewusst geahnt, dass ihre Entscheidung, wegzugehen und sich auf Joy's Acre einzumieten, ihr genau das ermöglichen würde. Als sie nun Joys Geschichte zu Ende gelesen und sie ein wenig hatte wirken lassen, wuchs die Saat einer Idee, die Trixie gepflanzt hatte, und Isobels Gedanken nahmen Fahrt auf. Es erwartete sie viel Arbeit – sie würde praktisch ganz von vorn anfangen müssen. Aber allein die Richtung zu kennen, in die sie wollte, fühlte sich schon wie eine gewaltige Errungenschaft an.

Sie wollte noch gar nicht an all die anderen Dinge denken, um die sie sich aufgrund ihrer Entscheidung kümmern müsste – weitaus schwierigere Dinge, als Musik zu komponieren oder zu spielen. Denn wenn sie diesen ersten Aspekt nicht richtig hinbekäme, wären die anderen ohnedies hinfällig. Darüber würde sie sich zu gegebener Zeit den Kopf zerbrechen. Vorerst musste ihre neue Idee Vorrang haben.

Tief in Gedanken versunken war ihr nicht einmal bewusst gewesen, dass sie sogar über Tom nachdachte, bis das Knurren ihres Magens den Bann brach. Sie hatte sich Tagträumen hingegeben, sich ausgemalt, wie sie ihm vorspielte und er ihr erst aufmerksam zuhörte und dann einstieg, neue Rhythmen hinzufügte und Melodien ergänzte. Die plötzliche Erkenntnis rüttelte Isobel wach.

Abrupt stand sie auf, verdrängte die Gedanken und sah auf die Armbanduhr. Ihr Magen hatte völlig recht: Es war Zeit zum Abendessen. Allein bei dem Gedanken daran musste sie lächeln. Das Mittagessen hatte sie in kleine Stücke geschnitten, bevor sie es verzehrte, und war davon ausgegangen, dass sie höchstens ein, zwei Bissen zu sich nehmen würde. Stattdessen hatte sie sich zu ihrer Überraschung eine Gabelladung nach der anderen in den Mund geschoben und die gesamte herzhafte Pastete verschlungen. Es war sehr lange her, dass sie eine Mahlzeit wirklich genossen hatte, und mehr als das, seit sie sich zuletzt darauf *gefreut* hatte. Zielstrebig trat sie den Rückweg zum Cottage an.

Kapitel 15

Tom war schon fast aus der Tür, als sein Telefon klingelte. Er fluchte leise. Er hatte bereits vor einer halben Stunde unterwegs sein wollen, doch es erwies sich eben als einer *jener* Morgen.

Mit dem Telefon zwischen Ohr und Schulter schloss er gerade die Haustür ab, als ein Wort seine Aufmerksamkeit erregte.

»Entschuldigung, könnten Sie das wiederholen?«, sagte er.

»Ja. Ich habe gesagt, ich bin auf der Suche nach einer Geigerin oder einem Geiger.« Die Stimme der Frau klang äußerst angespannt.

Toms Herzschlag beschleunigte sich ein wenig. »Nach jemand Bestimmten?«, fragte er nach und scherzte damit nur halb.

Eine längere Pause entstand. »Wie viele haben Sie denn anzubieten?« Darauf folgte ein Seufzen. »Wissen Sie, eigentlich spielt es keine Rolle. Ich brauche jemanden, der kompetent ist und in etwa anderthalb Stunden hier sein kann.«

Tom nahm das Handy vom Ohr und starrte auf die Anruferkennung, aber die Nummer sagte ihm nichts. Er runzelte die Stirn. »Tut mir leid, irgendwie muss ich verpasst haben, was Sie am Anfang gesagt haben. Mit wem spreche ich?«

»Mein Name ist Sally. Sally Edwards. Ich habe Ihre Nummer vom Hotel *Harrington Hall.* Soviel ich weiß, sollen Sie da in ein paar Wochen auf einer Hochzeit spielen, und die Leute haben gesagt, Sie könnten mir vielleicht helfen.«

Tom blies den angehaltenen Atem aus, als Sally fortfuhr. »Ich bin ein Viertel von *Four Play.* Wir sind ein Streichquartett und sollen heute Nachmittag für Julian und Catherine spielen. Nur ist der Mann unserer anderen Geigerin vor einer Stunde in einen Unfall verwickelt worden, und deshalb musste sie plötzlich weg. Ist natürlich total verständlich, aber wir hängen jetzt völlig in der Luft. Wenn nicht spontan jemand einspringt, können wir unmöglich spielen, und ich würde die Leute ausgesprochen ungern enttäuschen. Sie und ihre Kollegen sind eine Folk-Band, nicht wahr? Der Hochzeitskoordinator vom *Harrington Hall* hat gemeint, Sie könnten mir vielleicht helfen …«

»Na ja, eine Folk-Band sind wir schon, aber keine Geiger, fürchte ich.« Ein erleichtertes Lächeln trat auf Toms Lippen, das allerdings erstarrte, als ihm plötzlich ein offensichtlicher Gedanke kam. Rasch verdrängte er ihn. »Oder genauer gesagt keine *kompetenten* Geiger. Ich spiele zwar, aber nicht annähernd auf dem Niveau, das für ein Streichquartett nötig wäre. Außerdem hab ich seit Jahren keine Klassik mehr gespielt.«

»Ach, verflixt. Und ich dachte mir noch, es wäre zu schön, um wahr zu sein.«

Tom überlegte kurz. »Hören Sie, ich persönlich kann Ihnen nicht helfen, aber ich kenne ein paar Leute, die's vielleicht können. Sie wissen schon, Freunde von Freunden. Lassen Sie mich schnell ein paar Anrufe machen. Falls jemand Ihnen weiterhelfen kann, sorge ich dafür, dass man sich sofort bei Ihnen meldet.«

So war es wohl das Beste. Er hatte nichts versprochen, hatte nicht einmal Isobels Namen erwähnt. Wenn sie sich also wirklich nicht dazu durchringen könnte, wäre nichts passiert. Er würde sie einfach fragen, und sie würde entweder Ja oder Nein sagen. Nur sollte er besser rasch in die Gänge kommen.

»Danke, das weiß ich wirklich zu schätzen. Vielleicht werden Sie ja doch noch unser Lebensretter.«

Zwei Minuten später war Tom auf dem Weg zu Joy's Acre.

***

»Tom!«, rief Isobel, als sie ihm die Tür öffnete. »Ist alles in Ordnung?«

Er wirkte angespannt. Allerdings hatte sie ihn seit einigen Tagen nicht mehr richtig zu Gesicht bekommen. Nicht mehr, seit …« Sie ließ den Kopf hängen, konnte ihm nicht in die Augen sehen.

»Alles gut, aber …« Er verstummte kurz. »Hör mal, ich hab einen Vorschlag«, erklärte er. »Und ich kann entweder um den heißen Brei herumreden oder es klipp und klar sagen.«

»Okay …«, erwiderte sie langsam. Ihr Herzschlag beschleunigte sich ein kleines bisschen.

»Ich hatte gerade 'nen Anruf von einer ziemlich verzweifelten Frau, der gerade ein Geiger in ihrem Streichquartett fehlt. Ihre Violinistin musste dringend weg, und sie sollen am selben Veranstaltungsort spielen, an dem wir demnächst einen Auftritt bei einer Hochzeit haben. Der dortige Hochzeitskoordinator dachte, ich könnte ihr vielleicht helfen und hat ihr meinen Namen gegeben.«

»Aber ich dachte, du spielst keine klassische Musik auf der Geige.«

»Tu ich auch nicht.«

Isobel wich einen Schritt zurück und riss die Hand an den Hals. »Oh Gott, Tom, das hast du nicht!«

Schlagartig schaute er betroffen drein. »Nein, natürlich nicht!« Er trat näher. »Isobel, ich würde nie …«, sagte er leise. »Das würde ich dir nie antun.« Er sah sie an. Seine blauen Augen wirkten im Flur dunkel.

Isobel musste sich zusammenreißen, um seinem Blick standzuhalten. »Ja. Ich weiß, das würdest du nicht«, brachte sie schließlich mit ebenso leiser Stimme. »Aber irgendwas musst du gesagt haben. Was also?«

»Dass du eine erstklassige Geigerin bist und sie sich außerordentlich glücklich … Nein, Scherz. Ich hab nur gesagt, ich hätte ein paar Freunde, die vielleicht jemanden kennen. Ich hab keine Versprechungen gemacht, das schwör ich.«

Einige Herzschläge lang blickten sie einander an. Isobel wusste nicht, wie sie sich verhalten sollte. Ein Teil von ihr wollte ihm geradezu verzweifelt entgegenkommen, etwas zu ihm sagen. Doch das konnte sie nicht. Ihr ging schon mehr als genug durch den Kopf, auch ohne Gefühle, die alles noch komplizierter machten. Wie er sie ansah …

Tom schluckte. »Also, was tun wir jetzt?«

»Wir?«, gab sie zurück.

Er nickte. »Ich würde dich das nicht allein machen lassen. Wie auch immer du entscheidest, es ist völlig in Ordnung. Sag also ruhig Nein, wenn du nicht glaubst, dass du dich dem stellen kannst. Aber wenn du's versuchen willst …« Zögernd streckte er eine Hand nach ihr aus.

Isobel starrte darauf, als hätte sie seine Finger noch nie gesehen. Dann jedoch hob sie den Blick und sah ihm wieder in die Augen. »Ich glaub nicht, dass ich die Geige spielen kann, wenn du meine Hand hältst«, meinte sie.

Ihr Herz galoppierte wie ein Rennpferd, ihr Mund fühlte sich trocken an, die Zunge klebte am Gaumen. Das konnte sie unmöglich tun. Es war zu viel, zu früh …

Tom räusperte sich. »Ich kann dir Sallys Nummer geben, falls du mit ihr sprechen willst«, schlug er vor. »Das ist die Frau, die mich angerufen hat. Sie kann dir bestimmt etwaige Fragen beantworten. Und falls es irgendwie hilft: Ich bin mir ziemlich sicher, dass ihr bei der Ankunft der Gäste und während des Hochzeitsempfangs spielen würdet. Ich spreche nicht gern von Hintergrundberieselung, aber du weißt ja, wie das ist – die Leute interessieren sich bei solchen Anlässen mehr für das Essen und die Getränke.« Er stöhnte laut auf. »Was ich damit sagen will, ist: Du würdest nicht groß im Rampenlicht stehen. Es wäre nicht annähernd so wie bei den Konzerten, an die du gewöhnt bist.«

Sie lächelte. Trotz des ziemlich tiefen Lochs, das sich Tom gerade geschaufelt hatte, verstand sie, was er meinte. Und wenn sie ehrlich war, stimmte es wahrscheinlich. Aber ob es dadurch irgendwie besser wurde, konnte sie nicht sagen. Die Sekunden verstrichen.

Irgendwann würde sie wieder in der Öffentlichkeit spielen müssen. Ihr blieb gar keine andere Wahl. Das war so unvermeidlich wie das Vergehen der Zeit selbst. Aber was, wenn sie dort hinkommen und feststellen würde, dass sie einfach nicht spielen könnte? Oder wenn sie sich übergeben müsste? Und das fühlte sich gerade wie eine sehr reale Möglichkeit an. Sie schaute zu Tom auf und flehte ihn insgeheim an, ihr die Entscheidung abzunehmen, sie glaubte nicht, sie selbst treffen zu können.

Wieder streckte er die Hand aus, als wollte er ihre Finger ergreifen. »Isobel.«

Hinter dem einzelnen Wort stand ein gewaltiges Gewicht. Tatsächlich sogar eine gesamte Unterhaltung. Und als Isobel das unausgesprochene Verständnis in seinen Augen las, wurde ihr klar, dass sie nie eine bessere Gelegenheit bekommen würde, um den Sprung ins kalte Wasser zu wagen. Zittrig sog sie langsam und tief die Luft ein.

»Du würdest mich wirklich begleiten?«

Er nickte, schwieg jedoch, ließ ihr die Zeit, die sie brauchte, um sich zu entscheiden.

Sie verzog das Gesicht. »Ich glaube, ich werd's machen«, flüsterte sie. Dann straffte sie die Schultern. »Nein, ich werd's *so was von* machen«, verkündete sie.

***

Tom hatte nie groß über die Fahrzeuge nachgedacht, die er benutzte. Sie beförderten ihn lediglich von A nach B. Bisher hatte er sie immer aus rein praktischen Überlegungen ausgewählt. Nur gelegentlich war ihm der Gedanke gekommen, sich, wenn er etwas mehr Geld hätte, als er zum Überleben brauchte, ein Auto von seiner Wunschliste zu kaufen, statt sich mit etwas Erschwinglichem zu begnügen, das nur den Zweck erfüllte.

Deshalb öffnete er Isobel nur widerwillig die Beifahrertür, damit sie in seinen Van einsteigen konnte. Sie verdiente wirklich etwas Besseres. Nicht genug, dass ihr offensichtlich davor graute, was ihr bevorstand, sie musste auch noch in seinem Mülleimer auf Rädern hinfahren. Tom konnte ihr keinen Vorwurf daraus machen, dass sie ihren Geigenkasten umklammerte, als hinge ihr Leben davon ab.

Als er zu ihr hinüberspähte, hatte sich ihr Gesichtsausdruck nicht verändert. Er hatte sich schon gefragt, wie er sich während der Fahrt zum Schauplatz der Hochzeit verhalten sollte. Ob er sich gesprächig geben und hoffen sollte, sie damit von ihren Gedanken abzulenken? Oder sollte er lieber schweigen und respektieren, dass sie vielleicht Zeit brauchte, um sich geistig vorzubereiten? Letztlich nahm Isobel die Sache selbst in die Hand.

Kaum hatte sie Platz genommen und den Sicherheitsgurt angelegt, streckte sie die Hand nach dem Regler des Radios aus. Jedes Mal, wenn sie einen Sender fand, lauschte sie ein paar Sekunden lang und drehte dann weiter. Nach wenigen Augenblicken fand sie einen Sender, der Folk-Musik spielte, und stellte das Radio so laut, dass eine Unterhaltung ohnehin nicht möglich gewesen wäre. Die Hände hielt sie locker gefaltet auf dem Schoß. Der Daumen der einen Hand klopfte dabei auf den anderen Handrücken.

Tom war erleichtert, als er vor den Hintereingang des *Hotels* rollte und den Motor abstellte. Er ließ einen leisen Pfiff hören. Sogar die Hintertür zeugte von Wohlstand und schönem Leben. Rasch stieg er aus, um Isobel herauszuhelfen. Seit sie Joy's Acre verlassen hatten, war kein Wort zwischen ihnen gefallen.

Als sie vom Beifahrersitz glitt, hob sie die Geige hoch, als hielte sie das Instrument über Wasser. Dann stand sie regungslos auf dem Kies der Einfahrt. Ein leichtes Zittern durchlief sie, als stünde sie unter Strom. Ihre ohnehin blasse Haut war geradezu gespenstisch bleich geworden. Trotzdem war sie noch immer umwerfend schön.

»Geht das so?«, fragte sie und blickte an ihrem schlichten, hellblauen Kleid hinab.

Tom schob all die Dinge beiseite, die er hoffentlich später, wenn alles vorbei wäre, zu ihr sagen könnte.

»Du siehst wunderschön aus«, meinte er. »Souverän, elegant, selbstbewusst.« Er langte an ihr vorbei und schlug die Beifahrertür zu. Dann bot er ihr seinen Arm an und fügte hinzu: »Gehen wir die Bude rocken!«

***

Etwas Besseres hätte er gar nicht sagen können, dachte Isobel. Tom schien fest entschlossen zu sein, sich nicht von ihrer Beklommenheit anstecken zu lassen. Und genau das brauchte sie in diesem Augenblick. Das beruhigende Gefühl, jemanden an ihrer Seite zu haben, der nicht jede Sekunde zu analysieren versuchte, wie sie sich fühlte. Oder, schlimmer noch, der sie danach fragte. Die Wärme von Toms Arm an ihrem fühlte sich angenehm an, als sie den Hof überquerten. Sie würde es versuchen, mehr konnte sie nicht tun. Aber allein, dass sie hier war, ging einen Schritt weiter als alles, was sie je für möglich gehalten hätte.

Die Rahmenbedingungen hatte ihr Sally telefonisch erklärt. Alles, was Isobel mitbringen musste, waren ihr Können und ihre Geige. Sie waren rasch die Stücke durchgegangen, die sie an diesem Tag spielen würden. Es war keine Überraschung, dass Isobel alle kannte. Zudem hatte Sally am Telefon so dankbar und erleichtert geklungen, dass man Isobel wohl kaum einen Vorwurf aus mangelnder Übung machen würde. Es war kurz vor Mittag. In einer Stunde würden sie spielen. Nicht nur während des Empfangs, wie Tom vermutet hatte, sondern auch während der Hochzeitszeremonie selbst. Sie redete sich beharrlich ein, dass die Leute der Musik wenig Beachtung schenken würden, aber sie konnte sich damit nicht so recht überzeugen.

Isobel wurde in eine überschwängliche Umarmung gezogen, kaum dass sie durch die Tür getreten war. Ihr blieb gerade noch Zeit, die Geige zur Seite zu schwingen, bevor sie herzhaft gedrückt wurde.

»Herrje, ich hoffe doch, du bist Isobel. Mir ist schon klar, dass es nicht viele Leute gibt, die mit einer Geige herumlaufen. Trotzdem gehört es nicht zu meinen Gewohnheiten, Wildfremde zu umarmen.« Sally lachte wiehernd, bevor sie sich Tom zuwandte. »Obwohl ich in deinem Fall vielleicht eine Ausnahme machen würde.«

Isobel musste über den Ausdruck in Toms Gesicht lächeln. Sally war fast einen Kopf größer als er. Oder vielleicht lag es auch daran, dass er in ihrer Gegenwart geschrumpft zu sein schien. Sie berührte ihn leicht am Arm.

»Ist schon gut, Tom, du kannst ruhig fahren, wenn du willst. Ich weiß, dass du Arbeit hast, mit der du vorankommen musst. Und ich bin sicher, Sally wird sich um mich kümmern.«

Sally nickte heftig.

Isobel lächelte wieder. »Geh nur«, sagte sie. »Ehrlich, ich komme zurecht.« Sie bemühte sich, es ihm so leicht wie möglich zu machen. Er hatte sie so weit gebracht, und nun lag es an ihr. Abgesehen davon: Sollte sie wirklich die Nerven verlieren, wollte sie es lieber nicht vor Tom tun … schon wieder.

»Nein. Ich hab gesagt, dass ich bleibe, und das war auch so gemeint«, erwiderte er, als sich Sally in Bewegung setzte und Isobel mit sich zog. »Aber jetzt treibe ich mich erst mal ein bisschen draußen rum, damit ich dir nicht im Weg bin. Wir sehen uns später, ja?«

Isobel nickte und behielt ein Lächeln im Gesicht, als er sich umdrehte und hinausging. Sie spürte, dass sie jemand am Arm zog.

»Ich kann dir gar nicht sagen, wie dankbar wir sind«, beteuerte Sally. »Und wir sind so glücklich, dass wir dich gefunden haben. Mary ist zwar am Boden zerstört, weil sie den Auftritt verpasst, aber wenigstens geht's ihrem Mann den Umständen entsprechend gut. Sie warten gerade darauf, dass sein Arm gegipst wird. Komm jetzt, wir müssen da lang.«

Isobel trabte hinter ihr her durch einen prachtvollen Korridor mit dicken, königsblauen Teppichen, hellgelben Wänden und vergoldetem Putz entlang der Zierleisten.

»Bist du schon mal hier gewesen?«, erkundigte sich Sally.

»Äh, nein.« Isobel sah sich immer noch um. »Ich komme eigentlich nie an … solche Orte.«

»Nein? Wo spielst du dann?«

Isobel überlegte, was sie darauf erwidern sollte, doch alles würde Sally nur zu weiteren Kommentaren einladen. »Das ist eine lange Geschichte«, antwortete sie. »Und du?«

Sally drehte sich um und verzog das Gesicht. »Auch das erste Mal. Ich wollte schon immer mal hier auftreten, ist eine tolle Location.«

Sie durchquerten ein weitläufiges, atemberaubend prunkvolles Foyer mit einem der größten Kronleuchter, die Isobel je gesehen hatte, und gingen weiter, bis sie in einen Raum traten.

Jäh blieb Isobel stehen. Es handelte sich um einen großen Saal. Die Farbe erinnerte mehr an die eines Enteneis als an

Königsblau, allerdings genauso dezent und mit üppig vergoldeter Täfelung. Am Eingang standen wie Wächter zwei gewaltige Blumenvasen, die vor Blüten in sattem Rosa, Violett und Weiß jeder Schattierung strotzten. Aber nicht das erregte Isobels Aufmerksamkeit. Auch nicht die Streifen aus hellblauer Seide, die von der Decke hingen, in jeder Ecke des Raums mit einer dazu passenden Schleife befestigt. Nein, was sie wie angewurzelt verharren ließ, waren die unzähligen Stuhlreihen. Es mussten deutlich über hundert oder sogar zweihundert Sitze sein. Plötzlich breitete sich Hitze am Ansatz ihrer Wirbelsäule aus.

Als es ihr gelang, die Augen von den Sitzreihen zu lösen, stellt sie fest, dass sich in einer Ecke des Raums ein erhöhtes Podest befand. Darauf standen vier identische Stühle, jeder mit einer kunstvollen cremefarbenen Schleife. Zwei der Plätze waren bereits besetzt. Beim Klang von Sallys Stimme standen die Sitzenden auf.

Isobel konnte weder fliehen, noch konnte sie sich verstecken. Also streckte sie Miriam und Annalise die Hand entgegen – die Hand, mit der sie nicht ihre Geige würgte.

Ja, ich finde es auch bezaubernd, euch kennenzulernen.

Nein, ist schon gut, ich freue mich, dass ich helfen kann.

Danke, ich hab es aus einem Laden, den mir jemand empfohlen hat.

Nein, aber es ist wunderschön hier, oder?

Lächelnd setzte sich Isobel und versuchte, sich zu konzentrieren. Sie musste den Platz in ihrem Kopf finden, an den sie sich immer begab, wenn sie spielte. Sonst würde sie das hier nie und nimmer durchstehen …

Es redete wieder jemand mit ihr.

»Also, ich denke, die Stücke kennst du alle, Isobel, richtig?«

»Ja, nur hab ich sie schon länger nicht mehr gespielt.«

Das zu sagen war eine wirklich schlechte Idee.

»Du wirst toll sein, das weiß ich. Gibt's irgendein Stück, mit dem du echte Probleme haben könntest?«

Ich hätte nicht herkommen sollen.

»Ich glaube nicht. Persönlich mag ich die *Ode an die Freude* nicht besonders, aber das will wohl jeder bei seiner Hochzeit hören.«

Ich werde alle enttäuschen.

»Traurig, aber wahr. Ich hab sie schon so oft gespielt, dass ich mich zusammenreißen muss, um nicht mittendrin zu gähnen.«

Isobel schaute zu dem lächelnden Gesicht vor ihr auf. »Haben wir überhaupt Zeit zum Üben?«

Sally sah auf die Uhr und verzog das Gesicht zu einer Grimasse. »Nein, ich fürchte nicht, aber keine Sorge. Uns wird ohnehin niemand zuhören. Alle werden gegenseitig ihre Outfits bewundern, sich Luftküsse geben und sich gegenseitig beweihräuchern.« Sie nickte. »Ehrlich, genau so wird es ablaufen. Wir spielen einfach vor uns hin. Die ersten drei Stücke sollten reichen, bis alle im Saal sind und Platz genommen haben. Und wenn nicht, haben wir noch Battishill in Reserve.«

Sie vergewisserte sich, dass Isobel ihr folgen konnte.

»Behalt das Rednerpult dort drüben im Auge«, fügte sie hinzu. »Irgendwann wird der Standesbeamte reinkommen und dort in Stellung gehen. Das ist unser Zeichen. Dann beenden wir, was immer wir gerade spielen. Schau einfach auf mich. Danach gehen wir direkt zum Hochzeitsmarsch über. Der Zeremonienmeister an der Tür lässt uns zwischen den Stücken ein paar Augenblicke Zeit. Er gibt uns ein Zeichen, wenn die Braut bereit zum Eintreten ist. In dem Moment legen wir los.«

»In Ordnung, ich denke, das bekomme ich hin.«

»Du sitzt sowieso neben mir, zur Not kann ich dir also immer noch zuflüstern. Wir spielen natürlich nicht während der Zeremonie, aber zum Auszug des Brautpaares stimmen wir das *Allegro maestoso* an.« Sally setzte ein strahlendes Lächeln auf. »Und das war's auch schon! Oder zumindest bis zur zweiten Runde im Hauptsaal beim Essen und so weiter. Aber da sind wir wirklich nur Hintergrundmusik. Ist alles ganz entspannt, ehrlich.«

Jedenfalls wirkten die anderen entspannt. Die Cellistin, deren Namen Isobel schon wieder vergessen hatte, trank Cola aus einer Flasche. Die andere Geigerin streifte ihre Kapuzenjacke ab, knüllte sie zusammen und verstaute sie in der Tasche hinter dem Podium, wo diese nicht zu sehen war. Sally tippte auf ihrem Handy, wahrscheinlich war sie bei Twitter. *#gleichgehtslos*

In Isobels Kopf setzte ein Rauschen ein, das nicht mehr verschwinden wollte. Ihre Handflächen wurden feucht, der Atem schien ihr in der Kehle festzustecken. Sie schloss die Lider. Gleich darauf öffnete sie die Augen wieder. Nicht die Dunkelheit. Damit hatte alles angefangen. Stattdessen blickte sie auf ihr Kleid und versuchte, sich zu erinnern, was sie empfunden hatte, als sie an diesem Morgen hineingeschlüpft war. Sie hatte in ihrem Schlafzimmer auf Joy's Acre gestanden, hinaus auf die Felder geschaut, das Spiel von Sonnenlicht und Schatten beobachtet. Dann hatte sie den Ausdruck in Toms Augen gesehen, als sie ihm die Tür öffnete.

Da spürte sie es.

Wie immer auf dieselbe Weise. Wie eine Blase – anders konnte Isobel es nicht beschreiben. Es begann irgendwo tief in ihrer Mitte, wurde größer, weitete sich aus, bis es sie von innen auszufüllen schien und so nach außen drückte, dass ihre Ränder dünner und dünner wurden. Fast so, als wäre sie selbst die Blase und bis zum Zerreißen gespannt. Dann veränderte sich ihre Perspektive schlagartig, und sie befand sich innerhalb der Blase. Sie fühlte sich leichter als Luft, trieb sanft in den wirbelnden Strömungen um sie herum, abgeschirmt von allem, was draußen vor sich ging. An diesem Ort herrschten Sicherheit und Ruhe. Nichts konnte ihr etwas anhaben.

Jäh riss Isobel die Lider auf. *Nein!* Das fühlte sich falsch an. Es war überhaupt nicht das, was sie brauchte. Das hatte sie als Kind gemacht, weil man es ihr so beigebracht hatte – alles wegschieben, all die Gefühle, alles von draußen, was sie verletzen könnte. Und das war ihr Problem gewesen. Nun musste sie wieder leben, musste wieder alles hereinlassen. Täte sie das nicht, wäre nichts real und von Bedeutung. Und die Isobel, die allmählich anfing, die Dinge zu finden, die wirklich zählten, wollte sie nie wieder loslassen.

Sie hörte, wie die Geräuschkulisse draußen lauter und lauter wurde, während die Leute darauf warteten, den Saal zu betreten. Ihre Stimmen wurden deutlicher. Die anderen strafften neben ihr die Schultern, und Isobel richtete sich auf ihrem Stuhl auf, während sie auf Sallys Zeichen wartete. Isobel rückte die Noten auf dem Ständer vor ihr zurecht und sah sich langsam im Raum um, nahm jede Einzelheit in sich auf, die Farben, den von den Blumengirlanden ausgehenden Duft. Gleich würde es losgehen. Sallys Zeichen spürte sie mehr, als sie es sah.

»Eins, zwei, drei, vier.«

Isobel hob sich die Geige ans Kinn, setzte die Finger am Bogen an, schnippte sich das Haar über die Schulter zurück und … nichts. Sie konnte das nicht.

Trotz allem, was sie sich eingeredet hatte, trotz allem, was sie empfunden hatte: Es machte nicht den geringsten Unterschied. Ihr Bogen schwebte Millimeter über den Saiten, und sie wusste, wenn er sie berührte, würde ein schriller Ton durch den Saal hallen, so heftig zitterte ihre Hand. Panik stieg in ihr auf. Das Herz drohte ihr aus der Brust zu springen. Sie sah sich im Saal nach einer Fluchtmöglichkeit um.

Neben ihr spielten die anderen weiter. Aus dem Augenwinkel konnte Isobel ihre Gesichter sehen. Verwirrt und bang versuchten sie, Isobels Aufmerksamkeit zu erlangen. Sie schüttelte den Kopf. Wie konnte sie nur so dumm gewesen sein? Sie hätte nicht herkommen sollen. Es war lächerlich zu glauben, es würde sich etwas ändern, nur weil sie es wollte. Isobel spürte, wie die Gefühle in ihr aufstiegen. Ihre Augen brannten, und die Gefahr eines erstickenden Schluchzens wuchs mit jeder Sekunde, die verging. Wieder wanderte ihr Blick durch den Saal, suchte nach irgendeinem Fluchtweg …

Und dann sah sie ihn.

Tom stand unmittelbar neben der Tür. Mit beiden Beinen fest auf dem Boden, die Hände in den Taschen, vollkommen entspannt. Lächelnd schaute er direkt zu ihr. Als sich ihre Blicke trafen, nickte er ihr kaum merklich ermutigend zu. Es fühlte sich an wie zwei unsichtbare Arme, die sie festhielten und erdeten, damit sie nicht davontreiben konnte. Damit sie die Verbindung zu allem aufrechterhalten konnte, was sie liebte und was real war. Mit einer unmissverständlichen Botschaft in den Augen lächelte er wieder. Und irgendwie fand ihr Herz zu seinem normalen Takt zurück. Kurz schloss Isobel die Lider. Als sie die Augen wieder öffnete, war Tom nach wie vor da, unverändert – ruhig und zuversichtlich. Sie holte erst einmal tief Luft und blies sie aus, dann noch einmal. Dabei hatte sie fast das Gefühl, ihrer beider Atmung würde eins. Wieder nickte er, zählte sie ein …

»Eins, zwei, drei, vier …«

Ohne die Augen von Tom abzuwenden, senkte sie den Kopf. Und diesmal ließ sie die Musik nach einem knappen Atemzug aus sich herausströmen.

Kapitel 16

Es gab keinen Applaus. Tatsächlich wurde überhaupt kaum Notiz davon genommen, dass sie zu Ende gespielt hatten. Doch das war Isobel völlig egal. Es war genau so, wie es sein sollte. Das frischvermählte Paar schritt inmitten eines Meers von lächelnden Gesichtern und begleitet von Händels *Allegro maestoso* den Gang hinab. Und nachdem der letzte Gast hinter Braut und Bräutigam den Saal verlassen hatte, legten die vier Musikerinnen die Instrumente nieder und grinsten sich gegenseitig an.

Von Tom fehlte jede Spur. Er hatte sich mit den anderen Gästen davongemacht und überließ Isobel buchstäblich und ganz richtig sich selbst, damit sie sich auf ihre Art mit der Musik auseinandersetzen konnte. Und das tat sie. Isobel zog sie zu sich, beanspruchte sie für sich. Die Noten tänzelten in ihr wie ein kleines Kind, ausgelassen und schamlos, und sie ließ sich von der Empfindung erfüllen, die endlich die Dunkelheit vertrieb.

Nach einigen Herzschlägen wandten sich ihr drei aufgeregte Gesichter zu.

»Oh mein Gott, das war unglaublich!« Sally stand auf und legte ihre Bratsche auf den Stuhl, bevor sie die Arme um Isobel schlang.

»Ich kann dir gar nicht genug danken. Du hast uns *so was von* den Hintern gerettet. Und wie du gespielt hast … Verdammt, ich kann mir gar nicht vorstellen, wie du erst *mit* Übung klingen musst.« Sie lachte. »Das würde ich zu gern mal hören. Wo um alles in der Welt spielst du normalerweise?«

»Zu Hause im Wohnzimmer. Professionell habe ich seit

Jahren nicht mehr gespielt.« Sie verstummte, als ihr klar wurde, dass sie bei den Worten nicht das Wohnzimmer bei sich zu Hause, sondern in dem kleinen gemieteten Cottage auf Joy's Acre im Sinn hatte. Und damit schmolzen jegliche Zweifel dahin, die sie noch an der diesen Morgen getroffenen Entscheidung gehabt hatte.

Die zweite Geigerin trat vor. »Danke«, sagte sie schlicht. »Ich weiß ja nicht, wer du bist oder wo du herkommst, aber ich bin unheimlich froh, dass dich die Vorsehung heute zu uns geschickt hat. Grundsätzlich glaube ich nicht an Gott, aber täte ich es, würde ich sagen, das war ein verdammtes Wunder.«

Isobel lachte. »Ich glaube, da stimme ich dir zu«, gab sie zurück. »Ich hatte sehr lange nicht mehr solchen Spaß.« Dann kicherte sie ein wenig, als die uneingeschränkte Freude in ihr überquoll. »Wahrscheinlich bin ich gerade sehr emotional und rührselig, aber ich kann euch nicht genug danken, dass ich mit euch spielen darf. Es ist mir eine unglaubliche Ehre, und ihr seid alle spitze.« Wie zur Betonung ihrer Worte wischte sie mit einem Finger unter einem Auge her. »Seht ihr? Jetzt bin ich ein totales Wrack.«

»Ich auch«, erwiderte Sally grinsend. »Und unsagbar erleichtert. Können wir uns jetzt *bitte* eine Tasse Tee besorgen gehen, bevor ich in Ohnmacht falle? Was für ein Tag!«

Die vier sammelten ihre Sachen zusammen und machten sich plaudernd auf den Weg. In der Tür hielt Isobel kurz inne, um ein letztes Mal die Einzelheiten des Saals auf sich wirken zu lassen. Sie hatte das Gefühl, diese Eindrücke würden ihr noch viele Jahre erhalten bleiben.

Sie fand es merkwürdig, dass sie Tom inmitten des Gedränges all der Menschen, die im Foyer standen und sich angeregt unterhielten, sofort entdeckte. Er lehnte an der Wand gegenüber, die Beine lässig an den Fußgelenken überkreuzt, irgendein Getränk in der Hand. Als sie einen Schritt vortrat, tat er es ihr gleich und stellte sein Glas rasch auf einem nahen Tisch ab. Sein Blick suchte den ihren.

Sie begann, sich durch die Schar der Gäste zu schlängeln, wich ausgestreckten Armen aus, Händen, die Champagnergläser hielten, störte Unterhaltungen, achtete darauf, niemandem auf die Zehen zu treten, und murmelte unterwegs abwechselnd *Entschuldigung* und *Danke.* Als sich Tom und sie schließlich gegenüberstanden, folgte nur ein flüchtiger Moment des Zögerns, bevor ihre Euphorie aus ihr heraussprudelte. Sie warf die Arme um ihn und herzte ihn, so innig es ihre Geige gestattete.

»Oh mein Gott, ich hab's geschafft!«, entfuhr es ihr, als sie ihn losließ. Isobel wusste, dass ihr Gesicht vor Aufregung strahlte. »Zuerst hatte ich das Gefühl, ich könnte es nicht, aber dann ...« Abrupt verstummte sie und fühlte sich plötzlich den Tränen nah. »Dann hab ich dich gesehen und ...«

»Und du warst brillant, einfach nur brillant.« Tom ergriff ihre Hand. »Komm, besorgen wir dir was zu trinken.«

***

Tom führte Isobel durch das Foyer in den Hauptsaal, wo der Hochzeitsempfang stattfinden würde. Das Hotelpersonal kümmerte sich gerade um die letzten Vorkehrungen. Aber schon sehr bald würden Braut und Bräutigam Aufstellung nehmen, um die Gäste in einer traditionellen Begrüßungsreihe willkommen zu heißen. Und sobald alle ihre Plätze an den Tischen eingenommen hätten, würden Isobel und die anderen wieder spielen. Allzu viel Zeit blieb ihnen nicht. Er sichtete auf Anhieb Sally an der Bar. Die anderen hatten sich bereits einen Tisch gesichert, und er führte Isobel zu ihnen.

Sally drehte sich mit einem voll beladenen Tablett in den Händen um, als er sie erreichte. Tom eilte zu ihr, um ihr das Tablett abzunehmen.

»Meine Damen«, sagte er, »nehmen Sie Platz.« Er wartete, bis sich Isobel hingesetzt hatte, dann stellte er das Tablett auf den Tisch und zog einen Stuhl für Sally heraus.

Sie kicherte. »Meine Güte, was für ein Gentleman.«

Tom lächelte nur. »Ich hab ja schon bei einigen Hochzeiten gespielt und weiß, was für ein Gerangel es sein kann, etwas zu trinken zu bekommen.« Er nahm sich den einzigen noch freien Stuhl. »Darf ich mich dazusetzen? Oder soll ich mich lieber verdünnisieren, damit ihr ungestört schwatzen könnt?«

Sally beugte sich vor. »Nein, ich würde zu gern wissen, wo du Isobel gefunden hast, das Mädchen kann vielleicht *spielen!*«

Tom wagte einen Seitenblick zu Isobel, die jedoch vollkommen gefasst wirkte. Tatsächlich grinste sie von einem Ohr zum anderen. Er hatte sie bewusst zu den anderen Frauen geführt, weil er ihr keine Gelegenheit geben wollte, zu lange über ihre Gefühle nachzugrübeln. Im Augenblick surfte sie auf einer Welle von Adrenalin. Und er wollte nicht, dass sie ihre Gefühle für diesen Tag mit etwas anderem als ihrer Musik verwechselte – was auch immer er dabei empfinden mochte. Wichtig war, dass sie sich auf ihr Spiel konzentrierte und wie sie sich dabei fühlte. Selbst wenn er ihre Geschichte nicht gekannt hätte, er hätte mühelos sehen können, wie viel ihr das bedeutete.

Er lächelte Sally an und begann, den Tee einzuschenken. »Na ja, eigentlich hat eher Isobel mich gefunden oder besser gesagt uns. Stimmt's?

»Es scheint ein außergewöhnlicher Zufall zu sein, aber ja, das trifft es so ziemlich«, bestätigte Isobel. »Ich lebe nicht allzu weit von hier entfernt, aber ich versuche gerade, eine Komposition zu Ende zu bringen, an der ich arbeite. Deshalb hab ich über den Sommer ein Ferienhäuschen gemietet. Ich hatte gedacht, so ein Ort der Ruhe und des Friedens könnte hilfreich sein. Aber nun hat es sich als ein Ort kreativer Unternehmungen entpuppt, der mich immer mehr fasziniert.«

Tom schob eine Tasse Tee über den Tisch. »Joy's Acre«, fügte er hinzu. »Ich arbeite da momentan, während die Renovierungsarbeiten laufen. Dachdecker am Tag, Folk-Musiker an den Abenden und Wochenenden. Aber hervorragendes Timing, findet ihr nicht auch?«

»Besser geht's kaum«, meinte Sally mit einem Blick zu den anderen zwei Mitgliedern des Quartetts. »Und nicht nur wegen heute. Ich glaube nicht, dass ich mich damit zu weit aus dem Fenster lehne … Isobel, dein Einspringen heute hätte zu keinem besseren Zeitpunkt passieren können. Unsere andere Geigerin, Mary, hat schon seit ungefähr einem halben Jahr schwer zu kämpfen, um es zu unseren Auftritten zu schaffen. Sie hat drei Kinder, und ihrer Schwiegermutter geht es sehr schlecht. Heute war eine Ausnahme, aber ich denke, Mary wäre wohl ziemlich erleichtert, wenn wir jemanden finden könnten, der dauerhaft ihren Platz einnimmt.« Sie schaute zwischen Tom und Isobel hin und her. Isobels verblüffter Gesichtsausdruck brachte sie zum Grinsen.

»Denkst du zumindest darüber nach?«, fragte sie. »Wenn du nicht gerade tausend Kilometer entfernt wohnst, wäre das perfekt. Wir reisen durch die gesamte Grafschaft, manchmal auch weiter, je nach Buchung.«

Tom beobachtete, wie Isobel den Mund öffnete, um zu protestieren, dann jedoch schloss sie ihn wieder. Sie lächelte zögernd. »Das ist im Augenblick schwierig«, erklärte sie. »Ich bin mir noch nicht sicher, was ich nach dem Ende des Sommers mache. Kommt ganz drauf an wie … wie sich bestimmte andere Dinge entwickeln. Aber nachdenken werd ich darüber, das verspreche ich.«

Sally sah flüchtig ihre Uhr. »Den Tee müssen wir wohl mitnehmen, meine Damen, in zehn Minuten sind wir wieder dran.«

Isobel bedachte Tom mit einem besorgten Blick. »Ich hätte selbst fahren sollen«, sagte sie. »Dann müsstest du nicht warten. Das könnte noch ein paar Stunden dauern, Tom.«

Er lächelte. »Macht mir nichts aus«, erwiderte er, und es störte ihn wirklich nicht. »Ich hab gesagt, dass ich bleibe, also bleibe ich auch. Und wenn ich schon mal hier bin, kann ich mich auch gleich mal mit dem Hochzeitsplaner unterhalten. Ich wollte mir sowieso die Gegebenheiten hier für unseren Auftritt ansehen.« Damit lehnte er sich auf dem Stuhl zurück und nippte langsam an seinem Tee. »Also nur zu, geh und hab Spaß.«

***

Tom saß da und wartete auf Isobel. Der Hochzeitsempfang war fast vorbei, und sie hatte vor einer halben Stunde zu spielen aufgehört. Bestimmt verabschiedete sie sich noch herzlich von den anderen Frauen des Quartetts. Vielleicht würden zwischen ihnen sogar die ersten Sprösslinge neuer Freundschaften entstehen. Tom hoffte es.

Endlich sah er sie auf sich zukommen. Zuerst langsam, weil ihr die Tische und Stühle im Weg standen. Außerdem musste sie Kellnerinnen ausweichen, die Geschirr von den Tischen räumten, und kleinen Kindern, die mittlerweile von den Eltern zum Herumtollen entlassen worden waren. Doch kaum hatte sie den Rand des belebten Bereichs erreicht, rannte sie über die Tanzfläche auf ihn zu. Ihr dicker Zopf wippte dabei hinter ihr. Ihr Gesicht strahlte vor Freude über ihren zweiten Auftritt. Aber nicht nur wegen ihres Aussehens zog sich sein Herz ein wenig mehr zusammen. Er merkte ihr an, dass die Empfindungen aus ihrem Innersten hervorsprudelten, als wäre dort etwas unwiderruflich aufgebrochen.

Da Tom nicht sicher war, ob er eine weitere Umarmung von ihr ertragen könnte, ohne sich hinreißen zu lassen, war er sehr erleichtert, als Isobel nicht auf seine Seite des Tischs herumkam. Er hatte sich halb erhoben, sank jedoch wieder zurück und begegnete ihrem breiten Grinsen mit einem eigenen.

Lachend ließ sie sich auf einen Stuhl plumpsen.

»Das hat solchen Spaß gemacht!«, verkündete sie und legte ihre Geige auf den Tisch. »Aber Mann, bin ich ausgelaugt. Ich komme mir vor, als wäre ich einen Marathon gelaufen.«

»Im übertragenen Sinn bist du das wahrscheinlich auch«, erwiderte Tom.

Sie sah ihn an. »Und ich war mir nicht mal sicher, ob ich überhaupt noch laufen könnte.«

»Wird ein Weilchen dauern, bis du wieder anhalten kannst.« Er verstummte für einen Atemzug. »Oder vielleicht läufst du auch einfach weiter …« Er musterte ihre immer noch euphorischen, aber sichtlich müden Züge. »Jedenfalls hat dich die nervöse Energie befeuert, so viel steht fest. Hast du seit der Tasse Tee vorhin irgendwas gegessen? Oder getrunken?«

Isobel schob ihren Zopf über die Schulter zurück und nickte. »Jemand hat uns einen Teller mit belegten Brötchen und Gebäck gebracht«, antwortete sie. »So, wie Sally darüber hergefallen ist, muss der arme Kellner gefürchtet haben, sie würde ihn auffressen. Jedenfalls waren wir sehr froh darüber.«

»Hast du denn überhaupt welche gegessen?«, hakte Tom skeptisch nach, da er wusste, wie wenig sie normalerweise zu sich nahm.

Sie setzte ein schiefes Lächeln auf. »Eines oder zwei … Mehr konnte ich nicht.« Sie sah sich um, und ihre Züge hellten sich wieder auf. »Aber ich sag dir, worauf ich gerade unheimliche Lust hätte.«

Tom zog die Augenbrauen hoch.

»Eine Tüte Chips. Einfach nur gesalzen.« Sie leckte sich die Lippen. »Das wäre jetzt ein echter Leckerbissen.«

Er stand auf. »Kommt sofort. Ich bin sicher, an der Bar

haben sie welche. Möchtest du auch einen Drink dazu? So zum Ausklang des Tages?«

Sie schüttelte mit Nachdruck den Kopf. »Nein, danke.«

Wenig später legte Tom zwei Tüten mit gesalzenen Chips auf den Tisch.

»Also bist du froh, dass du mitgekommen bist?«, fragte er mit einem Grinsen.

»Ach, Tom …«, seufzte sie. »Du hast ja keine Ahnung.« Ihr Blick suchte den seinen. »Ich kann dir gar nicht genug danken. Wie sich herausgestellt hat, musste ich das dringend tun, und das hätte ich nie, wenn …«

Tom winkte ab. »Hör auf. Ich hab dir vielleicht die Gelegenheit verschafft, Isobel, aber mach dir nichts vor, was du heute getan hast, war allein dein Verdienst. Du hast den Mut dafür aufgebracht, nicht ich.«

Sie wirkte ein wenig enttäuscht. »Ja, aber allein, dich dabei zu haben …« Sie verstummte. »Also, dadurch war es auf jeden Fall einfacher.«

Er verneigte sich leicht. »Dann bin ich darüber sehr froh und stolz.« Abstand halten zu müssen, brachte ihn förmlich um.

»Aber eine andere Frage: Wie bist du mit den Mädels verblieben? Du könntest es wirklich schlechter treffen, als ihr Angebot anzunehmen, wenn auch nur vorübergehend.«

Isobel nickte und stopfte sich Chips in den Mund. »Mmm.« Er wartete, bis sie zu Ende gekaut hatte.

»Ich hab gesagt, ich würde mich melden, sobald ich könnte. Aber es ist schwierig, ich …« Sie griff erneut in die Chipstüte. »Ich weiß noch nicht, was ich machen werde. Das ist nicht so einfach, ich muss auch noch andere Dinge bedenken …« Sie sprach nicht weiter und mied seinen Blick.

Tom schwieg einen Herzschlag lang und überlegte, wie weit er mit seinen Fragen an sie gehen könnte. »Und wie sehen deine Pläne aus? Offensichtlich bist du für den Sommer nach Joy's Acre gekommen, um die Komposition fertigzustellen, an der du arbeitest. Aber was folgt als Nächstes? Du musst doch ein Ziel haben, das darüber hinausgeht, oder?«

»Ich bin mir nicht sicher, ob ich das schon beantworten kann.«

»Na ja, ich weiß, dass es mit deiner Musik nicht ganz so läuft, wie du es gern hättest, aber du hast ja eine Frist – du könntest mir wenigstens etwas über dein Projekt und darüber erzählen, was passiert, wenn du damit fertig bist.«

»Du verstehst mich falsch.« Sie lächelte. »Ich verschweige dir nichts. Was ich meine, ist, dass ich deine Frage nicht beantworten kann, weil ich wirklich noch nicht weiß, was danach passiert. Es ist ja *tatsächlich* nicht nach Plan verlaufen.«

»Ja, aber was hattest du denn ursprünglich vor?«

Isobel beugte sich vor und schnippte ihren Zopf über die Schulter. »Leider«, flüsterte sie, »darf ich dir auch das nicht verraten. Ist streng geheim.«

»Ja, genau.« Er schnaubte über ihren Scherz. Allerdings wurde ihm dabei klar, dass sie in Wirklichkeit auf Verschleierung setzte, um ihn davon abzuhalten, weitere Fragen zu stellen. Die besten Geheimnisse tarnte man am einfachsten vor aller Augen. Isobel scherzte nicht, und Tom kannte ihr Geheimnis haargenau.

Er dachte an die Nacht zurück, in der er das Internet nach Informationen über ein bestimmtes musikalisches Wunderkind durchforstet hatte. Ein Wunderkind, dessen Auftritte er gesehen hatte, als er selbst noch ein Kind war. Ein Wunderkind, dessen Können ihn schon damals fasziniert hatte. Die Frau, die nun vor ihm saß, hatte ihren Namen geändert. Und durch die Jahre ähnelte nichts mehr an ihr dem Mädchen, an das er sich erinnerte. Was sie jedoch nicht ablegen konnte, war die eigenwillige Art, mit der sie ihren langen, dicken Zopf über die Schulter schnippte. Das war wie ein Markenzeichen.

»Bereitest du ein Comeback vor?« Seine Stimme war so

leise, dass er sie selbst kaum hören konnte. Aber Isobel hörte sie.

Langsam ließ sie den Kartoffelchip sinken, den sie in der Hand hatte, bis beide Hände schlaff auf ihrem Schoß ruhten. Alle Farbe war aus ihrem Gesicht gewichen.

»Woher weißt du davon? Du solltest nicht …«

Zu seinem Entsetzen weiteten sich ihre Augen vor blankem Grauen. Hastig stand sie auf. Die Chipstüte fiel zu Boden, als ihre Beine gegen den Stuhl stießen, der wild nach hinten wippte.

»Isobel, warte!«, rief Tom und schnappte sich ihre Geige, doch sie hatte sich bereits mehrere Schritte von ihm entfernt.

Als er sie einholte und ihren Arm ergreifen wollte, wirbelte sie herum. Sie zitterte sichtlich.

»Tom, bring mich nach Hause. Sofort!«

»Isobel, bitte.«

»Ich sagte: Bring … mich … nach … Hause!« Sie spie ihm jedes Wort entgegen, bevor sie quer durch den Saal davonstapfte.

Kapitel 17

Der Heimweg erwies sich als eine der unangenehmsten Fahrten, die Tom je erlebt hatte. Isobel weigerte sich schlichtweg, auch nur mit ihm zu reden. Stattdessen saß sie mit steifem Rücken da und starrte durch die Windschutzscheibe auf die Straße vor ihnen. Nach einer Weile gab er die Erklärungsversuche auf, verstummte ebenfalls und trat sich für seine Dummheit in Gedanken in den Hintern.

Kaum waren sie auf Joy's Acre eingetroffen, riss sie die Tür auf und stürmte so schnell davon, dass Tom keine Chance hatte, mit ihr Schritt zu halten. Als er schließlich selbst ausgestiegen war und sich ihre Geige griff, war sie bereits um die Seite des Haupthauses verschwunden. Tom war sich ziemlich sicher, dass sie schnurstracks zum Cottage gehen würde – und das besaß eine äußerst solide Tür. Wenn sie als Erste dort einträfe, würde sie ihn mit Sicherheit nicht hineinlassen. Dann bliebe ihm nur, davor zu stehen und zu ihr hineinzubrüllen – so ziemlich das Letzte, was er tun wollte.

Er sprintete praktisch um die Ecke des Hauses und kam im Garten schlitternd zum Stehen, als er sah, dass Isobel zu seinem Glück von Maddie aufgehalten wurde, die sich vermutlich in der spätnachmittäglichen Stille ein Päuschen gegönnt hatte. Obwohl er nicht hören konnte, was gesagt wurde, ließ Isobels Verhalten erkennen, dass sie eigentlich nicht mit Maddie reden wollte. Aber da sie nie offen unhöflich war, blieb sie trotzdem stehen. Und die wenigen Augenblicke ihres Gesprächs genügten Tom, um zu ihr aufzuschließen.

Er ging langsamer, wartete, bis er sah, dass Isobel sich zum

Gehen wandte und bemühte sich, den bangen Ausdruck zu verbannen, den er spürbar im Gesicht trug.

»Wunderschöner Nachmittag, nicht wahr?«, meinte er mit einem Lächeln zu Maddie, als er an ihr vorbeiging.

Mittlerweile war er nur noch ein, zwei Schritte hinter Isobel und erreichte sie in dem Moment, als sie die Tür aufschob. Sie wirbelte herum und wollte die Tür zwischen sie bringen, aber Tom stellte einen Fuß in den Spalt.

»Lass das!«, fauchte sie und hob eine Hand vor sein Gesicht. »Lass es einfach. Was immer du zu sagen hast, ich will es nicht hören … und nimm den Fuß aus meiner Tür.« Ihre Stimme war gefährlich leise.

»Isobel, bitte, das ist doch lächerlich.« Er deutete mit dem Kopf nach hinten. »Und lass mich um Himmels willen rein. Oder willst du auf der Schwelle auch noch Maddie haben, die wissen will, was in Dreiteufelsnamen los ist?« Tom schob den Geigenkasten in die Lücke zwischen ihnen, durchaus bereit, ihn als Rammbock zu benutzen, wenn es sein müsste.

Sie starrte auf ihr Instrument. Er merkte ihr an, dass sie es ihm gern entrissen hätte. Stattdessen sah sie ihm ins Gesicht. Ihre dunklen Augen blitzten, als sie dem Kasten einen Stoß in seine Richtung versetzte und den Flur entlang davonstapfte.

Behutsam schloss Tom die Tür hinter sich und folgte ihr. »Lass es mich wenigstens erklären.«

»Warum sollte ich?« Finster funkelte sie ihn an. »Ich will dich nicht in meiner Nähe haben. Du bist genau wie der Rest von denen.«

Das tat weh. *Der Rest von wem?* Was immer Tom war, er bezweifelte sehr, dass diese Aussage stimmte. Hatte ihr das der heutige Tag nicht hinlänglich bewiesen? Allmählich wurde er selbst wütend.

»Würdest du wohl mal einen Moment über etwas nachdenken? Zum Beispiel über die letzten Tage. Und besonders darüber, was vorhin passiert ist. Du warst unglaublich, Isobel.

Du hast eine Barriere überwunden, die dich weiß Gott wie lange zurückgehalten hat. Und nein, das musstest du mir nicht sagen, das hab ich selbst herausgefunden. Ich dachte, wir würden uns allmählich verstehen. Ich hab dir Dinge erzählt, die mir etwas bedeuten, mehr, als du wahrscheinlich ahnst. Und dadurch hab ich angefangen, mich besser zu fühlen. Also verzeih mir, dass ich die ›streng geheime‹ Einladung angenommen habe, mit der du so offensichtlich vor meiner Nase gewedelt hast. Ich wollte nur helfen.«

Ihr Mund öffnete und schloss sich, während sie offensichtlich darum kämpfte, eine geeignete Erwiderung zu finden. »Woher weißt du dann, wer ich bin?« Sie musterte Tom mit zusammengekniffenen Augen. »Oh, ich versteh schon«, stieß sie höhnisch hervor. »Herrgott, ich bin wirklich dumm. Hat meine Mutter dich geschickt? Dreht sich das alles darum? Du solltest dich mit mir anfreunden. Und sobald du dir mit deiner rührseligen kleinen Geschichte mein Vertrauen erschlichen hättest, solltest du mich glauben machen, wir hätten etwas gemeinsam und mich dazu bringen, dir all meine Pläne zu verraten. Wie hast du mich überhaupt gefunden?« Sie wich einen weiteren Schritt zurück. »Großer Gott, hast du mich verfolgt?«

Tom starrte sie an. Allmählich schlug die Szene in das Drehbuch einer fürchterlich schlechten Seifenoper um. *Wovon um alles in der Welt redet Isobel?* Fast hätte er gelacht, allerdings wurde ihm klar, dass sie langsam, kaum merklich, immer weiter vor ihm zurückwich. Sie war nicht mehr wütend, sie hatte Angst.

Tom hob beide Arme, eine uralte Geste, um anzuzeigen, dass er unbewaffnet war und ihr nichts Böses wollte. Vorsichtig trat er einen Schritt vor.

»Isobel …«, begann er und verlieh seiner Stimme einen möglichst sanften Klang. »Ich habe dich nicht verfolgt. Ich versuche nicht, dich hinters Licht zu führen, und soweit ich weiß, bin ich deiner Mutter nie begegnet. Ich bin *Strohdachdecker.* Ich stehe früh auf, mache mich frisch ans Werk, arbeite bis in den frühen Abend hinein, gehe nach Hause, dusche, und wenn ich dann noch lange genug wach bleiben kann, lese ich ein Stündchen in einem Buch. Irgendwann gehe ich schlafen. Am nächsten Morgen stehe ich wieder auf, und es geht von vorn los. Und das ist alles.« Sein Ärger verpuffte schlagartig, als Isobel seine Worte verarbeitete und ihre Züge nach und nach in sich zusammenfielen.

»Du hast meine Frage nicht beantwortet«, murmelte sie. »Woher weißt du, wer ich bin?«

»Isobel?« Er wartete, bis er sich ihrer vollen Aufmerksamkeit sicher sein konnte. »Als ich acht Jahre alt war, ist mein Vater mit mir zu einem deiner Konzerte gegangen. Und die nächsten vier Jahre lang haben wir wohl jeden deiner Auftritte gesehen. Ich hab immer so getan, als wäre ich unbeeindruckt von deinem Können. Aber in Wirklichkeit war deine Genialität das Einzige, worüber er und ich uns je einig waren.«

Sie hob die Hand an den Mund, während sie schweigend dastand und ihn entgeistert anstarrte.

»Als wir uns zum ersten Mal begegnet sind, ist mir von Anfang an irgendetwas an dir bekannt vorgekommen. Aber wer du bist, ist mir erst neulich klar geworden, als du für mich spielen wolltest und dir davor die Haare über die Schulter geschnippt hast. Vielleicht merkst du das nicht mal, aber die Gewohnheit hattest du schon als Kind. Als ich das gesehen hab, hätte genauso gut eine Neonreklame über deinem Kopf hängen können. Natürlich hab ich eine Weile gebraucht, um herauszufinden, wer du bist. Als Kind hat mich nicht interessiert, warum du so abrupt mit den Auftritten aufgehört hast.«

»Aber jetzt schon?«

Es hätte keinen Sinn zu lügen. Zwar würde er es tun, wenn er glaubte, Isobel damit vor weiterem Schmerz zu bewahren. Allerdings wusste er, dass sie ihn auf Anhieb durchschauen würde. »Ja, ich gebe zu, dass ich nach Informationen über dich gesucht habe.«

»Und jetzt weißt du alles?«

Zögernd nickte er. Sie standen in dem düsteren Flur und sahen sich an. Aber selbst das trübe Licht konnte nicht verhindern, dass er sah, wie sich langsam eine Träne den Weg über ihre Wange bahnte. Zornig wischte sie den Tropfen weg.

»Siehst du das? Siehst du, was für Gefühle das nach all der Zeit immer noch in mir auslöst? Manchmal hab ich das Gefühl, dass ich sie niemals loswerde.«

Sie wandte sich ab, ging den Flur hinunter in die Küche und trat an den Kühlschrank. Sie holte eine abgedeckte Schüssel mit etwas heraus, das Tom nicht sehen konnte. Mit einem dumpfen Klirren stellte sie sie auf den Tisch.

»Tut mir leid«, entschuldigte sie sich. »Wahrscheinlich hast du noch nichts gegessen. Ich hab ein paar Erdbeeren hier, wenn du willst. Ich hab zwar keine Sahne oder so, aber vielleicht sind sie süß genug, um sie auch ohne zu essen. Zur Not hätte ich Zucker, wenn …«

Tom legte ihr eine Hand auf den Arm. »Isobel?«

Sie sank auf einen Stuhl, ließ den Kopf sinken und faltete die Hände auf dem Tisch. Ihr Daumen bewegte sich rhythmisch über ihr Handgelenk, als könnte die winzige Bewegung ihr Trost spenden.

»Ich mache uns was zu trinken.«

Beide sprachen kein Wort, während Tom damit beschäftigt war, Tee zuzubereiten. Erst, als er sich mehrere Minuten später am Tisch zu ihr gesellte, hob sie den Kopf. Er schob ihr einen Becher zu.

»Keine Ahnung, ob das hilft«, sagte er. »Aber es gibt Zeiten im Leben, da ist man bereit, alles zu versuchen.«

Dankbar lächelte sie und legte trotz der Hitze des Nachmittags ihre Hände um den warmen Becher.

»Ich sollte mich wohl entschuldigen«, begann sie. »Ich war ziemlich barsch …«

Tom musterte sie über den Tisch hinweg. »Schon möglich«, meinte er. »Aber im Hotel hab ich nicht nachgedacht, bevor ich den Mund aufgemacht hab. Das war unverzeihlich, und mir tut's auch leid. Es war nicht meine Absicht, dich so aufzuregen. Und nur fürs Protokoll: Ich bin wirklich kein Spion.«

Isobel fuhr sich mit einer Hand übers Gesicht. »Das ist so peinlich.« Sie stöhnte. »Ich kann nicht fassen, dass ich das wirklich gesagt habe.«

Er zuckte mit den Schultern. »Du warst aufgebracht. Da kann so was passieren. Man hat mir schon Schlimmeres vorgeworfen, und glaub mir, manchmal hatte ich es sogar verdient.«

»Aber nicht heute.«

»Richtig, heute nicht.« Er drehte seinen Becher so herum, dass der Griff zu ihm wies. »Also, worum geht's, Isobel? Ich meine, ich weiß natürlich, was ich gelesen habe. Allerdings bezweifle ich stark, dass es die Wahrheit ist. Und ich würde es viel lieber aus deiner Sicht hören.«

»Ach, ich weiß nicht, was soll ich dir erzählen? Ich bin sicher, das Wesentliche haben die Zeitungen sehr gut berichtet. Ich war ein Wunderkind. Hatte meinen ersten Soloauftritt mit sieben. Aber nach sieben weiteren Jahren war ich auf dem absteigenden Ast. Mit sechzehn hatte ich einen Nervenzusammenbruch und hab mich endgültig von der Musikwelt verabschiedet. Für die Öffentlichkeit bin ich vom Planeten verschwunden. Ich und mein gewaltiges Vermögen. Nur ist davon kaum noch was übrig. Ein Wunderkind zu sein, qualifiziert einen nämlich für nichts anderes im Leben. Also bleibt mir keine andere Wahl, als zu versuchen, wieder zu arbeiten.«

»Deshalb das Comeback?«

»Ja.«

Tom studierte ihre Züge. »Okay«, sagte er. »Jetzt versuch's noch mal, nur erzähl mir diesmal, was wirklich passiert ist. Ein Wunderkind wird man nicht zufällig. Auch ein Nervenzusammenbruch *passiert* nicht einfach so. Und Menschen verschwinden nicht jahrelang und tauchen dann plötzlich wieder auf, als wäre in den Jahren dazwischen nichts geschehen.«

Isobel schwieg.

»Na schön, dann sag mir, warum du gerade im Flur so verängstigt ausgesehen hast. Als du gedacht hast, ich wäre dir irgendwie hierher gefolgt, um deine Identität herauszufinden. Oder kannst du mir vielleicht verraten, warum du gedacht hast, deine Mutter hätte mich geschickt? Oder auch nur, warum du solche Angst davor hast, nicht mit Gefühl spielen zu können? Tatsächlich konntest du das nie, oder? Technisch brillant, aber eiskalt, so haben es die Kritiker bezeichnet, nicht wahr? Was für eine furchtbare Last für eine Sechzehnjährige …«

»Bist du endlich fertig?« Isobels Lippen zitterten. Ihre dunklen Augen wirkten riesig in ihrem totenblassen Gesicht. Tom merkte ihr an, dass sie wieder wütend auf ihn sein, ihn mit Worten prügeln und zerfetzen wollte. Doch sie wusste auch, dass er recht hatte.

Er streckte ihr die Hand über den Tisch entgegen und war erleichtert, als sie reumütig lächelte und die Finger zögerlich mit seinen verflocht.

»Du bist dran«, flüsterte er.

»Ich hab so viele Jahre lang versucht, die Wahrheit zu verleugnen und herauszufinden, was zwischen all den Lügen überhaupt die Wahrheit ist, dass es sich manchmal so anfühlt, als wüsste ich es gar nicht mehr.« Isobel überlegte kurz. »Nur hier auf Joy's Acre ist das die einzige Wahrheit, die ich im Moment habe.«

»Und die ist so gut wie jede andere, die du finden könntest«, erwiderte Tom.

Sie nickte. »Ich bin hergekommen, weil ich dachte, hier könnte ich alles andere vergessen und mich auf das konzentrieren, was ich dachte, tun zu müssen, nämlich zu arbeiten. Aber jetzt habe ich begriffen, dass genau das Gegenteil richtig ist. Es ist nicht die Arbeit, auf die ich mich konzentrieren muss, sondern es sind all die Dinge, die ich zu verdrängen versuche. Und aus irgendeinem Grund scheint Joy's Acre der ideale Ort dafür zu sein. Den Großteil meines Erwachsenenlebens habe ich unter der Obhut des einen oder anderen Psychiaters gestanden und versucht, meine Kindheit zu verarbeiten. Und vielleicht hab ich unwissentlich den ersten Schritt dazu getan, indem ich hierhergekommen bin.«

Isobel drückte seine Hand und zog die ihre sanft zurück, hob den Becher und trank einige Schlucke Tee.

»Meine Kindheit war außergewöhnlich kalt und einsam, und als Einzelkind hab ich sehr schnell gelernt, mich selbst zu unterhalten. Meine Mutter hat Geige gespielt, und ich kann nur vermuten, dass ich mir ihr Instrument eines Tages genommen und zu spielen angefangen habe, weil mir langweilig war. Ich muss wohl auch Unterricht bekommen und geübt haben. Und bevor ich wusste, wie mir geschah, hab ich vor Publikum gespielt. Und zum ersten Mal im Leben habe ich gehört, wie Anerkennung klingt. Die Menschen haben mir Beifall gespendet und mir gesagt, was für ein wunderbares Kind ich wäre. Das habe ich total genossen. Es war wie eine Droge, von der ich immer mehr wollte.«

»Ich habe dich bei deinen Konzerten immer angesehen und geglaubt, dass dein Leben bestimmt glanzvoll ist«, sagte Tom. »Ich war neidisch auf dich. Und mir ist kein einziges Mal der Gedanke gekommen, wie es in Wirklichkeit für dich gewesen sein muss.«

»Mein Leben war vom Aufstehen bis zum Schlafengehen minutiös durchgeplant. Alles wurde sorgfältig kontrolliert. Und je erfolgreicher ich wurde, desto härter musste ich arbeiten. Aber das war es mir wert, um zu hören, dass die Leute mir sagten, sie wären begeistert, und ich wäre wunderschön.« Stirnrunzelnd kratzte sich Isobel am Kopf. »Ich bin schon früh nicht mehr zur Schule gegangen und hatte stattdessen einen Privatlehrer, der uns überallhin begleitet hat. Ein paar Stunden am Tag hatte ich Unterricht, den Rest der Zeit habe ich geübt. Freunde hatte ich nie. Aber ich hatte auch nicht das Gefühl, welche zu brauchen. Und ich hätte sowieso keine Zeit gehabt, mit ihnen zu spielen.«

»Und ab wann ist es schiefgelaufen?«

»Schwer zu sagen, aber ich glaube, ich war so ungefähr elf. Wahrscheinlich haben zu der Zeit meine Hormone verrückt gespielt. Jedenfalls wurde ich sehr emotional. In der einen Minute habe ich geweint, in der nächsten hatte ich einen Wutanfall. Und ich wusste, dass es sich auf mein Spiel ausgewirkt hat. Auch wenn das Publikum anscheinend nichts davon bemerkt hat. Also haben meine Eltern einen Coach organisiert, der mit mir arbeiten sollte, einen Verhaltensspezialisten. Er hat mir beigebracht, meine Emotionen zu isolieren und sie völlig aus meinem Spiel herauszuhalten. Eine Zeit lang hat das funktioniert. Ich konnte immer schwierigere Stücke spielen, und das Publikum war begeistert. Es war ein Teufelskreis. Mit der Nachfrage nach solchen Stücken konnte ich nur Schritt halten, indem ich alles andere abgeblockt und mich allein auf die technischen Aspekte konzentriert habe. Ich war so erfolgreich, dass niemand einen Gedanken daran verschwendet hat, welche Auswirkungen das alles auf mich haben könnte.«

»Oder vielleicht doch, und es war alles pure Berechnung …«

Isobel ließ ein kurzes, freudloses Lachen hören. »Am wichtigsten war jedenfalls, dass Isobel, die Musikmaschine, weitermachte. Das ist so lange gutgegangen, bis ich etwas älter wurde und die Karte als Wunderkind nicht mehr ausspielen konnte. Die Leute fingen allmählich an, mich mehr wie eine

Erwachsene zu sehen und zu behandeln. Vor allem hat man mich als Geigerin mit erwachsenen Kolleginnen und Kollegen verglichen. Da wurden die ersten kritischen Stimmen laut, die meinten, ich wäre kalt, es fehle meinem Spiel an Gefühl. Und natürlich hatten die Kritiker recht.« Eine Träne tropfte von ihrer Nasenspitze.

»Oh, Isobel …«

»Nicht«, sagte sie. »Bitte nicht. Wenn du nett zu mir bist, verliere ich vollends die Nerven.«

Tom blies leise den Atem aus. »Und was wäre daran so schlimm? Du bist in der Vergangenheit entsetzlich behandelt worden, Isobel. Ausgerechnet von den Menschen, die für dich hätten eintreten sollen. Die dich hätten lieben und beschützen sollen. Aber davon musst du nicht dein jetziges Leben beeinträchtigen lassen. Du kannst sein, wer auch immer du sein willst.«

Sie schüttelte den Kopf. »Du verstehst das nicht«, entgegnete sie. »So einfach ist das nicht.«

»Nur, weil es schwer ist, die Vergangenheit loszulassen, musst du nicht …«

»Nein, das ist nicht der Grund. Du verstehst das nicht«, wiederholte Isobel.

»Dann erklär's mir«, forderte Tom sie auf. »Erklär mir, warum du jetzt nicht sein kannst, wer du willst.«

Eine weitere Träne fiel auf den Tisch. Isobel schniefte. »Weil ich nicht allein über mein Leben bestimme, Tom. Ich gehöre ihnen noch immer.«

Kapitel 18

Isobel zuckte zusammen. So ausgedrückt klang es total lächerlich. Sie war eine erwachsene Frau, um Himmels willen, wie also konnte sie irgendjemandem gehören? Und doch war es so. Es ließ sich nur schwer erklären, was sie damit meinte. Tatsächlich wusste sie nicht genau, wie sich die heimtückische Übernahme ihres Lebens vollzogen hatte. Alles war so geschickt ausgeführt worden, dass sie es gar nicht mitbekommen hatte. Nur waren ihr die Dinge in den letzten Wochen und insbesondere in den letzten Tagen zunehmend klarer geworden. Und je klarer sie wurden, desto beängstigender wurden sie und führten Isobel das Ausmaß des Missbrauchs vor Augen, den man ihr angetan hatte.

Nicht in Form von Gewalt, aber Missbrauch trat in vielen Formen auf. In ihrem Fall hatte man ihn als die vermeintliche Notwendigkeit getarnt, für ihre Sicherheit und ihr Wohl zu sorgen. Dafür hatte man sie ihrer Freiheit und der Fähigkeit beraubt, eigenständig zu denken. Was genauso sehr Missbrauch war, als wäre sie die letzten zehn Jahre lang jeden Tag geschlagen worden.

»Ich weiß, was du jetzt denkst«, sagte sie. »Selbst ich weiß nicht, wie es passieren konnte … wie ich es zulassen konnte. Das ist das Problem bei Dingen, die sich nach und nach anschleichen. Oft erkennt man die Situation nicht als das, was sie ist. Weil man sich so sehr daran gewöhnt hat und gar nichts anderes kennt. Aber du musst verstehen, wie es war, als das alles auf mich eingestürzt ist.«

Mit ernster Miene saß Tom vor ihr. Ihre Hand lag wieder in seiner. Er drückte sie sanft und lächelte. »Ich bin nicht hier, um über dich zu urteilen, Isobel«, sagte er. »Du kannst mir erzählen, was immer du willst.«

»Ich war noch so jung, weißt du, erst sechzehn. Und obwohl ich da schon viel mehr als Gleichaltrige getan und erlebt hatte, war ich emotional noch sehr unreif. Ich war mental nicht in der Lage, Entscheidungen zu treffen oder zu verstehen, wie die Welt finanziell und rechtlich funktioniert. Die ersten Jahre nach meinem Zusammenbruch hatte ich schon alle Hände voll zu tun, mich von einem Tag zum nächsten zu schleppen. Als es dann langsam besser wurde, war es gewissermaßen zu spät. Da waren nämlich schon Vorkehrungen getroffen worden. Und ich konnte nicht erkennen, dass sie geändert werden mussten.«

»Du musst eine ganze Menge Geld verdient haben«, meinte Tom. »Spielst du darauf an?«

»Teilweise«, erwiderte sie. »Meine Eltern waren meine Manager, und ja, du hast recht, zu dem Zeitpunkt war ich ziemlich reich. Allein das Geld aus den Plattenverkäufen war schwindelerregend, und aufgrund meines Alters wurde es für mich in einen Treuhandfonds eingezahlt. Jedenfalls ein Teil. Alle Einzelheiten weiß ich immer noch nicht, es ist inzwischen so lange her. Aber du musst wissen, dass ich über die Jahre immer wieder im Krankenhaus war. Angefangen hat es mit einem Nervenzusammenbruch. Aber dann hab ich viel zu viel getrunken und zu wenig gegessen … Mehr als einmal haben sie mich deswegen für unmündig erklärt. Und obwohl es zu meinem Besten war, sind das schreckliche Orte, Tom – die Krankenhäuser, meine ich. Ich wurde nach und nach so verwirrt und hatte solche Angst davor, wieder dort zu landen, dass ich so gut wie allem zugestimmt hätte, um es zu verhindern. Dadurch hatten mich meine Eltern nur noch fester im Griff, und ich habe es sogar begrüßt. Erst viel später, als ich angefangen habe, mich mit den Dingen auseinanderzusetzen, ist mir klar geworden, wie falsch das alles war. Aber selbst da war ich noch nicht mutig genug, um etwas zu ändern. Wenn man immer wieder gesagt bekommt, man sei noch krank und könne nicht allein zurechtkommen, glaubt man es irgendwann.«

»Und was ist passiert, dass sich das alles geändert hat?«

Isobel schauderte. »Ich wurde klüger«, antwortete sie und spürte, wie sich dieselbe Welle der Abscheu anbahnte wie immer, wenn sie daran dachte.

»Um es unverblümt auszudrücken: Das Geld ging allmählich zur Neige. Ob es unklug ausgegeben oder schlecht verwaltet wurde, weiß ich nicht. Jedenfalls hatten wir ein riesiges Haus und einen luxuriösen Lebensstil. Nur verdiente ich kein Geld mehr, um das alles zu finanzieren. Meine Eltern hatten keine eigenen Karrieren, die hatten sie längst aufgegeben. Und als sich die Gespräche dann immer öfter darum drehten, dass ich wieder zu arbeiten anfangen sollte, wurde mir klar, dass ich die goldene Eier legende Gans gewesen war – dummerweise legte ich aber keine mehr. Am schlimmsten fand ich eine weitere Erkenntnis: Um je auf eigenen Beinen stehen und so leben zu können, wie ich will, würde ich Geld verdienen müssen. Also musste ich bei den Vorschlägen meiner Eltern mitspielen. Es war ein Teufelskreis.«

Sie holte tief Luft. Mit einem verlegenen Lächeln griff sie nach ihrem Becher und leerte ihn, um ein bisschen Zeit zu schinden. Es war schon schwer genug, die Einzelheiten ihrer Vergangenheit preiszugeben, obwohl ihr das irgendwie nicht mehr so viel Angst machte wie früher. Die Zukunft jedoch war ein völlig anderes Thema. Das war in der Tat überaus beängstigend.

»Du hast vorhin gesagt, dass ich ein Comeback anvisiere. Deshalb bin ich so ausgerastet, denn davon weiß niemand etwas. Aus offensichtlichen Gründen *darf* niemand etwas davon wissen. Aber der Gedanke daran, was ich jetzt tun muss, jagt mir eine Heidenangst ein. Ich hab Monate gebraucht, um so weit zu kommen – um den Mut aufzubringen, von zu Hause auszubrechen. Ich hab meinen Eltern nicht gesagt, wohin ich fahre, weil sie mich sonst davon abgehalten hätten. Sie haben immer noch keine Ahnung, wo ich bin. Bei meiner Ankunft auf Joy's Acre dachte ich, dass ich nur noch an meiner Musik arbeiten müsste, wie wir es vereinbart hatten. Dann würde schon alles gut werden. Nur ist es nicht so. Kann es gar nicht sein.« Sie sah ihn an. »Deshalb darfst du es niemandem sagen«, bat sie ihn eindringlich. »Ich weiß immer noch nicht, was ich tun werde, aber niemand darf etwas erfahren.«

»Isobel, ich würde niemals dein Vertrauen missbrauchen.«

»In letzter Zeit haben meine Eltern nach einer Möglichkeit gesucht, mir zu einem Comeback zu verhelfen. Ich hab nie aufgehört zu spielen, übe so ziemlich jeden Tag stundenlang. Aber seit ungefähr fünf Jahren schreibe ich auch eigene Musik. Ich habe sogar rechtsgültig meinen Namen geändert, damit mir die Vergangenheit nicht im Weg ist. Und letztlich haben meine Eltern einen Veranstalter gefunden, der bereit war, mich unter Vertrag zu nehmen. Natürlich kennt er die ganze Geschichte, das musste sein. Aber er ist durch eine Vertraulichkeitsklausel im Vertrag zu Stillschweigen verpflichtet. Ich soll eine Eigenkomposition schreiben, die in der Musikwelt für Furore sorgt. Erst dann würde meine wahre Identität gelüftet, und mein Comeback würde der durchschlagende Erfolg, den meine Eltern anpeilen.«

Sie lehnte sich auf dem Stuhl zurück und seufzte. »Jetzt weißt du, in welcher Zwickmühle ich stecke«, fügte sie hinzu. »Denn es gibt keine Eigenkomposition, zumindest keine, die irgendjemanden in der Branche vom Hocker hauen würde.«

Auch Tom hatte sich zurückgelehnt. Er musterte sie mit nachdenklicher Miene. Allerdings vermochte Isobel nicht wirklich zu sagen, was ihm durch den Kopf ging. Sie wusste nicht, ob ihn schockierte, was sie ihm erzählt hatte, oder ob er sich unwohl in ihrer Gegenwart fühlte. Beides würde sie traurig stimmen. Sie dachte daran zurück, wie sie sich vorhin bei der Hochzeit gefühlt hatte, als sie Tom gesehen, seine Herzlichkeit gespürt hatte. Das hatte ihr sehr viel bedeutet, bevor sie zu spielen begonnen hatte. Aber jetzt hatte sie es verbockt. Sie hatte nicht bloß *ein paar Altlasten im* Gepäck, sondern eine ganze *Koffergarnitur voll.* Niemand bei rechtem Verstand würde ihr beim Tragen helfen wollen. Sie hielt es sogar durchaus für möglich, dass Tom sie für ausgesprochen dumm hielt – eine schwache, zaghafte Person, die genau das bekommen hatte, was sie verdiente.

Die Sekunden verstrichen. Immer noch keine Reaktion von ihm. Damit hatte Isobel ihre Antwort wohl. Sie glaubte nicht, dass sie es noch lange ertragen könnte, ihn anzusehen. Als sie gerade aufstehen wollte, lehnte er sich plötzlich vor, schnappte sich eine Erdbeere aus der Schüssel vor ihm und steckte sie sich in den Mund.

»Weißt du, was ich denke?«, fragte er. »Ich denke, du solltest denen allen zusammen sagen, sie sollen sich dahin scheren, wo der Pfeffer wächst.«

Zuerst glaubte Isobel, sie hätte sich verhört. Dann jedoch erschien plötzlich ein breites Grinsen auf seinem Gesicht, und sie wusste, sie hatte ihn richtig verstanden. Es war ein so außergewöhnlicher Stimmungsumschwung, dass die Spannung im Raum wie ein übervoller Luftballon zerplatzte. Unwillkürlich kicherte Isobel – sie konnte nicht anders.

»Das kann ich nicht!«, rief sie.

»Warum nicht?«, erwiderte er, während er die Erdbeere kaute.

Sie sah sich im Raum um. »Na, weil … weil …« So direkt gefragt, hatte sie Mühe, einen Grund zu nennen. Sie warf die Hände hoch.

»Also, zum einen, weil ich kein Geld habe. Oder sehr wenig. Und wenn ich das täte, gäbe es keinen Weg zurück zu meinen Eltern. Ich hätte also kein Dach über dem Kopf. Außerdem ist da die nicht unbedeutende Tatsache, dass ich einen Vertrag zu erfüllen und eine Komposition abzuliefern habe.« Allmählich lief sie warm.

»Na, na.« Tom wedelte mit dem Finger vor ihr. »Jetzt wirf nicht mit Gründen um dich, warum du ihnen *nicht* sagen kannst, sie sollen sich zum Teufel scheren. Überlegen wir uns lieber Gründe, warum du's *doch* kannst.« Er griff sich eine weitere Erdbeere. »Okay, zunächst mal das Geld. Manch einer würde sagen, das ist eine Notwendigkeit. Aber meiner Meinung nach wird es stark überbewertet. Das bringt mich zum zweiten Punkt: das Dach über dem Kopf. Ich glaube, du hast hier bis Ende August bezahlt. Das sind noch vier Wochen, vorerst hast du also eine Bleibe. Danach kannst du bei mir wohnen. Und sieh mich nicht so an, ich habe ein Gästezimmer. Damit erledigt sich offensichtlich Problem Nummer eins, denn dann brauchst du kein Geld mehr. Ich seh schon, dass du mir ins Wort fallen willst. Aber merk dir, was du sagen wolltest, bis mir zumindest noch ein gewiefter Plan für Punkt Nummer drei eingefallen ist.«

Er knabberte an der Erdbeere und beobachtete Isobel über die Frucht hinweg mit einem schelmischen Grinsen. »Also … was den Vertrag angeht. Du *hast* etwas geschrieben. Eine Komposition. Aber, und korrigier mich, wenn ich mich irre, es ist nicht die Komposition, die deiner Meinung nach für Furore in der Welt der Musik sorgen wird. Das Offensichtliche wäre also, ein anderes Musikstück zu schreiben. Aber das hab ich dir ja schon gesagt.«

Isobel schnaubte. »Und was, wenn ich das nicht kann?«

»Dann hast du einen wunderbaren Urlaub gehabt.«

»Und der Vertrag?«

Tom überlegte einen Moment. »Dieser Kerl ist doch Agent, oder? Also, selbst wenn du eine Komposition lieferst, ist das erst der Anfang seiner Arbeit. *Er* profitiert erst dann von dieser Vereinbarung, wenn er eine Möglichkeit findet, dass *du* davon profitierst. Im Moment ist das alles rein spekulativ. Und auch wenn alle hoffen, dass der Versuch zu einer großen, ruhmreichen Zukunft führt: Solange er keine Möglichkeit findet, die einen Gewinn für dich abwirft, dann haben beide Teile auch nichts verloren, und es ist nichts passiert. Das ist vielleicht eine grob vereinfachte Sicht der Dinge, trotzdem würde ich nicht davon ausgehen, dass du ihm gegenüber rechtlich in der Pflicht stehst.«

Isobels Herz setzte beinah einen Schlag aus. »Glaubst du, das stimmt wirklich?

Tom nickte. »Das tue ich, ehrlich.«

»Verstehe. Ich werde darüber nachdenken, aber ich kann auf keinen Fall bei dir wohnen.«

»Warum nicht?«

Isobel starrte Tom an. »Na ja, weil …«

Es wäre sehr schwierig, Tom beizubringen, warum es nicht ging. Immerhin war er in all der Zeit, die sie inzwischen gemeinsam verbracht hatten, nicht einmal aufdringlich geworden, sondern hatte sich wie der perfekte Gentleman verhalten. *Wo Rauch ist, da ist auch Feuer*, dachte sie trotzdem. Und wenn sie nach den Äußerungen von Clara und Trixie ging, war er niemand, auf den sie sich einlassen wollte. Auch wenn sie nicht anders konnte, als ihn zu mögen, bedeutete das noch lange nicht, dass er keinen Ärger verhieß – und bei ihm zu wohnen würde diesen förmlich herausfordern.

»Ich denk drüber nach.« Sie grinste, weil sie seine Gefühle nicht verletzen wollte, und nahm sich eine Erdbeere.

Einen Moment lang erwiderte Tom ihr Lächeln, doch dann wurde er wieder ernst. »Hör zu, Isobel. Ich weiß, du hältst mich für leichtfertig, aber ich kann mir nicht mal ansatzweise vorstellen, was du durchgemacht hast. Und dennoch: Was ich vor mir sehe, ist eine wunderschöne junge Frau mit außergewöhnlichem Talent, der es trotz allem, was ihr widerfahren ist, immer noch gelingt, freundlich und warmherzig zu sein. Du hast noch deine ganze Zukunft vor dir. Und ich verstehe vermutlich besser als jeder andere, dass du deinen Eltern und dir selbst etwas beweisen willst. Aber du musst dir im Klaren darüber sein, was du dir für die Zukunft wirklich wünschst. Und wenn dein Leben nicht in diese Richtung geht, dann kannst du es ändern.«

Sie nickte. »Ich weiß wirklich nicht, was ich sagen soll«, erwiderte sie. »Ich wollte damit nie jemanden belasten. Aber heute und die letzten Tage … Ich weiß auch nicht. Vielleicht liegt es bloß daran, dass ich Abstand zwischen meine Probleme und mich gebracht habe. Jedenfalls hat Joy's Acre begonnen, mir Möglichkeiten aufzuzeigen, die mir nie in den Sinn gekommen wären. Und jetzt sagst du mir auch noch, dass sie doch in Reichweite sein könnten.« Sie starrte durchs Fenster hinaus in die goldene Sonne des späten Nachmittags und fühlte sich plötzlich unglaublich erschöpft. »Und was machen wir jetzt?«, fragte sie.

Tom folgte der Richtung ihres Blicks und atmete tief durch. »Ich denke, wir sollten beide etwas essen, schlafen und dann morgen früh weitersehen. Mit etwas Glück fühlen wir uns dann bereit, es mit der Welt aufzunehmen. Genau das sollten wir nämlich tun.«

Isobel nickte. Dankbarkeit durchströmte sie – und eine plötzliche unerwartete Beklommenheit. »Seh ich dich morgen früh?«, fragte sie.

»Worauf du dich verlassen kannst.« Tom grinste. »Ich komm zum Frühstück.«

Kapitel 19

Ungefähr zehn Minuten lang starrte Tom nach dem Aufwachen mit einem breiten Grinsen im Gesicht an die Decke. Er konnte nicht anders. Noch nie zuvor hatte er so empfunden. Er konnte sich an nichts von seiner Fahrt nach Hause am vergangenen Abend erinnern, nachdem er von Isobel aufgebrochen war. Stattdessen hatte es ihn geradezu überrascht, dass er bei seinem Häuschen eingetroffen war. Nachdem er hineingegangen war, hatte er noch eine ganze Weile mit einem ähnlich breiten Lächeln im Gesicht in der Küche gesessen. Er hatte gedacht, er würde überhaupt keine Ruhe finden, doch kaum hatte sein Kopf das Kissen berührt, war er tief und fest eingeschlafen.

An diesem Morgen war seine Erinnerung an den Vortag zwar nicht mehr ganz so lebhaft, trotzdem noch außergewöhnlich. Allerdings sollte er wirklich nicht so grinsen. Die Dinge, die Isobel ihm erzählt hatte, würde er niemandem wünschen. Und doch hatte Isobel sie ausgerechnet *ihm* mitgeteilt, und deshalb war er aufgeregt wie ein verliebter Teenager. Es war nicht nur Isobel, deren Wahrnehmung sich in den letzten Tagen verändert hatte. Plötzlich hatte auch er zum ersten Mal in seinem Leben das Gefühl, nicht nur zu wissen, wohin er wollte, sondern auch, dass er aus den richtigen Gründen dorthin wollte.

Ein Blick auf die Uhr zeigte ihm, wie früh es noch war. Dennoch warf Tom mit einem verlegenen Grinsen die Decke zurück und trat den Weg zur Dusche an. In Anbetracht seines Zustands sollte er vielleicht am besten nur das kalte Wasser aufdrehen.

***

Er hatte den Hof noch nicht mal halb durchquert, als sich die Eingangstür des Haupthauses öffnete und ihm Maddie entgegenkam. Er war überrascht, dass ihre sonst so fröhliche Begrüßung ausblieb.

»Morgen, Mads. Ist alles in Ordnung?«

Sie bedachte ihn mit einem ziemlich wilden Blick. »Tja, das hoffe ich«, erwiderte sie. »Kommt aber ganz drauf an, wie du meine nächste Frage beantwortest. Obwohl ich zumindest froh bin, dass du's gestern Abend nach Hause geschafft hast.«

Er seufzte schwer. »Musst du das wirklich fragen? Zumal du ja wissen willst, ob ich Isobel gestern Abend was angetan habe. Die Antwort darauf hast du ja bereits.«

Man musste Maddie zugutehalten, dass sie zumindest verlegen wirkte, obwohl dennoch ein kleines Funkeln in ihren Augen blieb. »Darum geht's nicht, Tom, ich …«

»Doch, tut es. Genau darum geht's.« Tom spürte, wie sich ein ärgerlicher Knoten in seinem Magen zusammenballte. Er wusste, dass er auf Joy's Acre einen gewissen Ruf hatte. Allerdings hatte er trotzdem gedacht, die anderen würden wissen, dass er nie jemanden schlecht behandelt hatte oder schlecht behandeln würde. »Hältst du wirklich so wenig von mir?«

Maddie schluckte. »Das hat nichts damit zu tun, Tom. Du weißt, dass ich große Stücke auf dich halte. Aber Isobel ist unser *Gast*, und wichtiger noch, unser *erster* Gast. Es ist unheimlich wichtig, dass sie glücklich ist und ihren Aufenthalt genießt. Als ich sie gestern gesehen hab, schien sie mir aufgebracht zu sein. Und du bist ihr auf dem Fuß gefolgt. Was hätte ich denn sonst denken sollen?«

Finster funkelte er sie an. »Ach, ich weiß auch nicht … vielleicht, dass ich ihr helfen wollte, statt automatisch davon auszugehen, dass ich der *Grund* für ihre Gemütsverfassung war? Schönen Dank auch, Maddie.«

Sie wurde rot. »Na schön, ich geb zu, vermutlich hab ich voreilig falsche Schlüsse gezogen ...« Sie verstummte und ließ den Kopf hängen. »Entschuldige. Das war unglaublich blöd von mir.«

»Ja, das war's wirklich. Du hast recht, Isobel *war* aufgebracht. Aber nicht wegen etwas, das ich getan hab. Tatsächlich hatte sie völlig unverhofft einen unheimlich tollen Tag und hat den Großteil davon in einem Streichquartett bei einer Hochzeit gespielt. Du kannst sie ja fragen, wenn du willst.« Kurz verstummte er und versuchte, sich zu beruhigen. »Aber leider sind dadurch Erinnerungen aus ihrer Vergangenheit in ihr hochgekommen und haben sie wütend gemacht. Als ich mit ihr darüber reden wollte, hat sie darauf bestanden, dass ich sie hierher zurückbringen soll.« Er sah Maddie direkt in die Augen. »Ich habe ihr versprochen, dass ich niemandem davon erzählen würde.«

»Klar, natürlich nicht. Das geht mich nichts an.«

»Richtig, tut es nicht. Und nur, falls es deiner Aufmerksamkeit entgangen ist: Wir sind beide erwachsen. Zufällig liegt mir viel an Isobel. Mir ist klar, dass sie unser Gast ist. Aber was immer zwischen uns passiert, geht nur uns was an und sonst niemanden.« Er stieß den Atem aus. »Maddie, Isobel geht's bestens. Es gefällt ihr hier wahnsinnig gut, du hast also wirklich keinen Grund zur Sorge. Frag sie, wenn du mir nicht glaubst. Im Übrigen bin ich gerade auf dem Weg zu ihr, um ein paar Dinge zu besprechen. Also entschuldige mich bitte.«

Maddie streckte die Hand aus. »Tom, es tut mir leid. Ich hätte nichts sagen sollen. Das war wohl überfürsorglich und anmaßend von mir ...«

Der Ausdruck in ihrem Gesicht stimmte ihn milder. »Du nimmst Anteil, Maddie, das versteh ich. Geh mir nur nicht gleich an die Gurgel, okay?«

Sie nickte.

»Außerdem ist mir durchaus bewusst, dass ich ein Dach habe, mit dem ich vorankommen muss, also mach dir auch darüber keine Gedanken.« Er sah auf seine Uhr. »Wir sehen uns später«, sagte er und ging mit dem Wissen davon, dass ihm Maddie hinterherstarrte.

Isobel öffnete die Tür so schnell, dass sich Tom fragte, ob sie dahintergestanden und auf ihn gewartet hatte. Rasch verdrängte er den Gedanken. *Schön wär's.*

»Guten Morgen!« Mit einem bezaubernden Lächeln ließ sie ihn eintreten. »Oh.« Sie stockte. »Ist alles in Ordnung?«

Tom nickte. »Tut mir leid«, entschuldigte er sich. »Maddie hat mir nur gerade den Kopf gewaschen.«

Isobel runzelte die Stirn. »Wieso das denn?«

Es lag Tom auf der Zunge, es ihr zu erzählen, doch er besann sich eines Besseren. Er wollte sie auf keinen Fall in Verlegenheit bringen.

»Nur ein Missverständnis«, sagte er. »Egal. Nichts, worüber man sich den Kopf zerbrechen müsste.« Er setzte eine fröhlichere Miene auf. »Und was ist mit dir? Ich wollte mich gerade erkundigen, ob du überhaupt schlafen konntest. Aber irgendwie sieht's ganz danach aus.«

Isobel strahlte förmlich. Wieder einmal trug sie ein schlichtes Etuikleid aus Baumwolle. Das Haar fiel ihr offen über die Schultern. Alles an ihr wirkte lebendiger, als er es in Erinnerung hatte.

»Und wie ich geschlafen habe! So gut wie schon lange nicht mehr. Ich glaube, ich bin kein einziges Mal aufgewacht. Aber kaum hab ich morgens die Augen aufgemacht, war's vorbei mit dem Schlafen – da musste ich raus aus den Federn und was tun. Ich bin geradezu lächerlich aufgekratzt.«

»Das seh ich.« Tom lachte. »Aber das ist schon in Ordnung. Ach was, mehr als in Ordnung. Ich hab mich schon gefragt, wie du dich heute Morgen fühlen würdest. Ob du die

Dinge positiver sehen würdest, oder ob sich vielleicht wieder Zweifel eingeschlichen hätten.«

Sie schüttelte entschieden den Kopf. »Nein, keine Zweifel«, antwortete sie. »Ich fühle mich besser als seit einer Ewigkeit …« Abrupt verstummte sie und legte die Stirn in Falten. »Schon komisch, denn eigentlich hat sich ja nichts geändert. Trotzdem erscheint mir auf einmal alles so einfach. Und ich bin fest entschlossen, es so zu belassen. Als ich aufgestanden bin, dachte ich zuerst an all die Pläne, die ich machen sollte. Aber dann ist mir klar geworden, dass ich überhaupt keine machen will. Ich werd es einfach genießen, alles ein Weilchen ruhen zu lassen, und warte mal ab, was passiert.« Sie strich sich das Haar hinter die Ohren. »Aber zuerst will ich frühstücken. Ich bin am Verhungern!« Sie zog an seinem Ärmel. »Komm mit.«

Tom folgte ihr in die Küche und stellte fest, dass der Tisch für zwei Personen gedeckt war. Er legte das Buch, das er mitgebracht hatte, mit dem Cover nach unten neben einen der Teller.

»Ich dachte mir, dass Trixie früh auf sein würde, und ich hatte recht. Obwohl ich fürchte, dass ich sie erschreckt habe, ich hab ihr praktisch aufgelauert.« Isobel zeigte auf die Mitte des Tischs. »Aber ich hab bekommen, was ich wollte«, fügte sie hinzu. »Bevor ich abreise, muss ich mir das Rezept für diese Muffins besorgen. Ich kriege einfach nicht genug davon.«

Tom überlegte, ob er etwas sagen sollte, aber stattdessen lächelte er nur.

»Nicht schlimm, ich mag sie auch total gern.« Er setzte sich. »Weißt du, ich hab mich gefragt, ob du mir bei etwas zur Hand gehen könntest, falls du heute Morgen nichts Besonderes zu tun hast.« Er wartete, bis auch sie sich gesetzt hatte. »Na ja, eigentlich sind es sogar zwei Dinge.«

»Ach ja?«

»Obwohl das zweite eher eine Frage ist …«

Isobel schmierte Butter auf einen Muffin. »Schieß los«, ermutigte sie ihn und reichte ihn ihm. Sie zerteilte ein weiteres süßes Brötchen, butterte die Hälften großzügig und legte sie auf ihren eigenen Teller.

»Kaffee?«

Tom nickte. »Ich hab mich gefragt, ob du es schön fändest, noch mal Gelegenheit zu haben, um zu üben, mutig zu sein«, begann er vorsichtig. »Aber du musst nicht sofort antworten, du kannst in Ruhe darüber nachdenken.«

»Was wahrscheinlich bedeutet, dass es mir nicht gefallen wird.« Belustigt biss sie von ihrem Muffin ab.

»Die Hochzeit, bei der wir auftreten, ist in zwei Wochen«, sagte Tom. »Und ich finde, du solltest mitkommen und mit uns spielen.«

»Nein.« Isobels Antwort kam wie aus der Pistole geschossen und im Brustton der Überzeugung, obwohl sie den Mund voll hatte.

Toms Muffin verharrte auf halbem Weg. »Wie kannst du einfach so ablehnen? Nach gestern.« Er fragte sich, ob er sie irgendwie beleidigt hatte.

Sie lächelte. »Weil du in einer Folk-Band spielst und ich klassische Musikerin bin.«

Er wollte gerade anfangen zu diskutieren, als ihm auffiel, wie es in ihren Augen funkelte, während sie an ihrem Brötchen kaute. Kopfschüttelnd lehnte er sich zurück.

»Oh, sehr komisch. Zum Schießen.« Er verdrehte die Augen. »Ich weiß, dass ich nicht würdig bin, mich auch nur in deiner Gegenwart aufzuhalten. Aber auch wenn wir musikalisch nicht viel wert sind, kann man mit den Jungs der Band wirklich Spaß haben. Wird ein toller Tag werden.« Er verzog leicht das Gesicht. »Und es wäre eine gute Übung … du weißt schon, dafür, wieder unter Leute zu gehen.«

»Ich weiß, Tom«, sagte sie, plötzlich ernüchtert, »und ich überleg's mir. Aber unabhängig davon, wie ich mich heute

Morgen fühle, da ist immer noch die Kleinigkeit, dass ich aus dem Nichts eine Komposition aus der Luft holen muss. Und auch wenn ich ein, zwei Ideen habe, es ist noch nichts wie von Zauberhand fertig. Ich muss in der Hinsicht vernünftig sein. Und ich denke, ich sollte meine Energie besser darauf verwenden, um zumindest zu versuchen, meinen Vertrag zu erfüllen.«

»Und du bist sicher, dass du das willst? Du willst nicht einfach die Verluste begrenzen und stattdessen was anderes tun?«

Sie verengte die Augen. »Was meinst du damit?«

»Ich meine nur, dass dein Agent, wenn du ihm ein Musikstück lieferst, verpflichtet ist, auch etwas damit zu machen. Und da er deine Geschichte kennt und weiß, dass du in erster Linie eine Live-Künstlerin bist, wird er in diese Richtung denken. Was immer er also mit der von dir produzierten Musik anstellt, früher oder später wird von dir erwartet werden, dass du sie aufführst. Was hätte sie sonst für einen Sinn?« Kurz verstummte er und überlegte, doch es gab keine Möglichkeit, um schönzureden, was er noch zu sagen hatte. »Und ich mache mir einfach Sorgen, dass es vielleicht nicht das ist, was du willst. Dass es sich aufschaukeln könnte und zu genau dem wird, was du hinter dir zu lassen versuchst.«

»Ja, aber das wäre dann meine Entscheidung. Ich muss nicht vor einem großen Publikum auftreten. Es gibt auch andere Möglichkeiten, langsam wieder Fuß zu fassen.«

Traurig schüttelte Tom den Kopf. »Ich würde gern glauben, dass du recht hast, Isobel. Aber dein Agent verdient nur dann etwas, wenn du etwas verdienst. Deshalb ist es in seinem Interesse, dass du so viel Geld wie möglich machst. Anfangs wird es vielleicht nicht so aussehen, aber ich würde wetten, dass er dir irgendwann einzureden versucht, es gäbe keinen anderen Weg, als deine Geschichte publik zu machen. Und wenn das passiert, wirst du kaum noch die Kontrolle darüber haben, was als Nächstes kommt. Und eh du dich versiehst, wirst du vor einem riesigen Publikum stehen, das die Medien bereits aufgestachelt haben und das im Grunde nach deinem Blut lechzt.«

Sie schluckte. »Aber du hast doch gesagt, ich hätte ihm gegenüber keine Verpflichtungen«, erwiderte sie. Ihre Stimme wurde lauter.

»Hast du auch nicht«, bestätigte er. »Bis du ihm irgendwas schickst. Isobel, ich will nicht schwarzmalen oder grob sein, ich will dir nur verstehen helfen, welche Entwicklungen möglich sind. Wenn du wirklich nie wieder in der Öffentlichkeit auftreten willst, ist das völlig in Ordnung. Ich bin mir bloß nicht sicher, ob das geht, wenn du deinem Agenten etwas schickst. Und wenn du komponieren *willst*, dann komponierst du eben – aber nur für dich und für niemanden sonst.« Er grinste, weil er versuchen wollte, die Stimmung wieder aufzulockern. »Und um Gottes willen, bitte komm mit und spiel mit uns bei der Hochzeit. Die anderen sind so potthässlich, und ich hab's wirklich satt, ständig nur Petes kahlen Hinterkopf vor mir zu sehen.«

Tom war erleichtert, als er Isobel wieder lächeln sah. »Ich überleg's mir«, sagte sie wieder und biss von ihrem Muffin ab. »Aber versprechen kann ich nichts. Was war die andere Sache, bei der du meine Hilfe wolltest?« Ihr Blick glitt über den Tisch. »Und was ist das für ein Buch, das du so auffällig mit dem Cover nach unten hingelegt hast?«

Er grinste. »Hast du schon mal Strohfiguren gemacht?«

»Ich weiß nicht mal, wie so was aussieht, also hab ich erst recht noch nie welche gemacht.« Sie verzog das Gesicht. »Du darfst nicht vergessen, dass ich ein sehr behütetes und reglementiertes Leben hatte. Wenn man täglich über neun Stunden übt, bleibt nicht viel Zeit für Hobbys. Ich fürchte, bei den meisten Dingen würde ich mich wohl sagenhaft ungeschickt anstellen.«

»Oder sagenhaft brillant. Komm schon, du bist Musikerin, Kreativität liegt dir im Blut. Ich hab das Gefühl, du könntest dich vielleicht selbst überraschen.«

Isobel lachte nur. »Wir werden sehen«, sagte sie.

Nachdem sie das Frühstück beendet hatten und bei der zweiten Tasse Kaffee waren, zog Tom das Buch zu sich heran.

»Ist wohl meine Schuld«, meinte er. »Da wir jedem Cottage ein Motiv geben und das neueste das *Thatcher's Cottage* ist, also die Strohdachdeckerhütte ... Maddie hat ein paar Ideen für die Dekoration, die zum Motiv passen. Eine davon ist, Strohfiguren aufzuhängen – und es hört sich an, als wollte sie eine ganze Menge davon.« Tom schlug das Buch bei einem der einfacheren Muster auf und zog die Strohhalme heraus, die er an der Stelle eingelegt hatte. »Wenn man den Bogen erst raushat, ist es ganz einfach.«

Isobel stöhnte. »Und sag nichts: Der schwierige Teil ist, den Bogen rauszubekommen.« Sie betrachtete die Bilder. »Na, dann los, zeig es mir.«

Tom stand auf und verschob die Stühle so, dass er nicht mehr gegenüber von Isobel saß, sondern neben ihr. Er rutschte ein wenig näher. Dann ergriff er das Büschel der Strohhalme, trennte es auf, bis er insgesamt sechs hatte, und ordnete sie in seinen Fingern zu einer Reihe von Speichen an. Er streckte die Hand aus.

»Siehst du? So fängst du an.« Er reichte ihr das Stroh.

Isobel hatte schon Mühe, es richtig zu halten. Sie stöhnte, als sie sich linkisch bemühte, die Anordnung auf der eigenen Hand nachzubilden. »Das nimmt kein gutes Ende«, klagte sie. »Das merke ich jetzt schon.«

»Oh, ihr Kleingläubigen ...« Tom korrigierte die Anordnung auf ihrer Hand. »Jetzt faltest du den vordersten Halm im Uhrzeigersinn über die nächsten zwei.«

Sie kicherte. »Wie bitte?«

Tom legte die Hände auf ihre. Sie waren weich und warm.

Behutsam lenkte er den Finger, der den Halm hielt, den sie biegen musste.

»Jetzt drehst du das Ganze so, dass der Strohhalm, den du gerade geflochten hast, zu dir schaut. Und dann biegst du diesen über die nächsten zwei.« Wieder drückte er ihren Finger nach unten. Tom wiederholte die Bewegung zwei weitere Male. Dabei murmelte er ihr die Anweisungen ins Ohr und beugte sich dicht zu ihr. Ihre nackten Unterarme berührten sich. Plötzlich stellte Tom fest, dass sich die Härchen an seinem Arm aufrichteten.

Langsam zog er sich zurück und ließ ihre Hände los. »Ich muss gehen«, verkündete er und lächelte bedauernd. »Hab ein Strohdach zu decken. Aber danke fürs Frühstück und für deine Hilfe.«

»Ich bin mir nicht sicher, ob ›Hilfe‹ der richtige Ausdruck ist. Und ich hoffe, du hast massenhaft Stroh. Ich hab so das Gefühl, dass ich eine ganze Menge brauchen könnte.«

»Ich bringe dir gleich welches vorbei. Aber keine Sorge, du hast den ganzen Tag zum Üben.« Tom stand auf und ging zur Tür.

Isobel starrte ihn an.

»Ich erwarte also, später einen Haufen wunderbarer Kreationen zu sehen.« Damit ging er hinaus. Im letzten Moment drehte er sich noch einmal um. »Oh, und vergiss nicht, darüber nachzudenken, ob du bei der Hochzeit mit uns auftrittst, ja? Und halte dir den Dienstag frei.«

»Dienstag …«

»Ja. Wir sind zum Essen bei Kate und Adam eingeladen. Und da wirst *du meine* Hand halten müssen.«

Kapitel 20

Isobel schenkte sich ein Glas Limonade ein und ging damit hinaus zur Bank in der Mitte des Gartens. Vor einer halben Stunde hatte sie zu dem Buch gegriffen, das Tom ihr dagelassen hatte, und angefangen, es durchzublättern. Sie hatte sogar mehrere Strohhalme in die Hand genommen und überlegt, wie sie sich zusammenflechten ließen, bevor ihr überhaupt bewusst wurde, was sie tat. Und der Gedanke brachte sie zum Lächeln.

Sie saß drinnen. Schon wieder. Rückblickend kam es ihr vor, dass sie so ziemlich ihr gesamtes Leben drinnen verbracht hatte. Aus Filmen und Büchern wusste sie, dass sich Menschen in ihrem Alter gern an die Sommer ihrer Kindheit erinnerten – an lange Nachmittage, die sie draußen gespielt hatten, an golden gebräunte Arme und Beine, an das Gefühl, alle Zeit der Welt zu haben. Herrlich faule Sommertage. Außer natürlich für Isobel. Für sie hatte es keinen Unterschied gegeben zwischen den Tagen im Sommer und im Winter – oder denen des Frühlings oder Herbstes. Sie hatte nie Zeit gehabt, draußen zu spielen. Das wunderbare Gefühl weicher warmer Luft auf ihrer Haut kannte sie kaum.

Tja, heute würde der Tag werden, an dem sich das änderte. Schon zuvor hatte sie das Buch und das Stroh nach draußen getragen. Nach einer Weile war sie zurück ins Cottage gegangen, um sich ein Kissen und etwas zu trinken zu holen. Nun konnte es losgehen.

Isobel schlug das Buch wieder auf, blätterte durch die Seiten und versuchte, das Muster für die Strohfigur zu finden, die Tom ihr gezeigt hatte. Es handelte sich um einen einfachen geflochtenen Ring. Nachdem sie die Anleitung durchgelesen hatte, ergriff sie sechs Strohhalme und las die Anleitung ein zweites und ein drittes Mal. Gleichzeitig versuchte sie, sich daran zu erinnern, wie Tom die Halme für sie angeordnet hatte. Sie legte sich das Gebilde auf den Schoß und ließ den Blick lächelnd durch den Garten schweifen. An Toms Berührung erinnerte sie sich gut, aber an nicht viel mehr.

Sie verdrängte den Gedanken und versuchte, sich wieder zu konzentrieren. Eingehend betrachtete sie die Abbildung, konnte daran jedoch nicht erkennen, wie sie beginnen sollte. Probeweise bog sie erst einen Strohhalm herunter, dann einen anderen, bevor sie beide wieder aufrichtete, womit sie wieder am Anfang war. Es war anscheinend unmöglich, der Anleitung zu folgen. Sie schob sich die Haare über die Schultern und las den Text ein weiteres Mal, die Zunge zwischen die Zähne geklemmt. Ihr Blick wanderte zwischen den Worten und der Arbeit ihrer Hände hin und her. Unwillkürlich nickte sie jedes Mal, wenn sie einen Strohhalm bog.

Nach einigen Minuten erkannte sie allmählich ein Flechtmuster, und es wurde offensichtlich, wo sie anfangs ein oder zwei Fehler gemacht hatte – wie fallen gelassene Maschen beim Stricken. Sie machte weiter, bog und flocht, bis sie die Enden der Strohhalme erreichte. Was sie nun in den Händen hielt, sah fast aus wie ein Stück Seil. Ein bisschen zerrupft an manchen Stellen, aber es gab eindeutig ein Muster. Sie legte das Gebilde neben sich auf die Bank und griff sich sechs weitere Strohhalme.

Diesmal achtete sie darauf, von Anfang an richtig zu arbeiten und mit gleichbleibendem Krafteinsatz zu biegen und festzuziehen. Es war so ähnlich, als wenn sie ihre Haare zu einem ordentlichen Zopf flocht. Ein paar Minuten später wurde sie mit einem deutlich besseren Exemplar belohnt.

Kritisch betrachtete sie ihr Werk. Die Wände im Wohnzimmer des Häuschens, dessen Dach Tom derzeit deckte, waren weiß gekalkt, genau wie in ihrem Cottage. Sie konnte sich gut vorstellen, dass die Strohfiguren eine sehr schöne Dekoration darstellen würden. In dem Buch wurden die Figuren mit bunten Bändern abgebunden, die vor dem Hintergrund der hellen Mauer einen wunderbaren Kontrast bilden würden. Isobel wusste, dass sie etwas Größeres und Aufwendigeres anfertigen müsste, wenn sie wollte, dass es verwendet werden würde. Aber zumindest hatte sie die ersten Schritte hinbekommen und freute sich darüber.

Sie griff wieder zu dem Buch und blätterte um, um etwas anderes zu finden, was sie in Angriff nehmen könnte. Sofort heftete sich ihr Blick auf eine Abbildung, die keine Strohfigur, sondern eine aufwendig gestaltete Weizengarbe aus Brotteig zeigte. Sie kannte solche Gebilde, die oft als Prunkstücke in den Schaufenstern von Bäckern lagen, oder von den Konzerten auf Herbstfesten, bei denen sie gespielt hatte. Die Abbildung, die sie betrachtete, hatte eine beinahe mahagonifarbene Schattierung und einen wunderschönen Glanz, und war so kunstvoll gefertigt, dass der Eindruck von Weizenähren entstand. Zu beiden Seiten der Getreidegarbe befanden sich ebenfalls aus Brotteig gefertigte Füllhörner, aus denen sich Früchte und Blumen ergossen. Isobel schaute durch den Garten und verengte kurz die Augen. Dann legte sie das Buch wieder beiseite, erhob sich von der Bank und schlenderte in Richtung des Haupthauses.

Auf ihr Klopfen an der Tür reagierte niemand, deshalb ging Isobel zum Küchenfenster, um nachzusehen, ob sich drinnen jemand aufhielt. Sie entdeckte Trixie auf Anhieb, aber auch den Grund, warum sie nicht zur Tür gekommen war. Die Köchin hielt eine riesige Rührschüssel in den Armen und wendete behutsam deren Inhalt, während sie mit entschieden sinnlich kreisenden Hüften durch den Raum tanzte. Isobel grinste und zögerte, das spontane Tänzchen zu stören. Aber nach einigen weiteren Sekunden begann sie, sich wie eine

Spannerin zu fühlen, und das war ihr unangenehm. Also schwenkte sie wild die Arme, damit Trixie auf sie aufmerksam wurde.

Die immer gut gelaunte Köchin lächelte ohnehin bereits, aber als sie Isobel erblickte, warf sie den Kopf zurück und lachte ausgelassen. Dann stellte sie die Rührschüssel ab, deutete zur Tür und ging in die Richtung los. Sie lachte immer noch, als sie die Tür öffnete.

»Voll erwischt«, meinte sie kichernd und zog sich Kopfhörer von den Ohren. »Das war mein Versuch, erotisch rüberzukommen«, fügte sie hinzu. »Aber wahrscheinlich hab ich total dämlich ausgesehen.«

»Was hast du dir angehört?«, erkundigte sich Isobel. Es fühlte sich gut an, sie zu duzen, worauf sie sich bei ihrem letzten Gespräch geeinigt hatten.

Trixie wurde ein bisschen rot. »Eins meiner Lieblingslieder. *Feeling Good* von Nina Simone. Das geht mir jedes Mal unter die Haut.«

Isobel grinste. »Hervorragende Wahl«, befand sie. »Und nein, du hast gar nicht dämlich ausgesehen. Meine Hüften setzen sich auch immer in Bewegung, wenn ich den Song höre.«

Die beiden Frauen lächelten sich kurz an, bevor Trixie einen Schritt zurücktrat und Isobel in die Diele winkte.

»Sag bloß, du kommst, weil du *mehr* Muffins willst«, meinte sie.

»Tja, wäre gut möglich. Aber nein, diesmal nicht. Eigentlich wollte ich dich was fragen. Und Maddie auch, falls sie in der Nähe ist. Ich hatte eine Idee und überlege jetzt hin und her, ob es eine gute oder richtig schlechte ist.«

»Klingt geheimnisvoll«, gab Trixie zurück. »Ich glaube, ich hole mal besser Maddie. Sie ist im Büro, bin gleich wieder da.«

Isobel ging in die Küche und sah sich um. Von irgendwo duftete es herrlich fruchtig nach Zitronen. Sie trat zur Rührschüssel, um einen Blick hineinzuwerfen. Die Schüssel war zu zwei Dritteln mit einer Kuchenmasse gefüllt, die göttlich roch. Isobel hätte nur zu gern einen Finger hineingesteckt, um davon zu kosten. Vielleicht würde man ihr als Gast den Löffel zum Ablecken anbieten.

»Ich backe ein paar Zitronenkuchen«, erklärte Trixie, als sie zurück in die Küche kam. »Eigentlich für den Bauernmarkt morgen, aber vielleicht kann ich einen für den Tee heute Nachmittag zurückbehalten.«

»Falls nicht, probe ich den Aufstand«, drohte Maddie scherzhaft an, die als Nachhut den Raum betrat. »Ist ja schön und gut, das Büro im Haus zu haben. Nur bin ich dadurch den ganzen Tag solchen Wohlgerüchen ausgesetzt. Es ist die reine Folter!«

»Glaub ich gern«, erwiderte Isobel. »Mir knurrt jetzt schon der Magen. Das scheint allerdings in den letzten Tagen ein Dauerzustand zu sein.« Sie lächelte in zwei erwartungsvolle Gesichter. Plötzlich fiel ihr ein, dass die beiden Frauen hier arbeiteten und wahrscheinlich sehr beschäftigt waren, und wurde ein bisschen verlegen.

»Tut mir leid, dass ich einfach so hereinplatze. Aber wie ich zu Trixie schon gesagt habe, ich habe da eine Idee. Bin durch etwas, das ich gesehen hab, drauf gekommen. Und ich denke, es könnte vielleicht hilfreich sein.«

Maddie warf Trixie einen Blick zu. »Schieß los«, sagte sie. »Wir hier lieben Ideen.«

Isobel atmete tief durch. »Ich hab mich heute Vormittag daran versucht, Strohfiguren zu basteln. Tom hat erwähnt, dass du sie als Dekoration im *Thatcher's Cottage* verwenden willst. Und, na ja. Ich denke, für den ersten Versuch sind meine Gebilde ganz in Ordnung. Würde mir auch nichts ausmachen, weiter zu üben, bis sie so gut werden, dass man sie vielleicht nehmen kann, aber …«

Beim Anblick des Ausdrucks in Maddies Gesicht verstummte sie, und plötzlich wurde ihr klar, was sie gerade von sich gegeben hatte. Isobel lief hochrot an.

»Herrje, jetzt hör mir nur einer zu. Tut mir leid«, entschuldigte sie sich. »Ihr müsst mich für unfassbar unhöflich und arrogant halten, weil ich mir einbilde, ich könnte euch sagen, was ihr hier zu tun habt, obwohl es mich so gar nichts angeht.«

Davor war ihr gar nicht in den Sinn gekommen, darüber nachzudenken. Aber immerhin wohnte sie in einem der Häuschen, um Himmels willen. Sie war hier ein *Gast*, und Gäste verhielten sich nicht so, als würden sie zu den Mitarbeitern gehören. Es war nur so, dass … Isobel versuchte, den Gedanken zu verdrängen. Aber das Gefühl der Zugehörigkeit, das sich bei ihr eingeschlichen hatte, ließ sich nur schwer ignorieren. So hatte sie sehr lange nicht mehr empfunden, wenn überhaupt jemals.

Aber der verdutzte Ausdruck in Maddies Gesicht war einem eher verhaltenen Lächeln gewichen. »Oh, Isobel, bitte entschuldige dich nicht. Ich glaub, mein Gesichtsausdruck ist gerade mit mir durchgegangen. Du hast mich bloß ziemlich überrascht. Ich dachte nämlich, du steckst bis zum Hals in Arbeit. Tom hatte wirklich kein Recht, dich um Hilfe bei den Strohfiguren zu bitten. Du hättest einfach ablehnen sollen.«

Isobel fingerte an ihrem Ring, drehte ihn unablässig. Maddie schien eine völlig falsche Vorstellung zu haben.

»Nein, ist schon gut, ich helfe gern. Tatsächlich hat mir Tom damit einen Gefallen getan. Wisst ihr, ich hatte tatsächlich viel zu tun … habe ich, ehrlich gesagt, immer noch. Aber unerklärlicherweise hab ich festgestellt, dass sich meine Pläne ein wenig geändert haben. Und bis ich weiß, in welche Richtung sie gehen sollen, habe ich ein bisschen Zeit zur Verfügung.« Sie erwiderte Maddies Lächeln mit einem noch strahlenderen Lächeln. »Was ich toll finde. Trotzdem rechtfertigt es nicht, dass ich mich einfach einmische.«

»Ich finde gar nicht, dass du dich einmischst«, warf Trixie ein. »Und ich sollte dich vor Maddie warnen. Reichst du ihr den kleinen Finger, packt sie gleich die ganze Hand. Also nimm dich in Acht …«

»Trixie!«, stieß Maddie hervor und tat so, als wäre sie entsetzt. »Wie kommst du dazu, so was zu behaupten?«

Trixie sah sie von der Seite an. »Ganz einfach«, gab sie zurück. »Bei mir war's doch so. In der einen Minute hab ich in einem Pub gearbeitet und nur nebenbei erwähnt, dass ich gern koche. In der nächsten Minute war ich hier, und jetzt mach ich auf einmal Dinge, von denen ich nie gedacht hätte, dass ich sie je tun würde.«

Maddie grinste sie an. »Und du hasst das, nicht wahr?«

»Absolut. Jede einzelne Sekunde.« Trixie nahm die Schüssel und rührte probehalber um. »Man könnte es aber natürlich auch so sehen, Isobel, dass du demselben Phänomen erliegst wie alle, die nach Joy's Acre kommen.«

»Aber ich sollte doch ein Gast sein«, protestierte Isobel lachend. »Wenn ich nicht arbeite, sollte ich Urlaub haben und mir nicht eine Idee zum Dekorieren eurer Häuschen ausdenken.«

Maddies Augen wurden groß. »Du hast noch eine Idee dafür?«, fragte sie. »Also, das ist was anderes, und ich verlange zu erfahren, wie sie aussieht. Trixie, gib dieser Frau einen Platz zum Sitzen und was zu essen. Sie darf uns nicht weglaufen.«

»Biskuitkuchen oder Muffin mit Himbeeren und weißer Schokolade?«, fragte Trixie wie aus der Pistole geschossen.

»Aber im Ernst«, fügte Maddie hinzu. »Ich finde es großartig, dass du über die Häuschen hier nachdenkst. Als sie allmählich Form angenommen haben und wir wussten, dass wir in nicht allzu ferner Zukunft mit Gästen rechnen könnten, wollten wir alle, dass der Ort mehr wird als eine gewöhnliche Ferienanlage. Wir hatten die Hoffnung, dass sich unsere Gäste hier zu Hause fühlen und, egal für wie lange, vielleicht ein Teil unserer größeren Familie werden würden. Was du gesagt hast, klingt für mich, als könnte das bei dir so sein. Und ganz ehrlich, ich könnte mich kaum mehr darüber freuen. Ich wollte in keiner Weise abwerten, dass du Strohfiguren für uns machen willst. Es ist nur so, dass Tom recht … charismatisch sein kann, und ich hatte Sorge, er könnte dich zu etwas genötigt haben, das du gar nicht willst.«

Isobel schaute zwischen den beiden Frauen hin und her. »Nein, ehrlich, so ist es überhaupt nicht. Es lässt sich schwer erklären«, sagte sie. »Es ist wohl eher so, als würde dein Wunsch in Erfüllung gehen. Seit ich hier bin, empfinde ich völlig anders über mein Leben. Und ich hab keine Ahnung, warum das so ist.«

Trixie hob einen riesigen Klecks Kuchenmasse aus der Schüssel und ließ ihn sanft wieder hineinfallen. Mit einem zufriedenen Nicken stellte sie die Schüssel zurück auf den Tisch. »Also hat es gar nichts mit unserem bezaubernden Strohdachdecker zu tun?«

»Was, Tom?« Jäh verstummte Isobel für einen Herzschlag und spürte, wie ihr das Blut in die Wangen schoss. »Tatsächlich glaube ich, es hat ziemlich viel mit eurem bezaubernden Strohdachdecker zu tun. Aber nicht auf *diese* Weise«, fügte sie schnell hinzu. »Mir ist schon klar, er ist ein kleiner …«

»Charmeur?«

Isobel lächelte. »Das ist ein Wort dafür. Aber er ist … nun ja, reizend. Durch und durch ein Gentleman, und ein wahrer Freund. Mehr nicht. Ich würde nie …« Wieder verstummte sie und überlegte, wie sie es am besten erklären könnte oder ob sie es überhaupt erklären sollte. »Ich kämpfe mit dem einen oder anderen Problem bei meiner Musik, und es hilft mir wirklich, mit ihm darüber zu reden. Das ist alles.«

Maddie räusperte sich. »Dann ist das ja perfekt, Isobel«, meinte sie. »Aber genug jetzt von Tom. Ich kann's kaum erwarten, deine Idee zu hören. Das finde ich viel aufregender.« Sie bedachte Isobel mit einem auffordernden Lächeln.

Isobel konnte sich kaum erinnern, weswegen sie herübergekommen war. Jedenfalls fühlte es sich angenehm an, mit den beiden anderen Frauen in dieser Küche zu stehen und zu plaudern.

»Also, ich hab wie gesagt versucht, Strohfiguren anzufertigen. Aber mir ist dabei klar geworden, dass sie ein bisschen klein sind, was ein Problem sein könnte. Na ja, nicht wirklich ein Problem. Wir können ja auch Größere machen. Aber als ich das Buch durchgesehen habe, das mir Tom für weitere Anregungen gegeben hat, bin ich auf ein Foto gestoßen. Das hat mich auf eine noch bessere Idee gebracht. Es war eine dieser großen Garben aus Brotteig, wie man sie von Erntedankfesten kennt. Ich glaube, sie sollen nur zur Zierde dienen, und die auf dem Foto hatte rechts und links zwei Füllhörner. Das Hauptmuster war an sich schon ziemlich aufwendig, aber auch die Hörner waren mit Blumen und Früchten gefüllt. Da dachte ich mir, das würde als Blickfang an der Cottage-Wand umwerfend aussehen.«

»Ja, die kenne ich.« Maddie nickte. »Als ich in der Grundschule war, haben wir jedes Jahr so eine gebackene Getreidegarbe in die Kirche gebracht. Ich glaube, die Bäckerei im Ort hat ihn immer gemacht. Das sind fast schon Kunstwerke.«

»Die im Buch hat auch an einer Wand gehangen. Sah allerdings ein bisschen altmodisch aus. Vermutlich würde sie dem heutigen Stil der Innenarchitektur nicht mehr entsprechen. Aber in das Cottage könnte sie sehr gut passen.«

»Ich finde, das ist eine super Idee«, erklärte Trixie. »Obwohl ich nicht sicher bin, ob sie wirklich aus Brotteig gemacht werden. Solche Garben, die man an Wände hängt, wohl eher nicht. Wahrscheinlich aus Salzteig, was sogar noch besser ist.«

Maddie schüttelte den Kopf. »Was ist das?«, fragte sie. »Das *klingt* doch nach einer Art Brotteig.«

»Na ja, ist es in gewisser Weise auch, nur würdest du den nicht essen wollen. Besteht im Wesentlichen nur aus Mehl, Wasser und Salz. Das mischt man zu einer Teigmasse zusammen, die ein bisschen wie Modelliermasse ist. Dann formt man daraus, was immer man will. Am Ende lässt man die Masse ganz langsam trocknen, danach kann man sie lackieren oder bemalen, wie man möchte.«

»Und woher um alles in der Welt weißt du das?«

Trixie grinste. »Meine Mum ist Tagesmutter«, verriet sie. »Kinder sind begeistert davon, und die Masse ist wirklich einfach herzustellen.«

Isobel runzelte die Stirn. »Aber das im Buch hat nicht wie von einem Kind gemacht ausgesehen. Das Foto, das ich meine, wirkt sehr realistisch.«

»Na ja, die Masse selbst ist wie Ton«, erwiderte Trixie. »Was daraus entsteht, hängt ganz vom Können der Person ab, die damit arbeitet. Und ich hab schon unheimlich kunstvolle, wunderschöne Kreationen gesehen.«

»Soll das heißen, du würdest gern versuchen, so was zu machen?«, fragte Maddie. »Denn ich fürchte, den Zahn muss ich dir ziehen. Ich glaub nämlich nicht, dass wir die Zeit dafür haben. Aber grundsätzlich halte ich es für eine fantastische Idee. Und ginge es noch besser, als den Wandschmuck von unserem ersten Gast machen zu lassen? Das ist perfekt!«

Isobel spürte, wie sich ein kleiner Freudentaumel in ihr anbahnte. Sie hatte keine Ahnung, ob in ihr genug Talent schlummerte, um etwas hinzubekommen, das dem Foto im Buch ähnelte. Aber sie wollte gern ihr Bestes bei einem Versuch geben.

Trixie sah sie mit strahlender Miene an. »Bin allerdings nicht ganz sicher, wie man einen Salzteig herstellt«, sagte sie. »Aber ich könnte meine Mutter fragen. Oder besser noch, googeln. Ich weiß, dass es ganz einfach ist, es geht nur um das richtige Verhältnis der Zutaten. Apropos …« Sie verschwand durch eine Tür im hinteren Bereich der Küche und kehrte gleich darauf mit zwei Tüten in den Händen zurück.

»Bitte sehr: Mehl und Salz.« Sie reichte Isobel die Tüten. »Das sollte für den Anfang reichen, aber wir haben noch in rauen Mengen davon. Sag einfach Bescheid, wenn du mehr brauchst.« Sie schaute zu Maddie. »Morgen bin ich den ganzen Tag auf dem Bauernmarkt unterwegs«, sagte sie. »Wenn du also die Küche hier benutzen willst, wäre das bestimmt kein Problem.«

»Wäre das in Ordnung?«, wandte sich Isobel an Maddie. »Ich hätte ungern so ein Chaos in der Küche im Cottage. Oh, also nicht, dass es hier chaotisch wäre …«

Maddie lachte nur. »Klingt nach dem perfekten Plan. Natürlich kannst du gern rüberkommen.« Ihr Blick wanderte über Isobels Schulter.

Isobel drehte sich um und sah, dass Tom auf die Tür zukam. Natürlich klopfte er nicht an, und wenige Sekunden später stand er bei ihnen im Raum. Isobel konnte nicht recht sagen, wer von ihnen überraschter war, aber sie wusste, dass ihr selbst dieses Zusammentreffen peinlicher war. Plötzlich drängte sich ihr letztes Gespräch in den Vordergrund ihrer Gedanken. Aber Tom schenkte ihr nur ein breites, strahlendes Grinsen.

»Isobel!«, rief er. »Ich wusste nicht, dass du hier im Haupthaus bist.«

Unwillkürlich zog sich ihr Magen mächtig zusammen. »Eigentlich wollte ich gerade gehen. Ich bin nur hergekommen, um etwas mit Maddie zu besprechen …« Sie brach ab, wusste nicht recht, was sie noch sagen sollte, während sich Tom und Maddie gegenseitig anstarrten.

»Tja, dann sind wir schon zu zweit. Ob wir uns wohl unterhalten könnten?«, fragte er Maddie.

In der Luft lag eine gewisse Spannung, und plötzlich spürte Isobel sehr deutlich, dass sie wohl besser gehen sollte.

Sie drehte sich Trixie zu und rückte die Tüten auf ihren Armen zurecht. »Ich mach mich dann mal auf den Weg«, verkündete sie. »Danke dafür.«

Und damit ging sie hinaus in den Flur, bevor jemand sie aufhalten konnte. Tom hatte an diesem Morgen ein Missverständnis zwischen Maddie und ihm erwähnt, und auf einmal fühlte es sich stark so an, als wäre Isobel die Ursache dafür gewesen. Außerdem hatte Maddie vorhin ziemlich vorschnell über Tom geurteilt. Das Dumme war nur: Obwohl Isobel sofort abgestritten hatte, dass er der Grund für ihr verändertes Verhalten war, kam sie doch jetzt sehr rasch zu dem Schluss … dass er praktisch alles damit zu tun hatte.

Kapitel 21

Es dauerte bis Dienstag, aber dann juckte es Isobel von dem Moment an in den Fingern, in dem sie aufwachte. Sie wusste aus Erfahrung, dass ihre Ideen köcheln, eine Weile ziehen mussten wie Tee. Erst dann konnte sie ihre Gedanken frisch und heiß ausgießen. Also hatte sie sich die Zeit mit Lesen vertrieben, hatte an ihrer Salzteigkreation gearbeitet, war durch die Landschaft spaziert und hatte nur zum Spaß ein bisschen Geige gespielt. Eine außergewöhnliche und ungemein erfreuliche Erfahrung.

Mittlerweile war es halb neun. Isobel war hellwach, frisch geduscht und hatte sich zum Frühstück Kaffee und Rührei auf Toast gemacht. Sie fühlte sich bereit für einen produktiven Tag. *Wie in den guten alten Zeiten,* dachte sie und musste über die Ironie laut lachen. Es schien ewig her zu sein, dass sie sich zuletzt an den Schreibtisch gesetzt hatte. Und auch wenn sich der Computer und das Keyboard so vertraut anfühlten wie immer, wurde ihr doch bewusst, dass eine völlig andere Person davorsaß.

Automatisch öffnete das Programm, das sie zum Komponieren benutzte, den Stand ihrer Arbeit. Isobel schloss es mit einem Klick, ohne sich das Musikstück auch nur anzuhören. Es war zwar verlockend, aber sie wusste ja, wie es klang – und es würde durch nochmaliges Anhören nicht besser werden. Außerdem gehörte das Stück zur alten Ordnung der Dinge. Sie startete ein neues Projekt, legte fünf einzelne Spuren an und gab jeder den Namen einer Person. Dann atmete sie tief durch.

Als Trixie viereinhalb Stunden später an die Tür klopfte,

hatte Isobel die Grundmelodie für zwei ihrer fünf Figuren. Das waren gute Fortschritte für einen Vormittag. Doch genauso wichtig wie die Anzahl der aufgenommenen Noten fand sie das Gefühl, die richtige Entscheidung getroffen zu haben. Als sie aufstand, begrüßte sie Trixie mit einem herzlichen Lächeln, statt sich über die Unterbrechung zu ärgern.

Sie nahm ihre Mahlzeiten schon länger nicht mehr allein im Cottage ein. Nach ein paar Worten mit Trixie folgte sie der jungen Frau hinaus in den Garten, bevor sie allein weiter zum Haupthaus ging. Trixie bog ab, um Seth und Tom zu holen, die beide auf dem Dach arbeiteten. So traf Isobel in der Küche nur Maddie an, die gerade einen knusprigen Laib Brot in dicke Scheiben schnitt und sie zur Begrüßung anlächelte.

»Nimm Platz«, lud sie Isobel ein. »Die anderen kommen bestimmt auch gleich«, sagte sie, während sie die Scheiben auf einem sauberen Holzbrett anordnete. »Obwohl ich froh bin, dass du als Erste hier bist … Ach herrje, ist mir das peinlich.«

Isobel zog sich einen Stuhl heraus und setzte sich. Maddie klang ziemlich ernst, und Isobel war nicht sicher, was sie sagen sollte.

»Eigentlich ist es albern. Es sollte mir nicht so peinlich sein zu fragen. Und trotzdem fühlt es sich irgendwie falsch an.« Sie drehte sich zu Isobel um. »Allerdings könntest du es auch als Kompliment auffassen …«

»Ich an deiner Stelle würde einfach damit rausrücken.« Isobel lachte. »Die anderen werden jeden Moment hier sein, und dann hast du ein Problem.«

Maddie legte das Brotmesser weg und kam zu ihr an den Tisch.

»Die Sache ist die … Ich hab eine Buchungsanfrage für das Cottage. Aber ich wollte nicht antworten, ohne zuerst mit dir zu reden. Ich weiß, du hast es bis Ende August. Nur irgendwie kann ich mir nicht vorstellen, dass du danach nicht mehr hier bist. Deshalb wollte ich nur nachfragen … für den Fall, dass du doch länger bleiben willst.«

Isobel war gerührt. Maddie versuchte nicht, wie eine gewiefte Geschäftsfrau aufzutreten und ihr etwas aufzuschwatzen – ihre Worte waren aufrichtig und stießen unerwartet tief in Isobels Gehirn vor. Was *würde* sie tun? Der Gedanke, Joy's Acre verlassen zu müssen, fühlte sich schier unerträglich an. Hier schien alles so einfach zu sein, als wäre alles möglich, und sie bräuchte nur danach zu greifen. Sie konnte sich nicht vorstellen, nach Hause zurückzukehren. Und was die anderen Dinge betraf, denen sie sich stellen musste … Allein der Gedanke daran jagte ihr einen eiskalten Schauer über den Rücken.

Sie betrachtete Maddies hoffnungsvolle Miene. Alles, was Isobel brauchte, war hier, sogar ihre Musik. Sie konnte im Kopf die Noten spüren, die darauf drängten, herausgelassen zu werden. Und sobald sie befreit wären, würden andere hervorströmen, so sicher wie auf den Tag die Nacht folgte. Wie könnte sie auch nur daran denken, anderswohin zu gehen?

Mittlerweile trudelten die anderen ein, sie konnte ihre Stimmen hören. Als sie spürte, dass ihr die Zeit für eine Antwort an Maddie ausging, nistete sich unverhofft und kristallklar ein Gedanke in ihrem Kopf ein. So stark, dass sie lächeln musste. Die Dinge fühlten sich auf Joy's Acre deshalb so einfach an, weil sie es tatsächlich *waren.* Isobel fasste einen Entschluss.

Im nächsten Moment füllte sich die Küche. Tom setzte sich neben sie, beugte sich zu ihr und drückte sanft die Schulter gegen ihre. Sie antwortete auf seine unausgesprochene Frage *Wie geht's?* mit einem strahlenden Lächeln, das sie anschließend um den Tisch wandern ließ, als auch Seth und Clara ihre Plätze einnahmen.

Trixie hob den Deckel von einer Pfanne auf dem Herd, aus der ein herrlich sommerlicher Duft drang, der an ein Gewächshaus an einem heißen Tag erinnerte, voller konzentrierter Aromen. Sie begann, das Gericht in Schüsseln zu löffeln. Dabei ließ sie den Blick um den Tisch wandern.

»Ich hoffe, ihr mögt das«, meinte sie. »Ist nur so, dass wir, äh, im Augenblick ziemlich viele Tomaten haben.« Sie suchte Claras Blick und zwinkerte. »Und falls jemand Ratatouille nicht ausstehen kann, soll er jetzt sprechen oder für immer schweigen ...«

»... sonst wirst du ihm die Meinung geigen?«, flachste Tom.

Clara sah ihn stirnrunzelnd an. »Kannst es ja gern drauf anlegen, nur zu. Jedenfalls ist es so, dass wir derzeit einen ziemlichen Überschuss an Zucchini und Tomaten haben.«

Seth legte den Löffel zurück in die Schüssel, nachdem er davon gekostet hatte. »Also, das ist köstlich, Trixie«, sagte er. »Ich für meinen Teil hätte nichts dagegen, das öfter zu essen.«

Sie setzte sich an ihren Platz. »Oh nein, nicht, wenn du dasselbe auch zum Frühstück kriegst«, brummelte sie.

Isobel nahm sich eine Scheibe Brot, während ein Lachen um den Tisch ging. Das würde sie vermissen.

Sie unterhielten sich, wobei alle darauf bedacht waren, die Mahlzeit zu beenden. Jeder von ihnen hatte eine Arbeit, zu der er zurückmusste. Seth ging als Erster, und als Isobel anbot, Trixie beim Abwasch zu helfen, wollte diese nichts davon hören.

Deshalb machten sich auch Tom und Isobel bald auf dem Weg zurück zu den Häusern. Kurz bevor sie die Gärten betraten, fiel ihr plötzlich wieder etwas ein.

»Geh schon mal vor, ich komm gleich nach. Ich muss noch kurz mit Maddie reden. Dauert nicht lange.« Isobel kehrte zum Haupthaus zurück.

Trixie war noch beim Aufräumen. Sie winkte Isobel durch zum Büro, wo Maddie bereits wieder arbeitete. Sie stand gerade mit einem Stapel Papier an einem Aktenschrank. Isobel zögerte.

»Ich … ich wollte nur sagen«, begann sie stockend, »na ja, also danke, ehrlich. Wir sind vorhin unterbrochen worden, als wir über meinen Aufenthalt gesprochen haben. Und die Sache ist die … ich würde sehr gern noch länger bleiben, Maddie, aber ich glaube nicht, dass ich das kann …« Sofort hing ein spürbares Gefühl der Enttäuschung in der Luft. »Also, ihr müsst ans Geschäft denken. Deshalb wollte ich dir Bescheid geben, damit du die Anfrage so bald wie möglich beantworten kannst. Ich will auf keinen Fall, dass euch diese Buchung entgeht.«

Maddie nickte und lächelte. Es war ein dankbares Lächeln, doch es gelang ihr nicht, ihr Bedauern zu verbergen.

Isobel biss sich auf die Unterlippe. »Aber ich wollte dir auch sagen, wie sehr es mir hier gefällt. Nein, mehr noch, wie viel es mir bedeutet, hier zu sein. Ich muss vielleicht zum Monatsende aus dem Cottage ausziehen, aber ich werde in der Gegend bleiben … irgendwie. Die Einzelheiten sind noch nicht alle klar, aber ich hoffe …« Etwas verlegen verstummte sie mitten im Satz. »Das wollte ich dir nur sagen.«

Sie sahen sich einen Moment lang an, von Frau zu Frau, und ein stilles Verständnis entstand zwischen ihnen. Maddie hievte den Stapel Papier in ihren Händen auf den Aktenschrank. Dann kam sie mit ausgestreckten Armen auf Isobel zu.

»Ach, du dummes Ding«, sagte sie, als sie Isobel in eine Umarmung zog. Toms Namen musste sie nicht mal erwähnen.

***

Als Isobel wieder in den Garten kam, wartete Tom auf dem Gehweg. Er wirkte etwas besorgt.

»Alles in Ordnung?«, erkundigte er sich und sah sie fragend an.

»Oh ja.« Isobel lächelte. »Alles gut.« Sie musterte ihn einen Herzschlag lang. »Ist bei *dir* alles in Ordnung?«

Er grinste. »Ich mach mir fast in die Hose«, sagte er, bevor er jäh die Hand an den Mund riss. »Herrje, entschuldige, das ist mir so rausgerutscht. Was ich damit meine, ist, ich bin …«

»… ein Ideechen nervös?«

Er bedachte sie mit einem entschuldigenden Blick. »So ungefähr.«

Isobel bemühte sich redlich, ihr inneres Grinsen nicht nach außen dringen zu lassen. »Das ist zwar höflicher, aber irgendwie nicht so prägnant wie deine erste Äußerung.«

»Da würde dir manch einer widersprechen.«

Diesmal setzte sie ein herzliches Lächeln auf, als sie ihm in die Augen sah. »Wie dem auch sein mag, es ist unter den gegebenen Umständen vollkommen verständlich.«

Tom stöhnte. »Er ist doch bloß irgendein Kerl, um Himmels willen. Wieso fühlt es sich nach einer so großen Sache an, ihn kennenzulernen?«

»Weil er der neue Freund deiner Schwägerin ist und dir was dran liegt. An deiner Schwägerin, meine ich. Sie hat schon mehr als genug durchgemacht, und du willst nicht, dass sie noch einmal verletzt wird. Außerdem musst du herausfinden, ob er versucht, die Stelle deines Bruders einzunehmen. Oder ob er taktvoll und einfühlsam ist und ihm so was nicht im Traum einfiele. Und natürlich willst du wissen, ob er versucht, ein Ersatzvater für Lily zu sein. Eine haarige Angelegenheit. Denn er kann all das nicht sein, also muss er eine Art sicheren Mittelweg finden, wie er von Lily und dir akzeptiert wird, ohne sich darüber hinwegzusetzen, was damals passiert ist.«

Tom starrte sie an. »Verdammt, und ich dachte, nur ich wäre nervös.«

»Bestimmt hat er auch Muffensausen. Das sollte es ein bisschen ausgleichen. Immerhin *ist* es für alle Beteiligten eine große Sache, aber wenn sich alle dessen bewusst sind, könnte die Anspannung etwas nachlassen, auch wenn's vielleicht widersinnig klingt.«

»Du bist unglaublich, weißt du das?«

Als sie zu ihm aufschaute, errötete er plötzlich.

»Ich versuche nur zu helfen«, sagte sie. »Wie du mir, so ich dir.« Dann sickerten ihr seine Worte ins Bewusstsein, und sie ertappte sich dabei, dass ihre Wangen heiß wurden. Sie lachte. »Also gut, ich muss wieder an die Arbeit. Und du auch, also Abmarsch.«

Er trat einen Schritt zurück. »Ich hole dich um fünf ab, passt dir das? Kate hat gesagt, sie serviert das Essen um sechs. Wenn wir zu spät kommen, bin ich erledigt.«

»Das ist perfekt. Ich werde bereit sein.«

Mittlerweile hatten sie die Kreuzung der Wege erreicht. Isobel wollte gerade die Richtung zu ihrem Cottage einschlagen, als ihr plötzlich noch etwas einfiel. »Ach ja, was ich noch sagen wollte … Ich hab heute Morgen was Neues angefangen. Fühlt sich gut an … zumindest vorläufig. Und ich hab nachgedacht.« Sie grinste. »Hast du das wirklich ernst gemeint, als du gesagt hast, ich solle mitkommen und bei der Hochzeit mit euch spielen?«

»Natürlich!«

»Meinst du, die anderen haben nichts dagegen?«

Tom verscheuchte eine Fliege von seinem Kopf. »Wir spielen schon lange zusammen«, erklärte er. »Und, na ja, die Leute kommen und gehen. Es ist immer eine eher fließende Formation gewesen. Manchmal bin ich mir nicht mal sicher, wer alles aufkreuzen wird. Der harte Kern von uns sind fünf Mann, alles andere ändert sich ständig. Und das ist toll, es bringt immer wieder neue Aspekte in die Musik ein. Deshalb bin ich sicher, dass es für die Jungs in Ordnung wäre.« Die

Fliege erwies sich als hartnäckig, und Tom wedelte sie erneut weg. »Soll das heißen, du hast es dir anders überlegt? Kommst du doch mit?«

Isobel holte tief Luft und nickte. »Aber ich weiß nicht mal, was ihr spielt«, sagte sie. »Und es bleibt nicht wirklich viel Zeit zum Üben.«

Tom bedachte sie mit einem Blick, aus dem sie nicht schlau wurde. »Ich hab vorsichtshalber eine Liste gemacht – nur für den Fall, dass du doch mitkommst.« Er griff in seine Jeanstasche und zog einen zusammengefalteten Zettel heraus. »Das ist unser Repertoire«, sagte er und reichte ihr den Zettel. »Und unten hab ich dir den Namen der Band aufgeschrieben. Du brauchst uns nur zu googeln, dann findest du unsere Website. Da sind alle Lieder drauf. Ich gehe davon aus, dass du ein paar davon kennst.« Er zwinkerte ihr zu. »Schau dir einfach an, was für dich machbar ist.«

Isobel sah Tom eindringlich an. Langsam breitete sich ein Lächeln auf ihrem Gesicht aus. »Wer ist jetzt unglaublich?«, meinte sie schließlich.

Tom grinste nur.

Isobel warf einen Blick auf den Zettel und hätte beinahe laut aufgelacht. In großen Blockbuchstaben stand auf den untersten Zeilen der Name der Band:

Change Your Mind. – Sieh's mal anders.

Kapitel 22

Tom mochte wegen des bevorstehenden Abends nervös sein, aber Isobel hatte eine Heidenangst davor, wenn sie ehrlich war. Dieses Zusammentreffen hatte das Potenzial, zu einer Katastrophe auszuarten. Zum einen bestand die Gefahr, dass sich Tom und Adam auf Anhieb unsympathisch sein würden. Zum anderen kannte Isobel weder Kate noch Lily wirklich, und sie war vollkommen unerfahren im Umgang mit gesellschaftlichen Situationen. So freundlich Kate bei ihrem ersten richtigen Treffen gewesen sein mochte, dieser Abend fühlte sich völlig anders an als das zwanglose Schulkonzert vor einer Woche.

Ihre Kleidung wählte sie sorgfältig aus. Ihre Garderobe gab nicht viel her, aber die Wärme des späten Nachmittags erleichterte ihr die Entscheidung. Nachdem sie sich die Haare geföhnt hatte, entschied sie in letzter Minute, sie offen zu tragen. Als sie sich in einem weißen Hemdblusenkleid und Sandalen im Spiegel betrachtete, war sie durchaus zufrieden mit ihrem Aussehen. Isobel lächelte. Neben der nervösen Anspannung brodelte noch etwas anderes in ihr. Es lag sehr lange zurück, dass sie zuletzt freudige Erregung verspürt hatte. Eine eigenartige Empfindung.

Kates Haus lag gleich am anderen Ende des Dorfs, wie Tom gesagt hatte, gerade mal fünf Autominuten entfernt. So blieb ihnen während der Fahrt kaum Gelegenheit zum Plaudern – eigentlich plapperte nur Isobel belanglos vor sich hin, während Tom zuhörte. Dann stand sie vor der Haustür neben ihm, und ihr Herzschlag galoppierte wie ein Rennpferd. Er zupfte den Ärmel seines Jacketts aus weichem, blauem Leinenstoff zurecht. Als ein Klicken im Türschloss ertönte, spürte Isobel, wie er ihr sanft die Hand ins Kreuz legte. Im nächsten Moment stieg ihr wunderbarer Parfümduft in die Nase, als Kate sie mit einer Umarmung begrüßte und ins Haus zog.

Lily zeigte sich völlig aus dem Häuschen und hopste auf und ab. Kate lachte.

»Lily, jetzt lass Isobel doch erst mal reinkommen.« Sie scheuchte ihre Tochter den Flur hinunter, bevor sie sich wieder Isobel zuwandte. »Tut mir leid«, flüsterte sie, »aber sie will dir unbedingt was vorspielen. Seit sie erfahren hat, dass du Musikerin bist, übt sie praktisch ununterbrochen.«

Isobel verzog das Gesicht. »Autsch, tut mir leid. Ich hoffe, es war nicht allzu schlimm.«

Neben ihr gab Tom einen übertrieben empörten Laut von sich. »Aber ich bin auch Musiker«, merkte er mit absichtlich weinerlicher Stimme an.

Kate knuffte ihn in den Arm. »Ich weiß, aber ich rede von *richtigen* Musikern.« Grinsend nahm sie Isobel am Arm. »Komm mit«, sagte sie. »Wir sind im Garten.«

Toms Stimme folgte ihr. »Siehst du, was ich mir gefallen lassen muss?«

Der Garten war wunderschön. Nicht groß, aber farbenfroh und erfüllt von einem herrlichen Duft, wie ihn nur ein Sommerabend hervorbringen konnte, ein berauschendes Aroma lag in der Luft. Isobel atmete tief ein, sah sich um und nahm plötzlich Tom unmittelbar hinter sich wahr.

Kate trat vor. »Tom, Isobel … das ist Adam.«

Isobel drehte sich um und erblickte einen Mann, der sich von einem der Stühle auf der Terrasse zu ihrer Linken erhob. Der Schopf gewellter grauer Haare überraschte sie. Damit hatte sie nun überhaupt nicht gerechnet.

Zuerst schüttelte er Tom die Hand, eine herzliche Geste mit beiden Händen, begleitet von einem Grinsen. Trotz Adams grauen Haaren sahen beide ungefähr gleich alt aus.

»Ich hab schon viel von dir gehört«, sagte er. »Von Kate natürlich, aber hauptsächlich von Lily, muss ich zugeben. Freut mich sehr, endlich den Mann kennenzulernen, der die ›geile Musik spielt, die Lust aufs Tanzen macht‹.«

Das war die vielleicht beste Einleitung, die er unter den gegebenen Umständen hätte wählen können, und seltsamerweise spürte Isobel, wie Erleichterung sie durchströmte.

Tom lachte. »Sieht Lily ähnlich, so was zu sagen.« Liebevoll lächelte er seine Nichte an. »Ich fürchte, ich hatte noch keine Gelegenheit, mit Lily über dich zu reden. Aber dann hätte sie mir wahrscheinlich erzählt, dass du unheimlich coole Schuhe hast. Hoffe ich jedenfalls.«

Er streckte den Fuß aus, der in einem knallroten Converse steckte – demselben Modell, das Adam trug.

»Ich hab mich mit dem Gedanken getragen, mich in meinen besten Anzug zu werfen, um Eindruck zu schinden und so. Aber da ich keinen besitze, muss ich zugeben, dass ich große Hoffnung auf die Schuhe setze … Freut mich wirklich, dich kennenzulernen, Tom.«

Dann wandte sich Adam in Isobels Richtung und streckte erneut die Hand aus.

»Und du musst Isobel sein – die Frau, der Lily unbedingt was vorspielen will.« Er zwinkerte ihr zu, was Isobel erahnen ließ, was für ein Genuss ihr bevorstand. Bereitwillig erwiderte sie sein Lächeln. Es war offensichtlich, dass Lily und er hervorragend miteinander auskamen.

»Aber du spielst keine fetzige Musik, hab ich gehört. Oder hab ich das falsch verstanden?«

Isobel bedachte Tom mit einem Seitenblick. »Sagen wir einfach, das ist derzeit offen für ein gewisses Maß an Interpretation. Ich spiele zwar grundsätzlich klassische Geige, bin aber in den letzten Wochen ein wenig davon abgekommen.« Sie legte eine Hand an den Mund. »Sag's nicht Tom, aber ich erwäge sogar, auf die dunkle Seite zu wechseln …«

Durch den Winkel, in dem Tom stand, konnte sie sein Gesicht zwar nicht deutlich sehen, trotzdem merkte sie, dass er grinste.

Adam nickte. »Dann vermute ich mal, dass ihr so zusammengekommen seid, richtig?«

»Oh, wir sind nicht …«, begann Tom, aber Isobel fiel ihm ins Wort.

»Ich sollte wohl etwas Ergreifendes sagen. Zum Beispiel, unsere gemeinsame Vorliebe für Tschaikowsky-Konzerte hätte uns zusammengeführt. Aber ich fürchte, ganz so romantisch ist es nicht.« Sie setzte ein strahlendes Lächeln auf. »Ich bin über den Sommer in einem der Ferienhäuser der Anlage, wo Tom gerade arbeitet. Eigentlich wollte ich die Zeit nutzen, um ein laufendes Projekt abzuschließen, aber ich hab mich dabei ertappt, dass ich am liebsten sowohl meine Geige als auch meine Karriere erwürgt hätte. Tom hat mich davor bewahrt.« Sie trat näher zu ihm, bis ihre Hand die seine streifte. »Jetzt bin ich mir nicht mehr sicher, ob ich überhaupt nach Hause zurückkehre.«

Toms Mund klappte vor Überraschung auf, und als Isobel zu Kate spähte, die ein kleines Stück entfernt stand und Tom eingehend beobachtete, hatte sie Mühe, nicht laut aufzulachen.

»Ich bin eine miese Gastgeberin«, sagte Kate. »Niemand hat was zu trinken. Was möchtet ihr?«

Es war die perfekte Gelegenheit für Isobel. Wenig später stand sie mit Kate in der Küche, angeblich, um ihr zu helfen. Tatsächlich jedoch hatten beide Frauen damit zu tun, ihr Kichern unter Kontrolle zu bekommen.

»Oh, du hättest sein Gesicht sehen sollen!«, rief Kate, die vor lauter Lachen allmählich rot anlief. Sie legte Isobel die Hand auf den Arm. »Aber ich bin so was von froh, das kann ich dir sagen. Er hat ausgesehen, als wären für ihn unverhofft sein Geburtstag und Weihnachten zusammengefallen.«

»Wahrscheinlich hätte ich nicht so damit herausplatzen sollen, das war nicht wirklich fair. Keine Ahnung, was über mich gekommen ist. Aber ich hab den ganzen Nachmittag darüber gegrübelt, und Tom war so aufgeregt wegen des Treffens mit Adam. Da dachte ich mir, es würde vielleicht helfen …« Abrupt verstummte sie und wurde selbst ziemlich unsicher, als ihr allmählich ins Bewusstsein drang, was sie gerade getan hatte.

Kate bedachte sie mit einem mitfühlenden Lächeln. »Ich glaub, wir sind alle fürchterlich nervös«, sagte sie, »was wohl verständlich ist. Das ist ein großer Schritt – mir war klar, dass ein Kennenlernen der beiden nicht einfach werden würde. Ich weiß, was Tom durchgemacht hat, was er wegen Matt empfindet. Aber er ist auch sehr fürsorglich mir gegenüber, und Adam ist sich dessen voll bewusst.«

Diesmal streckte Isobel die Hand nach ihr aus. »Aber du darfst nicht zulassen, dass die Vergangenheit vielleicht zum Hindernis wird für eine wunderbare Zukunft für euch drei.« Sie grinste verlegen. »Hör mir nur einer zu. Da halte ich mich für den Quell der Weisheit, nur weil ich selbst eine Art Offenbarung hatte.«

»Es sind ja auch sehr weise Worte. Und nebenbei bemerkt, Isobel: Ich weiß nicht, was du mit Tom in den letzten Wochen gemacht hast, aber bei unseren letzten zwei Begegnungen hat er glücklicher und entspannter ausgesehen, als ich ihn sehr lange erlebt habe. Und nach dem Ausdruck, den er da draußen gerade im Gesicht hatte, weiß er sehr genau, warum.«

Hinter ihr gab der Backofen einen Piepton von sich.

»Leider gibt's nur Pizza.« Kate lächelte. »Und ein paar andere Kleinigkeiten. Ich hab Lily die Menüwahl überlassen, weil ich dachte, das wäre vielleicht eine nette Idee … aber Cordon Bleu ist nicht dabei.« Sie griff zu einem Tablett. »Ich sag dir was: Ich bringe die Getränke raus. Wärst du so nett, dir aus der Schublade da Messer und Gabeln zu schnappen? Dann lasse ich die Männer den Tisch decken.« Sie grinste. »Geht doch nichts über ein paar einfache Arbeiten, um sie zusammenzuschweißen.«

»Tom, könntest du Isobel mal kurz zur Hand gehen?«, rief Kate auf dem Weg zurück in den Garten. »Ich hab dich und Adam zum Tischdecken eingeteilt.«

»Oh. Buh.« Tom lächelte Lily an, die mittlerweile wie er auf einem Stuhl saß und emsig ihre Flöte putzte.

»Mama, kann ich *jetzt* spielen?«, fragte sie.

Isobel warf Tom im Vorbeigehen ein etwas scheues Lächeln zu. »Ich glaube, wir haben vor dem Essen gerade noch Zeit«, sagte sie und schaute fragend zu Kate.

»Der Zeitpunkt ist perfekt, Lily.«

Eine halbe Stunde später begann Isobel allmählich, sich richtig zu entspannen. Obwohl sie vor etwa fünf Minuten vor Schreck beinahe zusammengezuckt war, als Toms Finger unter dem Tisch die ihren gesucht hatten. Mittlerweile hatten sie die kleinen Finger ineinander gehakt. Mehr ging nicht, ohne dass es allzu offensichtlich gewesen wäre, während sie einhändig zu essen versuchten. Für sie als Rechtshänderin war es kein Problem, für Tom hingegen, der dadurch auf die linke Hand angewiesen war, gestaltete es sich etwas schwieriger. Um bei dem Gedanken nicht zu kichern, konzentrierte sich Isobel darauf, was Kate gerade sagte.

Dezente Nachfragen bei ihr und Adam hatten ergeben, dass die beiden seit Neujahr zusammen waren. Sowohl die Worte als auch die Gesten der beiden ließen keinen Zweifel daran, dass sich daraus bereits etwas Ernstes entwickelt hatte. Isobel hatte nicht wirklich gewusst, was sie von Adam erwarten sollte. Aber nach dem, was Tom ihr erzählt hatte, war sie ziemlich sicher gewesen, dass er ganz anders als Matt sein würde, der ehrgeizige, erfolgreiche Banker. Nach ihrem Eindruck war auch Adam erfolgreich, obwohl er bisher die meisten Versuche abgewehrt hatte, über ihn zu reden. Ohne bestimmten Grund, er schien es lediglich vorzuziehen, den anderen zuzuhören. Besonderes Interesse hatte er für Toms Arbeit als Strohdachdecker gezeigt. Und er wusste weit mehr über die Gegend als Isobel. Sein Humor würzte die Unterhaltung, und Tom mit seiner Schlagfertigkeit ergänzte ihn perfekt.

Wenn sie gerade nicht am Gespräch beteiligt war, gelang es Isobel immer wieder, verstohlene Blicke auf Tom zu werfen. Bisher wirkte er entspannt und glücklich. Ein paarmal hatte Kate sogar Matt erwähnt, und Tom schien kein Problem damit zu haben, über seinen Bruder zu reden. Kates Leben ging weiter, und Tom sah aus, als freue er sich aufrichtig für sie. Isobel hoffte, ihm würde klar, dass es völlig in Ordnung war, wenn er das auch so sah.

Beim Klang ihres Namens schaute sie auf und stellte fest, dass sich Tom an sie gewandt hatte. »Entschuldige, ich war mit den Gedanken kurz woanders.«

»Ich hab Adam gerade von Joy's Acre erzählt. Für mich gibt's keinen vergleichbaren Ort, aber es fällt mir schwer zu erklären, warum es sich da so besonders anfühlt. Ich wollte erst sagen, dass es an den Leuten liegt, aber damit würde ich ja auch dir ein riesiges Kompliment machen ...« Mit einem frechen Grinsen verstummte er.

Isobel streckte ihm die Zunge heraus. »Tja, an den *Handwerkern*, die dort arbeiten, liegt's jedenfalls nicht«, konterte sie. Dann schwieg sie einen Moment, während sie nachdachte. »Eigentlich denke ich tatsächlich, dass es die Menschen sind – aber die richtige Kombination der richtigen Leute zur richtigen Zeit, wenn ihr versteht, was ich meine. Es herrscht dort so viel Energie. Und das ist nachvollziehbar, wenn man die Geschichte des Orts bedenkt. Damals in der viktorianischen Zeit, als die Farm ursprünglich gebaut wurde, hat Joy's Acre vor kreativer Energie nur so gestrotzt. Und obwohl das Gehöft eine Zeit lang ungeliebt und ungepflegt war, glaube ich, dass diese Kraft nie wirklich ganz verschwunden ist.«

Adam nickte. »Es liegt auf einem Hügel, nicht wahr? Ich bin mir nicht sicher, warum das einen Unterschied macht, tut es aber. Ich bin begeisterter Wanderer. Bin schon überall im Land auf Hügel hinauf und in Täler hinunter marschiert. Aber nichts auf Erden lässt sich mit dem Gefühl vergleichen, wenn man auf der Kuppe eines Hügels steht.«

»Weißt du, so hab ich das noch nie gesehen«, gab Isobel zurück. »Aber ich denke, du könntest recht haben. Was immer es ist, es scheint sich jedenfalls auf die Menschen dort auszuwirken. Andererseits sind es auch ganz besondere Menschen, also spielt das auch eine Rolle. Alle, die dort arbeiten, haben ein eigenes kreatives Talent. Toms Freund Seth, dem Joy's Acre gehört, ist handwerklich kreativ – er baut gern Dinge, ein bisschen wie Tom, könnte man sagen. Und seine Partnerin Maddie stellt zwar an sich nichts her, besitzt aber eine außergewöhnlich kreative Ader. Sie war die federführende Kraft dahinter, dass Joy's Acre zu dem geworden ist, was es heute ist.« Kurz verstummte Isobel, um sich ein weiteres Stück Pizza zu nehmen. »Dann ist da noch Clara, die meiner Meinung nach eine Inkarnation der Erdmutter sein könnte. Sie besitzt die Gabe, alles um sie herum zum Aufblühen zu bringen, nicht nur Pflanzen, sondern auch Menschen. Und Trixie ist eine Spitzenköchin, deren Gerichte mir das Wasser im Mund zusammenlaufen lassen – dabei war mir das Thema Essen bislang ziemlich egal. Und ihre und Claras Kreativität nehmen sogar noch zu. Sie sind gerade dabei, eine weitere kleine Geschäftsidee umzusetzen.«

»Und vergessen wir mal nicht deine eigenen Projekte«, warf Tom ein.

Isobel hob den Blick, schaute zur Decke. »Oh ja, stimmt, sie haben sogar mich damit angesteckt. Ich ertappe mich dabei, dass ich Strohfiguren und Dekoration aus Salzteig mache.

Hätte mir das vor drei Wochen jemand gesagt, ich hätte ihn schallend ausgelacht.«

Sie bemerkte den Ausdruck in Adams Gesicht. »Tut mir leid, ich schweife ab. Jedenfalls muss man den Ort gesehen haben, um es glauben zu können.«

Adam lehnte sich über den Tisch vor. »Red nur weiter«, sagte er. »Ich liebe es, wenn Menschen abschweifen, so kommt man auf die besten Geschichten.«

Isobel grinste. »Aber langweile ich dich nicht?«

»Überhaupt nicht. Geschichten sind praktisch mein Rohmaterial.« Er lächelte über die unausgesprochene Frage in ihren Augen. »Ich bin Dokumentarfilmer.«

Kapitel 23

Lachend fielen sie praktisch durch die Eingangstür von Isobels Cottage.

»Tom, ich schwöre dir, wenn du mich noch ein einziges Mal fragst, ob es mir gutgeht, schlag ich dich mit dem nächstbesten stumpfen Gegenstand besinnungslos.«

Demonstrativ sah sie sich nach etwas Geeignetem um.

Er riss abwehrend die Hände hoch. »Schon gut, schon gut!« Er lachte. »Ich bin mir nur nicht sicher, ob ich dir wirklich glaube.«

Isobel grinste. »Ich weiß, es ist merkwürdig, oder? Eigentlich sollte ich zumindest Panik bekommen haben. Aber ganz ehrlich, das hab ich nicht, wirklich nicht.« Sie ging schon den Flur entlang. »Nur der arme Mann! Das war mal ein abruptes Ende einer Unterhaltung. Ich hatte echt Mitleid mit Adam. Alles war so gut gelaufen, dann auf einmal … zack!«

Tom sah sie an. Mittlerweile waren sie in der Küche angekommen. »Ich finde, du bist sehr gut damit umgegangen.«

Isobel seufzte. »Ich konnte nur Farbe bekennen. Ich meine, falls die mächtige Lücke im Gespräch noch nicht offensichtlich genug war, dann waren es mein offener Mund und wie ich nach Luft geschnappt habe. Das hätte ich unmöglich überspielen können. Alles andere als die Wahrheit hätte total erfunden gewirkt. Und ich wollte den bis dahin wirklich reizenden Abend auf keinen Fall ruinieren. Adam hätte sich endlos darüber geärgert, dass er aus irgendeinem Grund was Falsches gesagt hatte. Und mit welcher Ausrede wir ihm auch gekommen wären, sie hätte ihn nicht überzeugt. Er hätte sich ewig gequält und nicht mal gewusst, was er getan hat. Das war nicht der Anfang, den ich mir für euch beide wünschte.«

Tom bedachte sie mit einem Blick, bei dem sich ihr Magen zusammenzog. »Aber was ist mit dem Risiko?«

Isobel konnte nicht recht glauben, was sie empfand. Im Auto auf dem Rückweg hatte sie sich immer wieder dieselbe Frage gestellt und gedacht, dass sie irgendwie verrückt geworden sei. Aber so oft sie sie im Stillen wiederholte, sie kam immer wieder auf dieselbe Antwort.

»Weißt du was? In Wirklichkeit bin ich erleichtert. Kommt mir vor, als wäre mir eine Last von den Schultern genommen. Was soll's, wenn meine Geschichte an die Öffentlichkeit dringt? Das ist Schnee von gestern, Tom. Das alles ist mir vor Jahren passiert. Ich habe es wie ein Monster unter dem Bett wachsen und wachsen lassen, bis da kein Platz mehr war und es mein gesamtes Leben ausgefüllt hat. Ja, vielleicht würden sich die Leute für ein paar Tage oder auch Wochen dafür interessieren. Aber ich habe ja in nächster Zeit kein Comeback vor, was spielt das also für eine Rolle? Etwas Neues wird von mir nicht kommen. Und was würde es dann bringen, etwas auszugraben, das damals restlos ausgelutscht worden ist? Du hast die Artikel gelesen, du weißt, was in der Vergangenheit passiert ist … und genau da gehört es hin.«

Er nickte mit unergründlicher Miene. »Du bist wirklich erstaunlich, weißt du das?«

Isobel ignorierte den Köder. Es war wichtig, dass Tom erfuhr, was sie fühlte, ohne dass sie … abgelenkt wurden.

»Außerdem glaube ich Adam, dass er nie Interesse daran hatte oder je haben wird, Dokumentationen über Geschichten wie meine zu drehen. Und ich glaube nicht, dass er lügt. Also, wer sollte es je herausfinden? Die Chancen stehen gut, dass es niemand erfahren wird.«

»Ich weiß, dass Kate nichts ausplaudern wird.«

»Na siehst du.«

»Und denkst du, er hat das auch mit Joy's Acre ernst gemeint?«

Isobel kratzte sich an der Nase, als eine verirrte Strähne sie kitzelte. »Da bin ich mir nicht so sicher. Ich glaube, er war ein bisschen verlegen wegen dem, was er gesagt hat. Und er wollte einfach ein perfekter Gast sein. Er hat sich zweifellos für Joy's Acre interessiert, aber wohl eher als Gesprächsthema. Wenn er morgen ins Büro kommt, wo er wahrscheinlich hundert Projekte am Köcheln hat, wird er wohl keinen Gedanken mehr daran verschwenden.«

Einen Herzschlag lang sah sie Tom in die Augen. Dann drehte sie sich um, schnappte sich den Kessel und ging zum Spülbecken, um ihn mit Wasser zu füllen.

»Aber wie auch immer. Ich glaube, du hast mir meine Frage im Auto nicht wirklich beantwortet. Was hältst du von Adam? Fühlst du dich jetzt besser, nachdem du ihn kennengelernt hast?«

»Du versuchst doch nicht etwa, das Thema zu wechseln, oder?«

»Möglich«, räumte Isobel ein.

»Nun, ja – ich fühl mich gut«, antwortete Tom. »Und ich hätte nicht erwartet, dass er mir so sympathisch sein würde. Ich hätte zwar nicht gedacht, dass Kate auf seinen Typ ansprechen würde, aber ich bin froh, dass sie's getan hat. Er scheint ein wirklich netter Kerl zu sein.«

»Und?«

Isobel konnte eher spüren als sehen, wie er tief die Luft einsog.

»Es fühlt sich so an, als hätte er mir zwei Menschen zurückgegeben, an denen mir eine Menge liegt. Und das hätte ich nie für möglich gehalten.«

»Kate und Lily meinst du? Inwiefern?«

»Matt ist nicht mehr da, das weiß ich. Und nichts wird ihn je zurückbringen. Aber es ist merkwürdig … Sein Andenken hat mich dermaßen verfolgt, dass es mich davon abgehalten hat, mich auf die guten Dinge zu konzentrieren, auf die beiden Menschen, die noch da sind. Das wurde so extrem, dass ich regelrecht Angst davor hatte, sie zu sehen. Weil sie für das stehen, was ich verloren habe. Und darüber hatte ich vergessen, dass *sie* noch sehr lebendig sind. Aber jetzt sehe ich eine Zukunft für uns alle. Und dazu gehört, sich an Matt zu erinnern, wie wir es sollten, als einen Teil unseres Lebens, nicht als etwas, das es zu verdrängen gilt. Und auch Lily und Kate sind ein Teil meines Lebens, das ist mir jetzt klar.« Er sah Isobel an. »Wahrscheinlich hab ich es dir zu verdanken, wie ich mich fühle.«

Sie konzentrierte sich auf sein Gesicht. »Ich wüsste nicht, warum. Was habe ich denn getan?«

»Du warst mutig genug, über etwas zu reden, über das ich nicht reden konnte … ein Thema, das alle anderen gemieden haben. Aber du hast mich damit kalt erwischt. Und genau das war notwendig.«

»Das würde ich nicht unbedingt Mut nennen. Ich …«

»Wieso denn nicht, wo du doch der vielleicht mutigste Mensch bist, den ich kenne?«

Sie sah ihn von der Seite an. »Ja, genau.«

»Ich mein's ernst. Nicht viele Menschen hätten weggesteckt, was du durchgemacht hast.«

Da war er wieder, dieser verwirrende Ausdruck in seinen Augen.

»Sag mal, hast du das ernst gemeint, als du gesagt hast, dass du auf Joy's Acre bleibst?«

Sie stellte den Kessel auf den Herd. »Na ja, hier kann ich ja nicht bleiben. Dafür hab ich nicht genug Geld, und …« Abrupt verstummte sie, als er sich ihr einen Schritt näherte. »Ich dachte mir, dass ich vielleicht …«

»Dass du vielleicht mein Gästezimmer haben könntest?«

Sie schaute zu ihm auf. »Ja.«

»Oder auch nicht mein *Gästezimmer.*«

»Ja ...« *Oh Gott.*

Sekunden später lag sie in seinen Armen. Sie küssten sich, seine Hände gruben sich in ihr Haar, und Isobel hatte plötzlich vergessen, wo *sie* war.

***

Es hätte ohne Weiteres ihr Herzschlag sein können. Nur schien das Geräusch von außerhalb ihres Körpers zu stammen und hatte einen völlig anderen Rhythmus. Was immer es sein mochte, es macht sich beharrlich bemerkbar. Widerwillig löste sie sich von Tom. Sie wusste nicht, wie viel Uhr es war, aber wohl ziemlich spät.

»Ich geh schon«, bot Tom an und deutete in Richtung der Tür. Er grinste. »Ist wahrscheinlich Maddie, die wissen will, ob ich mich dir gegenüber schon unschicklich verhalten hab.«

»Na, wenn das so ist«, antwortete Isobel und entzog sich seinem Griff. »Dann kann ich ihr gleich selbst sagen, wie sehr du das hast.«

In Erwartung eines lächelnden Gesichts vor der Schwelle öffnete sie die Tür und erblickte überrascht Seth statt Maddie. Dann erstarrte sie abrupt.

»Hallo, Isobel.«

Es dauerte nur eine Sekunde, bis ihre Welt auf den Kopf gestellt war. Das Blut wich aus ihrem Kopf, der Horizont neigte sich beängstigend. Sie wäre gefallen, wenn nicht aus dem Nichts Tom aufgetaucht wäre. Von irgendwo ertönte ein seltsamer, gequälter, winselnder Laut. Dann wurde Isobel klar, dass er von ihr ausging.

»Mum!«

»Entschuldige, Tom«, sagte Seth, »aber sie hat gemeint, es wäre dringend, und ...«

»Ich bin wegen meiner Tochter gekommen. Ich nehme sie mit nach Hause.«

Isobel zitterte heftig. Sie nahm wahr, wie Tom rasch an ihre Seite trat, dann hielten seine Hände ihr Gesicht und zwangen sie, ihm in die Augen zu sehen.

»Ist schon gut, Isobel, ist schon gut.« Er trat an ihr vorbei. »Tja, es sieht nicht so aus, als wolle Isobel weg, also wird nichts daraus, denke ich. Ich weiß zwar nicht genau, was hier los ist, aber Sie sind mit Sicherheit nicht eingeladen. Seth, könntest du diese Dame wohl vom Grundstück begleiten?«

»Mischen Sie sich nicht in Angelegenheiten, von denen Sie keine Ahnung haben«, entgegnete Isobels Mutter, verengte die Augen zu Schlitzen und musterte Tom. »Ah, ich verstehe. Sie müssen der Grund sein, warum Isobel entschieden hat, sich so lächerlich zu benehmen. Tja, tut mir leid, Sie zu enttäuschen, junger Mann, aber Isobel hat Ihnen offensichtlich einen Haufen Lügen über sich erzählt. Sie ist sehr krank und kann unmöglich hierbleiben. Sie muss nach Hause. Wo sie geliebt wird und ordentlich umsorgt werden kann.«

Alle Farbe entwich aus Toms Gesicht. Er wirkte völlig aufgelöst. Plötzlich flammte Zorn in Isobel auf. Ein Adrenalinschub gab ihr die Stimme zurück.

»Ich sage dir das nur noch ein einziges Mal, Mum. Ich habe dir am Telefon klipp und klar mitgeteilt, dass ich *nicht* nach Hause komme, und daran hat sich nichts geändert. Und wenn wir schon dabei sind, kannst du das als offizielle Bekanntgabe betrachten, dass ich zu Hause ausgezogen bin. Also spar dir den Atem. Mir ist egal, was du zu sagen hast, es interessiert mich nicht mehr.«

»Ach, du magst vielleicht glauben, du hättest alle Antworten, nur vergisst du dabei eine simple Tatsache. Du hast kein Geld und kein Dach über dem Kopf. Hier kannst du ja wohl nicht ewig bleiben, oder?«

Im Verlauf der Jahre hatte Isobel etliche Male mit ihrer

Mutter gestritten. Jedes Mal war es unweigerlich auf dasselbe hinausgelaufen. Und sobald ihre Mutter diesen Trumpf ausgespielt hatte, wusste Isobel, dass sie verloren hatte – aber diesmal nicht.

»Nein, Mum, kann ich nicht. Aber es gibt außer hier und bei euch noch andere Orte, an denen ich leben kann. Ist schon komisch, wenn man plötzlich feststellt, dass sich eine Zukunft vor einem ausbreitet, sobald man zu glauben anfängt, dass man eine haben kann.«

»Oh, wie erbärmlich!« Die Stimme ihrer Mutter triefte vor Verachtung, als sie das Paar betrachtete, das vor ihr auf der Türschwelle stand. »Wie berechenbar kann man eigentlich sein? Eine wunderschöne junge Frau mit einer tragischen Vergangenheit … Und Sie halten sich für den Helden, der sie rettet. Tja, wie überaus edelmütig. Nur wissen Sie nichts über meine Tochter, nicht das Geringste. Offensichtlich haben Sie in Ihrer Eile, sie ins Bett zu bekommen, all ihre Lügen geschluckt. Ich wette, sie hat Ihnen nicht *alles* erzählt.«

Tom trat einen Schritt vor. »Ich weiß alles, was es zu wissen gibt. Und Sie haben recht: Ihre Tochter ist die wahrscheinlich schönste Frau, der ich je begegnet bin«, erwiderte er und senkte die Stimme dabei um fast eine Oktave. »Außerdem gehört sie zu den freundlichsten, mutigsten, großzügigsten und talentiertesten Menschen, die ich je kennenlernen durfte, trotz ihrer Erziehung. Jetzt sage ich Ihnen etwas, und zwar auch nur ein einziges Mal. Sie befinden sich hier auf Privatgelände und sind im Moment eindeutig nicht willkommen. Gehen Sie freiwillig, oder müssen wir die Polizei verständigen?«

Seth zog sein Handy aus der Tasche.

»Ach, jetzt kommen die kitschigen Drohungen, ja?« Sie straffte die Schultern. »Na schön. Also, ich wollte es einfacher für dich machen, Isobel. Aber nun zwingst du mich, das auszusprechen, wovor ich dich beschützen wollte.« Sie hob eine Hand an die Stirn. »Es ist schlimm …«

Isobel sah Tom an und wirkte verunsichert. Was meinte sie damit?

»Mum?«

»Ich wollte es dir nicht so sagen müssen …«

Isobel spürte, wie sich Toms Arm um sie anspannte.

»Es tut mir leid, Isobel, aber dein Vater hatte einen schweren Schlaganfall. Er liegt auf der Intensivstation, und ich fürchte, die Ärzte rechnen nicht damit, dass er die Nacht überlebt.«

Kapitel 24

»Mist«, fluchte Tom und sah Maddie an. »Mist, Mist, Mist.«

»Es tut mir so leid, Tom, aber ich weiß nicht, was wir sonst noch tun können.«

»Ich hätte sie begleiten sollen oder ihr wenigstens folgen sollen. Statt sie einfach davonfahren zu lassen mit dieser … dieser Irren!«

»Tom, das kannst du nicht wissen. Nur weil dir nicht gefallen hat, was man dir erzählt hat, darfst du nicht einfach voreilige Schlüsse ziehen. Es ist durchaus möglich, dass die Frau die Wahrheit über Isobels Vater gesagt hat. Tatsächlich bin ich sogar überzeugt davon. Es wäre ungeheuerlich, bei so was zu lügen.«

»Ja«, murmelte Tom. »Allmählich kapierst du es …« Mit verkniffener Miene rieb er sich die Stirn. »Nebenbei bemerkt, was meinst du damit, weil mir nicht gefallen hat, was man mir erzählt hat? Was mir wer erzählt hat? Isobel oder ihre Mutter?«

Maddie schwieg.

Tom starrte sie finster an. »Das ist doch nicht zu fassen! Du hast gesehen, wie Isobel war, als sie hier angekommen ist. Angespannt bis zum Geht-nicht-mehr, blass, appetitlos, verschlossen. Alles, was sie mir erzählt hat, das hat sie sich *nicht* bloß ausgedacht. Wieso zum Henker sollte sie?«

»Tom, ich hab nicht gemeint, dass …«

»Und ausgerechnet du solltest wissen, wie es sich anfühlt, wenn jemand Lügen über einen verbreitet.« Er verstummte, ließ sich auf einen Stuhl plumpsen und stützte den Kopf auf die Hände. »Herrgott, Mads, entschuldige. Ich wollte nicht …« Er sah aus, als sei er den Tränen nahe.

Maddie beugte sich näher und legte einen Arm um seine Schultern. »Wir suchen weiter«, sagte sie. »Nur weil's so aussieht, als hätte sie keine Konten in sozialen Medien, heißt das noch lange nicht, dass es keine gibt. Irgendwo wird es eine Spur von ihr geben, und wir werden sie finden. Außerdem hat sie noch alle ihre Sachen hier, Tom. Irgendwann kommt sie zurück, um sie zu holen … oder zumindest wird irgendjemand kommen.« Sie verstummte kurz. »Und ich muss mich entschuldigen, Tom. Ich habe meine Sorge um Joy's Acre unserer Freundschaft in die Quere kommen lassen. Das war unentschuldbar. Ich hätte nie daran zweifeln dürfen, dass das zwischen dir und Isobel etwas Besonderes ist.« Sie drückte seine Schulter. »Ich werd tun, was ich kann, um dir zu helfen, sie zu finden.«

Dankbar schaute er zu ihr auf. »Danke, Maddie«, sagte er und brachte die Worte kaum heraus.

»Und rein logisch betrachtet: Wenn es stimmt, was ihre Mutter gesagt hat, besteht durchaus die Möglichkeit, dass Isobel gerade ihren Vater verloren hat. Wie ihre Beziehung auch gewesen sein mag, sie ist bestimmt schwer getroffen und trauert. Aber du gehst ja nicht weg, das weiß sie. Wenn sie bereit ist, wird sie zu dir zurückkommen.«

Tom blinzelte heftig. Er wusste, dass Maddie ihm nur helfen wollte. Das Problem war: Er glaubte kein Wort, das Isobels Mutter gesagt hatte, und nichts würde ihn vom Gegenteil überzeugen. Er war so verdammt dumm gewesen! Warum hatte er Isobel nicht wenigstens nach ihrer Adresse gefragt? Er wusste, dass sie nicht mehr nach Hause wollte. Dennoch hatte er nichts getan, um zu verhindern, dass sie dorthin zurückgeholt wurde. Und nun war sie weg. Seit mittlerweile drei Tagen.

Vom Computer neben ihm ging ein beharrliches Piepen

aus. Müde mühte er sich auf die Beine. Er hatte genug von Maddies Zeit in Anspruch genommen. Sie hatte noch andere Arbeit zu erledigen. Er im Übrigen auch. Allerdings freute er sich nicht darauf, wieder aufs Dach zu klettern, wo er den ganzen Tag lang Isobels Cottage im Blick hätte. Er würde erst mal einen Happen essen und danach weitersehen. Vielleicht könnte er früher Schluss machen und noch ins Pub gehen.

Die anderen waren alle in der Küche, als Tom hereinkam, und bedienten sich an einem Teller voll Sandwiches. Trixie sprang auf und eilte zur Kaffeekanne.

»Setz dich, Tom, ich bring dir was zu trinken.«

Dankbar lächelte er. Tom hatte zu niemandem von ihnen ein Wort über Isobel verloren. Das musste er nicht. Seth und Maddie hatten sie aufgeklärt. Und was immer sie davor über seine Einstellung zu Liebe und Romantik gehalten haben mochten, es spielte keine Rolle mehr. Die Gegenwart zählte, und Tom gehörte zu ihnen – sie waren auf seiner Seite.

Er nahm zwischen Seth und Clara Platz, griff sich halbherzig ein Sandwich und schenkte Trixie ein Lächeln, als sie seinen Becher behutsam neben ihm abstellte. Das Brot befand sich auf halbem Weg zu seinem Mund, als Maddie durch den Flur gestürmt kam. Das Herz schlug Tom bis zum Hals, als er erwartungsvoll den Kopf hob.

»Ihr erratet nie, was gerade passiert ist!«, rief sie. Dann fielen ihre Züge zusammen, als ihr klar wurde, dass sie nicht die Neuigkeiten brachte, auf die Tom so offensichtlich wartete. Ihre Lippen formten ein *Sorry* in seine Richtung.

Seth schaute auf. »Leute, was meint ihr? Könnt ihr es leiden, wenn jemand so was sagt? Natürlich werden wir's nie erraten, Maddie. Jetzt spann uns nicht so auf die Folter und rück damit raus, bevor du dich vor lauter Aufregung noch bepinkelst.« Unter normalen Umständen hätten darüber alle gelacht, aber nicht an diesem Tag.

Trotzdem streckte sie ihm zumindest die Zunge heraus.

»Rüpel.« Dann jedoch sah sie Tom unverwandt an und wurde ernst. »Oh, Tom … Es sind an sich wirklich großartige Neuigkeiten, nur jetzt …«

»Spuck's endlich aus, Maddie.«

»Also, es ist gerade eine E-Mail von jemandem reingekommen, der Dokumentationen produziert. Anscheinend hat er diese Woche – und ich zitiere – eine bezaubernde junge Frau getroffen, die Joy's Acre äußerst wortgewandt in höchsten Tönen gelobt hat. So sehr, dass er neugierig genug geworden ist, um mehr erfahren zu wollen.«

Trixie hatte gerade ihren Kaffee an die Lippen gehoben, um daran zu nippen. Ihre Hand zuckte so heftig, dass der Inhalt besorgniserregend gegen den Rand schwappte und nur knapp im Becher blieb.

»Was bedeutet das?«, fragte sie.

»Es bedeutet, Trixie, dass dieser Bursche, der übrigens Adam heißt, herkommen und mehr über uns herausfinden will, um möglicherweise einen Film über das Leben auf Joy's Acre zu drehen.« Sie spähte zu Tom hinüber und bemühte sich, ihre Begeisterung zu zügeln. »Klärst du uns ein bisschen auf?«

»Da gibt's eigentlich nicht viel zu erzählen. Ihr wisst ja alle, dass Isobel und ich neulich bei meiner Schwägerin zum Essen eingeladen waren. Adam ist ihr neuer Lebensgefährte, und wir sind ins Plaudern gekommen, das ist alles.« Er verstummte kurz. »Nein, eigentlich ist das nicht alles. Insbesondere *Isobel* ist ins Plaudern geraten und hat ziemlich mitreißend geschildert, wie sie sich in den Ort hier verliebt hat. Sie hat davon geschwärmt, dass alles in ihrem Leben völlig anders wäre, seit sie hier eingetroffen ist. Und dass sie euch alle liebt, die Geschichte des Orts, die Energie hier, die Kreativität … und wie sie sich dadurch fühlt.« Er legte sein Sandwich zurück auf den Teller. »Dabei wusste sie nicht mal, dass Adam Filmregisseur ist. Sie hat ihm das alles trotzdem erzählt. Eigentlich sollte sie hier sein und euch das sagen, nicht ich.«

»Oh, Tom ...« Clara legte die Hand auf seine.

Seth griff sich ein verirrtes Stück Tomate von seinem Teller. »Tja, ob's euch zu dem Zeitpunkt bewusst war oder nicht, Tom: Isobel und wohl auch du, ihr habt offensichtlich einen ziemlichen Eindruck hinterlassen.« Er neigte den Kopf in die Richtung der anderen. »Wahrscheinlich sollten wir darüber nicht zu sehr aus dem Häuschen geraten.« Diesmal nickte er insbesondere in Trixies Richtung, die sichtlich aufgeregt auf ihrem Stuhl herumrutschte. »Jedenfalls noch nicht. Erst müssen wir wissen, was für Absichten er hat. Aber es könnte eine wunderbare Chance für uns daraus werden, das muss ich wohl nicht extra erwähnen.« Er schaute zu Maddie hinüber, die nach wie vor an der Tür stand.

»Was genau will er? Wir könnten ihm ein paar Informationen schicken.«

Maddie grinste. »Ich glaube, darüber ist er schon hinaus«, antwortete sie. »Er hat heute Morgen eine ganze Weile damit verbracht, sich alles auf allen Websites anzusehen, und er ist sogar einigen Verweisen auf die Geschichte von Joy's Acre gefolgt, insbesondere über Joy selbst und ihre Bilder. Er sagt, er hat genug gesehen, um weitermachen zu wollen, und er wollte wissen, ob er herkommen und uns alle kennenlernen kann.«

Seths Husten hörte sich sehr laut in der plötzlichen Stille an. »Und wann will er kommen?«

»Am Sonntag.« Sie sah Tom an. »Die restliche Woche ist er für ein anderes Projekt unterwegs, aber rechtzeitig zum Wochenende kommt er zurück, und den Samstag will er mit Toms Schwägerin verbringen. Natürlich würde er erst mit ihr reden müssen, aber wenn alle damit einverstanden sind, findet er, das wäre die perfekte Gelegenheit.«

»Oh mein Gott«, hauchte Clara und sprach damit aus, was

alle anderen dachten. »Natürlich bin ich am Sonntag normalerweise nicht hier, aber …«

Trixie hob die Hand an ihre Haare. »Ist vielleicht Zeit für 'ne Veränderung«, meinte sie. »Bin mir nämlich nicht sicher, ob ich mit grellrosa Haaren im Fernsehen sein möchte.«

»Lassen wir uns nicht zu sehr hinreißen«, mahnte Seth. Er bemühte sich redlich, die Stimme der Vernunft zu verkörpern, allerdings sah Tom ihm an, dass er genauso aufgeregt war wie die anderen. »Was ist mit dir, Tom? Kannst du kommen? Ohne dich erscheint es mir nicht besonders sinnvoll.«

Tom schaute zu Maddie. »Ich spiele bei der Hochzeit am Samstagabend«, sagte er. »Und da dürfte es spät werden.«

»Na ja, schon, aber bestimmt kannst du …«

»Und wie schon gesagt, Isobel sollte dabei sein. Es geht alles auf sie zurück. Wieso sollte es jetzt ohne sie stattfinden?«

Er starrte auf die Reste seines Essens, doch ihm wurde alles zu viel. Hastig stand er auf, steuerte auf die Tür zu und betete, dass Maddie beiseitetreten würde, denn er wollte sich nicht an ihr vorbeidrängen müssen.

»Tom!«, rief sie hinter ihm her.

»Ist schon gut, Maddie. Lass ihn gehen«, sagte Seth.

***

Das hätte er nicht tun sollen, er wusste es. Aber schon in dem Moment, als er Joy's Acre verlassen hatte, war ihm klar gewesen, dass er herkommen würde, und der Versuch, auf Vernunft zu setzen, war sinnlos gewesen. Er war nicht in Stimmung, auf seinen Verstand zu hören. Der Schnapsladen lag auf seinem Heimweg und hatte äußerst praktische Öffnungszeiten. Das Angebot an Whiskys war zudem sehr gut, obwohl es Tom nicht wirklich interessierte.

Das erste Glas stürzte er auf ex hinunter.

Kapitel 25

Das Licht war viel zu grell, doch irgendwie glaubte Tom nicht, dass er davon geweckt worden war. Er tauchte mit dem Kopf tiefer ins Kissen und kniff fest die Augen zu. Der Schmerz ließ dadurch zwar nicht nach, aber zumindest ging ihm mit geschlossenen Augen etwas weniger durch den Kopf.

Ein paar Minuten lang dachte er tatsächlich, es könnte ihm gelingen, wieder einzuschlafen. Dann jedoch setzte es erneut ein, dieses nagende Gefühl, dass irgendetwas nicht stimmte. Wieder hob er den Kopf und bemühte sich zu begreifen, was ihm sein Gehirn mitzuteilen versuchte. Schließlich setzte er sich vorsichtig auf und stöhnte, als stechende Schmerzen durch seinen Kopf pulsierten. Er roch nach Speck …

Mehrere Minuten lang musste er sich an der Bettkante festhalten, bis er sich stabil genug fühlte, um aus eigener Kraft zu stehen. Weitere Minuten verstrichen, bis sich die Übelkeit in seinem Magen ausreichend legte, damit er sich in Bewegung setzen konnte. Er löste die Zunge vom Gaumen und sah sich nach etwas zu trinken um. Etwas anderem als Whisky.

Als er wacher wurde, stellte er fest, dass der Speckgeruch nicht das einzig Außergewöhnliche war. Tom hörte eindeutig Stimmen. Er spähte zur Uhr auf seinem Nachttisch. Neun Uhr morgens. Was um alles in der Welt ging hier vor?

Als er die Schlafzimmertür erreichte, spähte er hinaus auf den Treppenabsatz. Er schob die Tür ganz auf und wurde immer verwirrter, als er feststellte, dass er Clara lachen hörte. Er schlich die Stufen hinunter.

»Herrgott noch mal, Tom, würdest du dir wohl was anziehen? Den Anblick verkrafte ich so früh am Morgen nicht.« Clara stand hinter seinem Bügelbrett, auf dem etwas lag, das verdächtig nach einem seiner Hemden aussah. Sie stellte das Bügeleisen ab, trat hinter dem Brett hervor und ging zum Küchentisch, wo sie mehrere Teile von einem Stapel ordentlich gefalteter Kleidung nahm.

»Ich bin mir nicht mal sicher, ob ich den Anblick *überhaupt je* verkraften könnte …«

Toms Kopf wirbelte herum. Er erblickte Trixie am Herd. Zumindest war damit das Geheimnis des Speckgeruchs gelüftet. Sein Magen krampfte sich zusammen.

»Also, zieh das an.« Clara drückte ihm ein T-Shirt und eine Jeans in die Hand. »Und dann komm wieder runter und setz dich.«

Erstaunt sah er sich um. Dann blickte er auf die ihm überreichte Kleidung hinab und begriff verspätet, dass er nur in Boxershorts dastand.

»Was hast du mit meiner Küche angestellt?«, brachte er heraus. Seine Stimme klang sogar für seine eigenen Ohren merkwürdig.

»Sauber gemacht«, antwortete Clara nüchtern. »Und aufgeräumt, Wäsche gewaschen und gebügelt. Außerdem den gesamten Müll rausgebracht und den restlichen Whisky im Spülbecken entsorgt.«

»Und gelüftet«, fügte Trixie hinzu. »Vergiss das nicht. Hat gerochen, als wär hier drin jemand gestorben.« Sie sah ihn direkt an. »Jetzt geh schon und zieh dich an. Dein Frühstück ist fast fertig.«

Er starrte sie eindringlich an. »Trixie, ich glaub wirklich nicht, dass ich …«

»Anziehen«, fiel sie ihm ins Wort. »Flott.« Der Ton in ihrer Stimme duldete keinen Widerspruch.

Tom tat, wie ihm geheißen.

Sie verdrehte die Augen. »Eigentlich haben wir gemeint,

du sollst irgendwo hingehen und dich anziehen, aber egal. Immer noch besser als all die nackte Haut.« Sie wandte sich wieder dem Herd zu. »Kannst dich jetzt hinsetzen.«

Wenn er ehrlich war, fühlte er sich sitzend erheblich besser. Allerdings hatte er nach wie vor Mühe, die Situation zu verarbeiten. Er stützte den Kopf auf beide Hände und fuhr sich mit den Fingern durchs Haar.

»Meine Damen …«, begann er. »Mir ist klar, dass ich gerade nicht ganz auf der Höhe bin. Aber würdet ihr mir freundlicherweise erklären, was hier los ist?«

Clara zog das Hemd vom Bügelbrett und knöpfte es über einem Kleiderbügel zu, der vom Türrahmen baumelte.

»Na ja, das ist eigentlich ganz einfach. Trixie und ich sind heute Morgen deine guten Feen, denn falls du's nicht mitbekommen hast, wir haben Samstag.«

Mit ausdrucksloser Miene sah er sie an.

»Samstag? Der Tag der Hochzeit – der Hochzeit, bei der du spielst und die in knapp mehr als vier Stunden beginnt?«

»Oh, Kacke!«

»Genau.«

»Wie kann es Samstag sein? Es ist doch erst …« Er versuchte, die Tage abzuzählen, die er zu Hause verbracht hatte, kam jedoch nicht über Donnerstag hinaus.

Trixie stellte einen randvoll mit Essen beladenen Teller vor ihn hin. Würstchen, Speck, Champignons, Spiegelei und Tomaten.

»Bitte sehr«, sagte sie. »Aufessen, ohne Wenn und Aber. Mir egal, ob dir schlecht ist. Vergiss nicht, ich bin ehemalige Barkeeperin. Ich hab schon alles erlebt und sämtliche Ausreden gehört. Du brauchst Essen im Magen, basta.«

***

Mittlerweile war es halb elf. Tom saß wieder am Küchentisch, inzwischen jedoch geduscht, rasiert, ordentlich angezogen und bei einer weiteren Tasse Kaffee.

»Besser?« Trixie ließ sich mit einem mittlerweile sanfteren Lächeln im Gesicht auf dem Stuhl neben ihm nieder.

Erstaunt stellte er fest, dass er sich tatsächlich viel besser fühlte.

»Ihr zwei gebt ein gutes Team ab.« Er lächelte reumütig. »Und es tut mir leid, dass ich so 'ne Landplage bin.«

Trixie beugte sich zu ihm und knuffte ihn in den Arm. »Schon gut, ist unter den gegebenen Umständen nachvollziehbar …«

Clara kam herüber und gesellte sich am Tisch zu ihnen. »Weißt du, wir haben dich die letzten Tage vermisst.« Sie warf Trixie einen Blick zu. »Aber du weißt schon, dass Adam morgen kommt, oder? Ist alles arrangiert.«

Tom hatte es nicht mit Sicherheit gewusst, aber er hatte es vermutet. »Das ist eine großartige Chance«, meinte er. »Und die muss genutzt werden, das ist mir klar.« Er atmete tief ein und blies den Atem dann langsam aus. »Wisst ihr, es ist mir einfach zu viel geworden. Das alles hat sich nur dank Isobel ergeben, und jetzt wird sie nicht mal dabei sein, um es mitzuerleben. Das schien mir nicht richtig zu sein. Tut es immer noch nicht.«

»Und du hast noch nichts von ihr gehört?«, erkundigte sich Clara.

»Natürlich nicht. Sonst wäre er wohl kaum in einem solchen Zustand, oder?«, warf Trixie ein.

»Stimmt, da hast du recht. Aber es ist noch nicht lange her, Tom. Gib die Hoffnung nicht auf. Sie macht offensichtlich eine schwierige Zeit durch. Ich bin sicher, sie meldet sich, sobald sie kann.«

Tom schenkte den beiden Frauen ein dankbares Lächeln. »Ihr seid beide so freundlich, aber das ist lächerlich, das weiß ich selbst. Wir kennen uns ja kaum. Um Himmels willen, wir haben uns ein einziges Mal geküsst, das ist alles, und ich führe mich auf wie ein liebeskranker Teenager. Keine Ahnung, was mit mir los ist.«

»Ja, es hat dich eindeutig schwer erwischt«, befand Clara. »So hab ich dich noch nie erlebt, das steht schon mal fest.« Sie schenkte ihm ein herzliches Lächeln. »Aber weißt du was? Irgendwie gefällt mir diese Version von dir. Der Tom, dem an anderen mehr liegt als an ihm selbst. Der Tom, der sich nicht davor scheut, darüber zu reden, was er wirklich empfindet. Der Tom, der zum ersten Mal im Leben entdeckt, was es heißt, sich zu verlieben.«

Er öffnete den Mund, um ihr zu widersprechen, dann schloss er ihn wieder und starrte sie stattdessen nur an. Nachdem er einen Schluck Kaffee genommen hatte, sah er zur Uhr an der Wand. Schließlich blickte er zuerst Clara, dann Trixie an, die ihn beide wie die Grinsekatze anlächelten.

»Und was mach ich jetzt?«

»Du trinkst deinen Kaffee aus, dann gehst du los und holst deine Sachen, denn Seth wird in ungefähr zehn Minuten hier sein. Du packst alles zusammen, lässt dich von ihm zur Hochzeit fahren, spielst dort wunderschöne Musik und hilfst einem jungen Paar, seine Hochzeit ordentlich zu feiern. Und danach nimmst du einen Tag nach dem anderen. Etwas anderes kannst du nicht tun. Und natürlich vertraust du auf das Schicksal. Denn wenn es so sein soll, dann wird es so kommen …«

***

»Bist du sicher, dass du fit genug bist, Tom? Um ehrlich zu sein, siehst du immer noch nicht so prickelnd aus.«

Tom verzog das Gesicht. Er wusste, dass Seth recht hatte. »Ich kann die Leute nicht im Stich lassen«, erwiderte er. »Oder die Jungs von der Band. Ich krieg das hin. Und da ich leider in der Vergangenheit schon das eine oder andere Besäufnis hatte, kann ich aus Erfahrung sagen, dass es mir schon schlechter gegangen ist.«

Sie waren gerade durch das riesige, breite Tor des Hotels gefahren, wo die Hochzeit stattfinden würde, und rollten die gewundene Zufahrt entlang. Es schien unfassbar zu sein, dass Tom erst vor etwa einer Woche mit Isobel hier gewesen war. Seither war so viel passiert.

»Und du hättest mich wirklich nicht herbringen müssen, Seth, das hätte ich auch allein geschafft.«

Seth sah in den Spiegel. »Du könntest ohne Weiteres noch über dem Limit liegen. Nicht nötig, das Risiko einzugehen.«

»Ja, aber jetzt musst du warten, bis ich fertig bin und mich dann mit dem Lieferwagen zurückbringen. Weißt du, bei solchen Veranstaltungen gibt's keine festgelegte Zeit, wann sie enden. Ich hab ehrlich keine Ahnung, wie lange es dauern wird.«

»Schon klar, das weiß ich«, erwiderte Seth und hielt mit dem Wagen am Hintereingang des Hotels, fast genau an derselben Stelle wie Tom neulich mit Isobel.

»Andererseits könnte ich den Lieferwagen auch einfach hierlassen und mit Maddie nach Hause fahren.«

Tom nickte automatisch, noch bevor ihm ins Bewusstsein sickerte, was Seth gesagt hatte. Er sah sich auf dem Parkplatz um, und tatsächlich: In einer Ecke erblickte er Maddies schnittigen Sportwagen.

»Verdammt, jetzt fühl ich mich erst richtig schlecht, weil auch noch Maddie herkommen musste. Tut mir so leid, Seth. Das hab ich gründlich verbockt, was?«

Seth erwiderte zunächst nichts, sondern stieg einfach aus. »So, komm jetzt, ich helf dir mit deinem Zeug«, sagte er dann.

***

Die Jungs von der Band waren eine prima Truppe. Aber wie bei den meisten Bands rauchten sie, tranken und scheuten sich nicht vor deftigen Bemerkungen. Deshalb mochte Tom sie so. Grundanständige, unkomplizierte, gewöhnliche Leute, abgesehen davon, dass sie enormes Talent und haufenweise hochgradig ansteckende kreative Energie besaßen. Aber reichte man ihnen den kleinen Finger, schnappten sie sich manchmal die ganze Hand. Sie rechneten damit, heute Isobel kennenzulernen, und Tom glaubte nicht, dass er ihre unausweichlichen Sticheleien ertragen könnte.

Er wollte sich gerade eine Ausrede ausdenken und ihnen mitteilen, dass sie nicht kommen würde, als er das Gewicht einer Hand auf dem Arm spürte. Es war Ginger, ältestes Mitglied der Band und ein guter Freund.

»Das ist wirklich heftig, Kumpel«, sagte er mit einem Blick zu Seth, der gerade ein Akkordeon am Bühnenrand abstellte. »Wir wissen schon über Isobel Bescheid«, fügte er hinzu. »Also keine Sorge, du wirst heute nicht von uns gepiesackt. Und ich hab jedem, der's doch tut, Prügel angedroht.«

Seth richtete sich auf und schaute ein wenig verlegen drein. »Ich hab's für das Beste gehalten, es zu erklären«, sagte er. »War mir nicht sicher, ob du sonst klarkommen würdest.«

Tom atmete etwas zittrig ein. Er war dankbar, trotzdem tat es weh.

»Danke, Ginger«, sagte er. »Wir spielen einfach, in Ordnung? Und ich werd mich bemühen, niemanden zu enttäuschen.«

Der große Mann nickte und ging mit Seth davon, um den Rest der Ausrüstung hereinzutragen. Da auch Maddie mithalf, dauerte es nicht lange, bis alles aufgebaut war. Zögernd griff Tom nach seinem Banjo. Mittlerweile liefen reichlich Hochzeitsgäste herum, und sie würden schon bald Musik hören wollen. Tom zupfte an einer Saite und lauschte auf den Ton, bevor er die Spannung geringfügig justierte. Er sah auf die

Armbanduhr – nur noch zwanzig Minuten, bis ihr Auftritt auf dem Programm stand.

Er hatte keine Ahnung, wie er das durchstehen sollte. Zwar ging es seinem Kopf inzwischen viel besser als beim Aufwachen, aber seine Schultern waren verspannt, und hinter den Augen nahm er ein dumpfes Pochen wahr. Viel wäre nicht nötig, damit er wieder ausgewachsene Kopfschmerzen bekäme. Er rieb sich mit einer Hand übers Gesicht und konzentrierte sich auf seine Aufgabe.

Zuerst bemerkte er es nicht. Im Durcheinander anderer Instrumente, die gestimmt wurden, ließen sich einzelne Töne zunächst kaum heraushören. Nach und nach jedoch bahnten sich die Klänge ihren Weg in sein Gehirn. Sie hörten sich nicht falsch an, sie stammten einfach nur vom falschen Instrument. Tom ließ den Blick über den Rest der Band wandern, aber alle waren völlig von ihren jeweiligen Tätigkeiten vereinnahmt. Er wandte sich wieder seinem Banjo zu, bis er jäh erneut aufschaute. Jemand stimmte eine Geige …

Sein Kopf wirbelte nach rechts herum, was einen stechenden Schmerz nach sich zog, der ihm jedoch völlig egal war. Denn ein Stück entfernt – lehnte Isobel an einem Tisch!

Sobald sich ihre Blicke begegneten, kam sie auf ihn zu gerannt, die Geige an der Seite. Gleich darauf grub sich seine Hand in ihre Haare, als er sie an sich zog und ihren Duft einatmete. Sie zitterte, als er sie küsste. Nach wenigen Herzschlägen holte sie hörbar Luft, und Tom spürte, wie sich ihre Lippen zu einem Lächeln krümmten, als sie sich ganz langsam von ihm löste. Schniefend machte sie sich so groß, wie sie konnte, um ihm direkt in die Augen sehen zu können.

»Demnächst werd ich das mal machen, wenn ich *nicht* die Geige in der Hand halte.«

Tom blickte auf das Instrument hinab, nahm es ihr behutsam ab und ließ dabei eine Hand auf ihrer Schulter ruhen.

Ohne hinzusehen, drückte er die Geige der Person neben ihm in die Arme.

»Tut mir leid«, sagte er, »aber könntest du das bitte kurz für mich halten? Die Lady hat etwas zu tun, und dafür braucht sie beide Hände.«

Und dann küsste ihn Isobel. Diesmal richtig.

Schließlich löste er sich von ihr und lachte, als Seth und Maddie an seiner Seite auftauchten. »Hinterhältige Bande«, sagte er grinsend. »Ihr habt alle Bescheid gewusst, oder?«

»Logisch!«, rief Seth. »Aber der Fairness halber: Wir haben nichts gewusst, bis Isobel heute Morgen um acht an die Tür geklopft und sich nach deiner Adresse erkundigt hat.«

»Na ja, und wir konnten schlecht zulassen, dass sie dich in einem, sagen wir mal, nicht idealen Zustand sieht, oder? Also wurde Operation Clara und Trixie in die Wege geleitet, um dich auf Vordermann zu bringen, während Isobel und ich die Kleiderschränke der beiden geplündert haben.«

Tom grinste und sah Isobel an. »Die Schuhe gefallen mir.«

Sie streckte einen Fuß aus. »Ja, sind sie nicht schön? Bin mir noch nicht sicher, ob Trixie sie je zurückbekommt.« Der silberne Doc Martens funkelte im Licht. »Und das Kleid gehört Maddie«, fügte sie verlegen hinzu.

Isobel trug ein mitternachtsblaues Samtkleid mit tailliertem Mieder und einem weiten Tüllrock, der bis knapp unter die Knie reichte. Sie sah vollkommen perfekt aus.

»Na ja, ich konnte ja nicht in irgendeinem alten Fetzen auftauchen, oder? Und glaub mir, alles, was ich hatte, wäre alt gewesen. Es musste schon etwas Besonderes sein, etwas, das genau ausdrückt, wie ich mich gerade fühle. Und wenn ich's mir recht überlege, scheint mir das ein perfektes Outfit zu sein, um *die Bude zu rocken.*« Kurz verstummte sie und strich mit den Fingern über den edlen Stoff. »Das hab ich nämlich vor, verlass dich drauf.«

»Ähm …«

Hinter Tom räusperte sich jemand belustigt. Beim ersten Mal ignorierte er es, aber es wiederholte sich, diesmal lauter. Lachend löste er sich von Isobel.

»Hätte ich mir denken können – ihr habt alle gewusst, dass sie kommen würde, nicht wahr?« Mit einem Stöhnen drehte er sich wieder der grinsenden Isobel zu.

»Meine Herren«, sagte er. »Darf ich vorstellen: Isobel Hardcastle.«

Ginger trat vor. »Aye«, meinte er grinsend. »Das dachte ich mir schon.« Er streckte die Hand aus. »Ginger Rogers«, stellte er sich vor.

Isobel warf einen skeptischen Blick zu Tom. Eine häufige Reaktion. »Wie die Partnerin von Fred Astaire?«, fragte sie verblüfft.

Tom lachte. »Schon gut, das ist wirklich sein Name.«

»Na ja, natürlich nicht«, sagte Ginger. »Aber sie nennen mich wegen meiner Haarfarbe schon derart lange so, dass ich meinen richtigen Namen kaum noch kenne. Freut mich, dich kennenzulernen.«

Isobel starrte auf das gewellte rote Haar und den buschigen Bart. »Ginger«, sagte sie. »Gefällt mir.«

Er ergriff ihre zierliche Hand mit einer riesigen Pranke und hauchte einen harten Kuss darauf.

»Also, lass dir heute bloß von keinem der Jungs hier was gefallen, vor allem nicht von dem da.« Er verstummte kurz und schaute vielsagend zu Tom. »Falls sie dir doch dumm kommen, gib einfach Bescheid, dann lese ich ihnen die Leviten.«

Isobel lachte und sah sich um. »Ich werd's mir merken.«

Tom drehte sich den anderen zu. »Und das hier ist Jack, ehrenwert und verheiratet. *Buchhalter*, um Himmels willen. Dann haben wir noch Yolo, buchstabiert sich allerdings I-o-l-o, weil er Waliser ist, aber egal. Und zu guter Letzt Pete, der

Ruhm dadurch am nächsten gekommen ist, dass er sich mal ein Taxi mit Hugh Grant geteilt hat.«

»Ich freu mich, euch alle kennenzulernen.«

»Ich denke, das Vergnügen ist ganz auf unserer Seite«, erwiderte Jack, gab Isobel ihre Geige zurück und sah Tom mit hochgezogenen Augenbrauen an. »Du gerissener alter Fuchs«, sagte er.

Ginger knuffte seinen Bandkollegen spielerisch in den Arm. »He, lass ihn zufrieden. Der arme Mann hat genug durchgemacht ...«

Tom verdrehte die Augen. »Also gut, einer von euch marschiert jetzt los und holt was zu trinken, in ungefähr zehn Minuten haben wir unseren Auftritt. Mal sehen, ob wir nicht ein paar von den Leuten hier auf die Füße locken können.«

Er nahm Isobels Arm und zog sie einen Moment lang sanft zur Seite. »Du siehst glücklich aus«, stellte er fest. »Natürlich vor allem wunderschön, aber ich hätte nicht damit gerechnet, dich auch glücklich zu sehen. Geht's dir gut?«

Isobels Augen begannen zu glänzen. »Ich fühle mich toll«, erwiderte sie. »Ich kann es dir jetzt nicht genauer erklären, dafür fehlt die Zeit, aber das ist der erste Tag vom Rest meines Lebens, Tom. Und ich bin hier bei dir. Das ist alles, was zählt.«

»Aber dein Vater ...«

»Dem geht's gut.« Kurz schüttelte sie den Kopf. »Ich erklär's dir später, aber es ist alles gut. Perfekt sogar.«

»Tja, da bin ich aber froh«, sagte er. »Bin ich wirklich.« Er ergriff ihre Hände. »Und bist du bereit für diesen Auftritt? Wird jedenfalls was völlig anderes, so viel ist sicher.«

»Ich hab nicht die geringste Ahnung«, antwortete sie. »Im Moment schwirrt mir dermaßen der Kopf, dass ich kaum klar denken kann. Aber ich werde mein Bestes geben.«

»Bringen wir die Leute zum Toben«, sagte er. »Hauen wir sie um.«

Und das taten sie.

Kapitel 26

Tom konnte sich nicht recht erklären, wieso sich Isobel noch immer auf den Beinen hielt. Er vermutete, sie würde in dieser Nacht ausgesprochen gut schlafen. Bei dem Gedanken hätte er beinah laut aufgelacht, denn es gab einen bestimmten Teil seiner Anatomie, der aufrichtig hoffte, sie beide würden in dieser Nacht überhaupt nicht schlafen. Er beobachtete sie von einem der vermeintlich bequemen Stühle, die man bereitgestellt hatte, damit sie sich in den Pausen ausruhen konnten. Und er war noch nie zuvor im Leben so stolz auf jemanden gewesen.

Als er Isobel beim Plaudern mit den Bandmitgliedern beobachtete, stellte er fest, dass die Jungs an ihren Lippen hingen. Ihn beschlich der Eindruck, dass der Nachmittag deshalb ein solcher Erfolg war, weil sich jeder Einzelne als Bester der Band hervortun wollte und entsprechend gespielt hatte. Was immer die Beweggründe sein mochten – und er war nicht so naiv zu glauben, sie wären gänzlich frei von Hintergedanken –, im Großen und Ganzen wollten alle, dass sich Isobel willkommen fühlte, das wusste Tom. Und er fand es rührend, dass sie sich solche Mühe gaben.

Die Art der Musik, die sie spielten, bot sich für Interpretationen und Improvisation an. Und das nutzten sie in vollem Umfang, probierten aus, wo sie etwas ergänzen oder ausschmücken konnten. Der Kern der Band spielte schon so lange zusammen, dass sie gegenseitig ihre Stärken und Schwächen kannten. Sie wussten, auf welche Änderungen und Zeichen es zu achten galt. Das lief mittlerweile nahezu unbewusst zwischen ihnen ab. Tom hatte aufrichtig gehofft, Isobel würde ihren Platz unter ihnen finden. Dann lächelte er in sich hinein – wem wollte er hier etwas vormachen? Er hatte gewollt, dass Isobel hervorstrahlte wie ein ewiger Stern unter gewöhnlichen Sterblichen. Am liebsten hätte er den Anwesenden zugebrüllt: *Sie hat mich geküsst, sie hat mich geküsst.*

Sie hatten sich die Seele aus dem Leib gespielt, und wenngleich Isobel einige Nummern gebraucht hatte, um sich richtig sicher zu fühlen, war sie danach wie entfesselt gewesen. Wie durch ein Wunder – oder in Isobels Fall durch ihr unvorstellbares Engagement für Dinge, an denen ihr etwas lag – war es ihr gelungen, fast alle Songs, die er für sie auf dem Zettel aufgeschrieben hatte, zu lernen. Und bei denen, die sie nicht kannte, sprang sie einfach ein, wann immer sie konnte.

Im Augenblick hatten sie gerade eine Verschnaufpause zwischen den abendlichen Auftrittsblöcken. Um acht Uhr wimmelte es in dem Festzelt, in dem sie die Nacht hindurch spielten, vor Menschen jeden Alters. Die Band hatte zu essen und zu trinken bekommen. Bisher hatten sie es ruhiger angehen lassen, zum Aufwärmen für die Leute. Ausgelassener würde es werden, wenn diese den einen oder anderen Drink intus hatten und lockerer wurden. Dann spielte Tom am liebsten. Im nächsten Block würde die Band noch mehr Gas geben, und es erfüllte Tom mit Stolz zu wissen, dass sie schon bald alle Gäste auf der Tanzfläche haben würden.

Er lächelte, als er sah, dass Isobel zu ihm zurückkam. Sie hatte ein fast schon kitschiges Grinsen im Gesicht.

»Und was hast du so getrieben?«, erkundigte er sich.

Sie ließ sich neben ihm auf einen Stuhl plumpsen. »Nichts Besonderes«, antwortete sie und tippte sich an die Nase. »Hab nur eine Kleinigkeit für später geregelt.« Sie bedachte ihn mit ihrer besten Unschuldsmiene. »Frag erst gar nicht, denn ich werd's dir ohnehin nicht sagen.« Sie fächelte sich Luft zu. »Herrje, ist das heißt hier drin.«

Tom hatte schon vor geraumer Zeit die Ärmel hochgerollt. »Stimmt, und es wird noch schlimmer. In der Hinsicht sind

Zelte im Sommer kacke. Aber wenigstens waren sie so schlau, uns in der Nähe der hinteren Öffnung zu platzieren. Wenn du willst, können wir die Zeltklappen aufmachen, bevor wir wieder loslegen. Und noch was zu trinken wäre auch nicht verkehrt. Möchtest du etwas?«

»Bitte.« Sie nickte. »Wasser wäre toll.«

Er musterte sie einen Moment lang und überlegte, wie sie seine nächste Frage wohl aufnehmen würde. »Isobel, darf ich dich was fragen?« Er sah die Zustimmung in ihren Augen. »Zugegeben, wir kennen uns noch nicht so lange, aber ich hab dich nie was anderes als Tee, Kaffee oder Limonaden trinken gesehen. Gönnst du dir nie etwas Stärkeres?«

Ihre Hände ruhten lose auf ihrem Schoß. Sie blickte darauf hinab. »Tom, das hatte ich alles schon, und damit bin ich fertig. Ich hab sogar noch einige meiner Namensarmbänder aus dem Krankenhaus als Beweis. Trinken kann ein wunderbares Versteck sein. Aber nach einer Weile vergisst man, dass man immer noch hinter dem Vorhang ist. Ich hab vor einer Weile beschlossen, dass ich mich besser selbst finden sollte, wenn schon niemand kommt, um nach mir zu suchen.« Sie kaute auf ihrer Unterlippe. »Und eigentlich ist es ein bisschen wie beim Fensterputzen: Durch schmutzige Scheiben sieht man nie was Gutes.«

Tom nickte langsam. Mehr gab es dazu nicht zu sagen. Er lächelte, um anzuzeigen, dass er alles akzeptierte, was Isobel je gewesen war.

»Also Wasser«, sagte er.

Tom legte ihr die Hand aufs Haar, als er aufstand, um sich an der Bar anzustellen. Er dachte schon eine Weile über seine eigenen Trinkgewohnheiten nach. Und auch wenn er die letzten Tage einen spektakulären Rückfall erlitten hatte, wusste er doch, dass es sein letztes Gelage gewesen sein würde. Den ganzen Tag lang hatte er keinen Tropfen Alkohol zu sich genommen, und so würde es auch bleiben. Zum ersten Mal seit einer gefühlten Ewigkeit sah er die Dinge klar, und er wollte nicht, dass irgendetwas seine Sicht trübte. Von dem Moment an, als Tom gesehen hatte, wie Isobel ihre Geige stimmte, hatte er gewusst, dass er sich künftig an jede Sekunde dieses Tages würde erinnern wollen.

»Wie bitte?«

Er schaute in ein lächelndes Gesicht neben ihm auf.

»Tut mir leid, ich sehe gerade, Sie haben die Hände voll.« Die Frau neben ihm an der Bar sah ihn entschuldigend an. »Ich habe mich nur gefragt, ob Sie vielleicht eine Visitenkarte haben.«

Tom hatte gerade zwei Gläser und zwei Flaschen entgegengenommen. Er hätte sie auch abgestellt, wenn der Platz, den er gerade geräumt hatte, nicht sofort von anderen Gästen besetzt worden wäre. Er verzog das Gesicht und streckte eine der Flaschen von sich.

»Würden Sie wohl bitte eine halten? Dann kann ich eine Karte für Sie rausfischen.«

»Oh, natürlich. Warten Sie, ich nehme auch die andere, dann haben Sie die Hände frei.« Sie nahm beide Flaschen an sich. »Ich hoffe, es macht Ihnen nichts aus, dass ich Sie damit so überrumple, aber ich will nicht, dass mein Mann es mitbekommt. Er hat dieses Jahr einen runden Geburtstag, und ich überlege, eine Band für die Feier zu engagieren, die wir für ihn veranstalten.«

Tom schenkte ihr sein enthusiastischstes Grinsen. Er achtete immer darauf, Karten bei sich zu haben, wenn sie irgendwo auftraten. So kamen sie zu den meisten ihrer Engagements.

»Stört mich nicht im Geringsten«, sagte er, kramte die Brieftasche heraus und suchte darin eine Karte. »Bitte sehr.« Er nahm eine der Flaschen zurück, damit er sie ihr geben konnte.

»Oh, Sie sind aus der Gegend. Noch besser. Sind Sie schon

sehr ausgebucht? Sein Geburtstag ist recht kurz vor Weihnachten.«

»Da müsste ich nachsehen«, erwiderte Tom unverbindlich, obwohl er haargenau wusste, dass sie frei waren. »Ich sag Ihnen was: Wenn Sie mir in den nächsten Tagen eine E-Mail schicken, dann können wir hoffentlich etwas für Sie arrangieren. Sind Sie Fans von Folk-Musik?«

»Oh ja.« Sie nickte enthusiastisch. »Und Sie sind sehr gut, vor allem die junge Geigerin in Ihrer Truppe. Mein Mann ist unheimlich begeistert von ihr.« Sie lachte ein wenig nervös. »Kunststück, wenn man so aussieht …«

Tom brachte es nicht übers Herz, ihr mitzuteilen, dass Isobel nicht zur Normalbesetzung der Band gehörte. Abgesehen davon: Wer wusste es schon? Vielleicht würde sie bis dahin fest dazugehören.

»Tja, danke, dann hoffe ich, von Ihnen zu hören.« Er beäugte die andere Wasserflasche.

»Ach ja.« Sie lachte. »Entschuldigung, das wollen Sie wohl zurückhaben, oder?« Sie reichte ihm die Flasche und richtete die Aufmerksamkeit prompt wieder auf die Visitenkarte in ihrer Hand. »Ich melde mich auf jeden Fall. Danke noch mal, Tom.« Sie schaute auf und lächelte, bevor sie sich abwandte und sich den Weg zurück durch die Menschenmenge bahnte.

Grinsend starrte Tom hinter ihr her. Alles in allem verlief der Tag besser, als er je hätte erwarten können.

Als er zu seinem Platz zurückkehrte, fand er Isobel ins Gespräch mit Ginger vertieft vor. Die beiden zuckten auseinander wie sich gegenseitig abstoßende Magnete, kaum dass sie Tom bemerkten. Ginger schien das unheimlich komisch zu finden. Er prustete vor Lachen, bemühte sich redlich, keine Miene zu verziehen, stellte fest, dass es sinnlos war, und gab den Kampf schließlich auf.

»Ay, Mädel, wir sind ertappt worden«, meinte er mit einem schweren schottischen Akzent, den er bemerkenswert gut nachahmte.

Auch Isobel sah aus, als könnte sie jeden Moment platzen. »Tut mir leid, Tom«, sagte sie und tippte sich wieder an die Nase. »Wir hatten nur eine Taktikbesprechung.« Sie grinste Ginger an. »Ich denke, wir sind fertig, oder?«

»Schätze schon.« Damit stand er auf und zwinkerte Tom zu.

»Du wirst mir wohl nicht verraten, worum's da gerade ging, oder?«

Isobel grinste. »Nein«, sagte sie und stand auf. »Komm mit. Zeit zu gehen.« Sie streckte die Hand aus. Tom blieb nichts anderes übrig, als diese zu ergreifen und sich zurück zum Bühnenbereich führen zu lassen.

»Also, Jungs«, sagte Ginger, kaum dass sie alle versammelt waren. »Lasst uns keine halben Sachen machen. Ich will jedes Männlein und jedes Weiblein auf der Tanzfläche sehen. Isobel meint, sie kriegt es hin. Und wenn sie dabei ist, dann bin ich's auch.«

Ringsum wurde enthusiastisch genickt. Tom fühlte sich entschieden wie der Letzte, der einen Witz kapierte.

»Okay«, sagte er langsam und sah Ginger an. »Wovon reden wir hier?«

Die anderen Bandmitglieder sahen sich gegenseitig mit belustigten Mienen an, aber niemand sagte etwas. Tom wartete, ließ die Sekunden verstreichen, doch immer noch kam keine Erklärung.

»Gibt mir vielleicht jemand 'nen Hinweis?«

Jack trat einen kleinen Schritt vor. »Meine Hochzeit?«, sagte er. »Damals haben wir es gespielt. Oder eigentlich hat es eher mit uns gespielt ...«

Tom zermarterte sich das Hirn, als er versuchte, die Erinnerung auszugraben. Plötzlich brach sie über ihn herein.

»Du lieber Himmel«, stieß er hervor. »Das ist nicht euer Ernst, oder?«

»Oh doch, Tom, ist es.« Ginger grinste. »Vielleicht solltest du noch was trinken, bevor wir loslegen.«

Isobel ergriff ihre Geige und strahlte Tom an. »Was kann schon schiefgehen?«, meinte sie.

Tom griff sich das Akkordeon vom Stuhl hinter ihm und hängte es sich um. Probeweise beugte er die Finger ein paarmal und holte tief Luft. »Ginger, du bist so was von tot«, brummte er.

Der vermeintliche Leichnam trat vor und schaltete das Mikrofon in der Mitte des Bühnenrands ein.

»Meine Damen und Herren«, begann er und verstummte einen Moment, bis er sich die Aufmerksamkeit des Publikums gesichert hatte. »Es ist an der Zeit, einen Gang höher zu schalten. Haltet euch fest, woran auch immer ihr könnt. Jetzt kommt: *The Parson's Farewell.*« Er verneigte sich wie ein Entertainer, bevor er sich zu der Band umdrehte. »Eins, zwei … eins, zwei, drei, vier.«

Isobels Bogen flog über die Saiten und spielte die Eröffnungsnoten des schnellsten Liedes, das sie überhaupt im Programm hatten. Und das war erst der Anfang – von da an wurde es immer schneller und schneller.

Tom kam kaum zum Atmen. Sein Blick blieb auf die Gruppe geheftet, als alle Isobels Vorgabe folgten. Sie war gnadenlos. Ihr Ellbogen schnellte auf und ab, ihre Finger rasten über die Saiten, ihr Haar fegte hin und her, ein silbriger Stiefel klopfte einen irren Takt auf den Boden, aber alle hielten mit … knapp. Gegen Ende wurde sie langsamer, gab ihnen allen einen Augenblick zum Verschnaufen vor dem schwindelerregenden Finale, das noch bevorstand, wie Tom wusste. Sie sah alle der Reihe nach an. Umgekehrt schauten alle zu ihr. Dann beobachtete Tom, wie sie mit einem leichten Nicken und einem breiten Grinsen mit dem Bogen weit ausholte, bevor sie wieder Vollgas gab, den Refrain ein letztes Mal wiederholte, eine schnelle, eine rasende Abfolge perfekt getroffener Töne, uneingeschränkt berauschend und mitreißend.

Und dann war es vorbei. Eine Pause entstand, vielleicht ein, zwei Sekunden. Danach schlug Tom ein Sturm von Tönen anderer Art entgegen – und diesmal ging er von den Gästen aus. Der Applaus donnerte tosend, vermischt mit Jubel und vereinzelten Rufen nach einer *Zugabe!* Etwas Derartiges hatte Tom noch nie zuvor gehört. Er klatschte laut mit Isobel ab, während sämtliche Gesichter um ihn herum strahlten. Sie hatten den Saal gerockt. Sie hatten ihn *so richtig* gerockt.

Um ein Haar wäre Tom das Zeichen entgangen, dass Isobel in Gingers Richtung gab. Er wollte schon etwas sagen, als ihm klar wurde, dass auch Jack und Iolo sie beobachteten. Verwirrt schüttelte er den Kopf. Sie jedoch grinste nur und trat ans Mikrofon.

»Hat euch das gefallen?«, fragte sie. Wieder erhob sich tosendes Gebrüll, und Isobel zeigte die hochgestreckten Daumen ins Publikum. »Das Lied war nicht einfach zu spielen, vor allem nicht für den Mann am Akkordeon. Während Tom also eine wohlverdiente Pause einlegt, möchte *ich* etwas für euch spielen, das ein bisschen anders ist.« Isobel drehte sich ein wenig, bis sie Tom praktisch zugewandt war. »Es ist eine Eigenkomposition von mir, die ich schlicht *Joy's Acre* genannt habe.«

Unwillkürlich breitete sich eine Gänsehaut über Toms Arme aus.

»Das ist ein Ort, der aus allen möglichen Gründen etwas ganz Besonderes für mich geworden ist. Nicht zuletzt wegen dem Mann zu meiner Rechten, der gerade ziemlich verdutzt dreinschaut. Liebe Leute, atmet durch, schnappt euch euren Partner oder eure Partnerin, denn ja, das ist ein Liebeslied … Tom, das ist für dich.«

Kapitel 27

Es war der strahlendste, schönste Tag, den Isobel je erlebt hatte. Die Vögel sangen, den Himmel zierten nur hauchfeine, flauschige Wölkchen. *Du liebe Güte,* dachte sie, als sie die Vorhänge aufzog. *Hör mir nur einer zu, ich klinge wie Doris Day …*

Sie lächelte, als sie vom Fenster aus den Blick über die Felder wandern ließ, die sich von Joy's Acre aus den Hügel hinunter bis zum Dorf erstreckten. Im morgendlichen Sonnenschein sahen sie atemberaubend aus, wenngleich Isobel in ihrer gegenwärtigen Stimmung selbst an einer Betonmauer Schönheit entdeckt hätte.

Seit sie um kurz nach fünf aufgewacht war, liefen all die Momente des vorigen Tages wieder und wieder vor ihrem inneren Auge ab. Wie die meisten Dinge in ihrem Leben beleuchtete Isobel sie kritisch. Bestimmt würde sie feststellen, dass sie das alles durch eine rosarote Brille gesehen hatte. Und sie empfand es als riesige, wunderbare Überraschung, als ihr bewusst wurde, dass sich jede einzelne Erinnerung, die sie an den vergangenen Tag hatte, als wahrhaftig und real entpuppte. Ihre Gefühle an diesem Morgen waren unverändert.

Gestern war so viel geschehen, das ihr Freude bereitet hatte. Und obwohl Isobel manchmal geglaubt hatte, vor lauter Nervosität keinen Ton spielen zu können, waren ihre Ängste einfach verpufft, als der Tag in den Abend übergegangen war. Inzwischen konnte sie sich kaum noch an ihre Befürchtungen erinnern. Als der letzte Auftritt der Band begann, hatte Isobel gewusst, dass sie endlich alle Reste ihrer alten Haut abgestreift hatte und sie nun in etwas Glänzendes und Neues gehüllt war.

Und während ihrer gesamten Wandlung war Tom an ihrer Seite gewesen.

Sie drehte sich zu ihm um. Er schlief noch tief und fest, einen Arm schützend über die Seite des Bettes gelegt, die Isobel eben erst verlassen hatte. So hatten sie den Großteil der Nacht geschlafen – zumindest die wenigen Stunden, die davon verblieben waren. Isobel hatte das ihrer noch kleinen, aber wachsenden Liste von Dingen hinzugefügt, die sie zum ersten Mal erlebt hatte. Tatsächlich war der vergangene Tag von Anfang bis Ende voller Debüts gewesen. Sie hatte zum ersten Mal festgestellt, dass sie verliebt war. Sie hatte zum ersten Mal in einer Band gespielt. Sie hatte zum ersten Mal silbern funkelnde Schuhe getragen und sich nicht darum geschert, ob die Menschen sie anstarrten. Und sie hatte zum ersten Mal einen Mann weinen gesehen.

Das Musikstück, das sie auf Joy's Acre zu komponieren begonnen hatte, war in den letzten Tagen fertig geworden, genau wie es Tom prophezeit hatte. Es war förmlich aus ihr herausgeströmt – mit einer Geschwindigkeit, mit der sie kaum hatte mithalten können. Dennoch war ihr Gedanke, es bei der Hochzeit vorzustellen, anfangs ausgesprochen vage gewesen. Aber dann hatte er sich in ihrem Kopf festgesetzt und war zu einem der Dinge geworden, die sie motiviert hatten. Natürlich hatte sie mit Ginger gesprochen und schließlich erkannt, dass es wirklich möglich wäre. Sie hatte das Stück eigentlich nur erwähnt, als er sie gefragt hatte, woran sie derzeit arbeite. Aber er hatte sich so interessiert an dem Konzept gezeigt, dass er spontan vorgeschlagen hatte, einen Teil davon zu spielen. Und kaum hatte er das gesagt, hatte Isobel genau gewusst, *welchen* Teil sie spielen würde.

Sie glaubte nicht, dass Tom oder sie jenen Moment je vergessen würden. Von der ersten bis zur letzten Note hatte sie jede einzelne Emotion beobachtet, die über Toms Gesicht gezogen war. Er war zutiefst bewegt. Sie sah ihm an, dass es die

Erkenntnis, was es für Isobel bedeutete, war, die ihm die Tränen in die Augen trieb. In den viereinhalb Minuten, die für die Passage ihres Stücks brauchte, entdeckte sie, dass sie schon immer die Fähigkeit besessen hatte, beim Spielen ihre Seele zu offenbaren. Es war nur ein ganz besonderer Mensch nötig gewesen, der ihr einen Grund dafür gab. Das hatte Isobel selbst fast genauso sehr überrascht wie ihn, und einen Moment lang war sie ins Stocken geraten, wenn auch kaum merklich. Keiner der Zuhörer hatte es wahrgenommen, abgesehen von Tom. Und als ihm die Tränen in die Augen getreten waren, hatte sie gewusst, dass sie fortan genau auf diese Weise spielen würde. Immer.

Trotz der für sie bedeutsamen Ereignisse gestern stand auch an diesem Sonntag ein hoffentlich denkwürdiger Tag für alle auf Joy's Acre an. Isobel zweifelte nicht daran, dass Maddie und Seth in Toms und ihrer Abwesenheit umfangreiche Vorbereitungen für Adams Besuch getroffen hatten und perfekt für seine Ankunft gerüstet waren. Tom und sie sollten also in die Gänge kommen. Sie mussten sich beide um diverse Dinge kümmern, und sie wollten genauso sehr wie alle anderen, dass der Tag zu einem großen Erfolg werden würde.

Es gab viele verschiedene Möglichkeiten, um Tom zu wecken. So ziemlich alle trieben Isobel leichte Schamesröte ins Gesicht. Allerdings ging es mittlerweile auf acht Uhr zu, was auf Joy's Acre bedeutete, dass der Tag eigentlich längst begonnen hatte. Adam hatte sich für zehn Uhr angekündigt, deshalb war es durchaus möglich, dass es demnächst an ihrer Tür klopfen würde. Unter diesen Umständen war vielleicht das Geräusch des siedenden Teekessels der sicherste Weg, um Tom aus den Federn zu holen.

Ganz oben auf Isobels Erledigungsliste stand, Seth zu suchen. Er würde wie sie alle beschäftigt sein, aber sie musste unter vier Augen mit ihm reden, wenn ihre letzte kleine Überraschung funktionieren sollte. Sie ging nach unten und schaute aus dem Fenster, um nachzusehen, ob sie draußen jemanden erspähen konnte, aber der Garten war leer. Isobel war sicher, dass Trixie emsig in der Küche arbeitete. Bestimmt zauberte sie irgendeinen köstlichen Kuchen. Die anderen konnten praktisch überall sein. Weil sie plötzlich den dringenden Wunsch nach einer Tasse Tee verspürte, schlenderte sie weiter zur Küche.

Kurz bevor das Teewasser kochte, ertönte hinter ihr ein Stöhnen.

»Ich bin entschieden zu alt für so was …«

Isobel wirbelte herum und erblickte Tom, der in Hemdsärmeln dastand und sich mit der Hand übers Gesicht fuhr.

»Ach, ich weiß nicht«, erwiderte sie und zog die Augenbrauen hoch. »Ich finde, du hast dich gestern Nacht recht gut geschlagen.« Sie ließ den Satz wirken.

Als Tom das Funkeln in ihren Augen bemerkte, setzte er ein breites Grinsen auf. »Tja, schönen Dank auch, Ma'am. Immer wieder gern zu Diensten.«

»Dank nicht mir, ich bin sicher, der Rest der Band war sehr dankbar.«

Toms Lächeln wurde schief. »Oh, ich hatte gehofft, du meinst …« Dann verstummte er jäh, als er plötzlich begriff, dass sie ihn auf den Arm genommen hatte.

»Isobel Hardcastle, du bist total schamlos.«

Sie kicherte. »Ich weiß … einfach toll, oder?« Sie senkte den Kopf und fühlte sich auf einmal verlegen. »Guten Morgen«, sagte sie, schaute auf und sah ihn durch ihre Wimpern hindurch an.

Eine Sekunde später schlang Tom die Arme um sie. »Ist wirklich ein guter Morgen«, murmelte er an ihrem Hals. »Womöglich der Beste aller Zeiten.« Er küsste sie zart auf die Stirn. »Alles in Ordnung?«

»Oh ja«, hauchte sie. »Alles gut.« Sie löste sich ein wenig von ihm, damit sie ihn besser ansehen konnte. »Ich weiß nicht recht, was ich sagen soll, Tom«, begann sie. »Irgendwie möchte ich dir danken. Aber das klingt so banal, wenn man bedenkt, was sich in den letzten vierundzwanzig Stunden alles abgespielt hat. Du hast mir so viel gegeben, und ich …«

Tom legte ihr einen Finger auf die Lippen. »Nicht nötig«, sagte er. »Ich denke, wir verstehen uns perfekt.«

Das stimmt, dachte Isobel, *es muss nichts erklärt werden.* Noch nie in ihrem Leben war sie sich über etwas so sicher gewesen.

»Allerdings weiß ich nicht genau, was wir tun sollen«, sagte sie. »Wegen uns, meine ich, wegen hier … was wir sagen sollen …«

»Ich kann mir nicht vorstellen, dass wir überhaupt was sagen müssen«, erwiderte Tom.

»Falls die Gnadenmission gestern noch nicht geklärt hat, wie die Dinge zwischen uns stehen, dann hatte Maddie wahrscheinlich das Fernglas auf uns gerichtet, als wir gestern Nacht nach Hause gekommen sind.«

Darüber hatte Isobel noch gar nicht nachgedacht. »Wahrscheinlich. Das bringt dich doch nicht etwa in Verlegenheit, oder?«

Tom betrachtete sie mit schräg gelegtem Kopf. »Ich finde, ihre Reaktion hat recht deutlich gezeigt, was sie davon halten, oder? Ich würde sagen, wir haben ihren Segen, Isobel. Nicht, dass wir ihn bräuchten. Aber so ist es auf Joy's Acre schon immer gewesen. Wir sitzen hier alle in einem Boot, und du bist jetzt genauso sehr ein Teil davon wie wir jeder von uns.«

»Heute sollte es um Maddie und Seth und Joy's Acre gehen, findest du nicht? Für uns bleibt noch reichlich Zeit.«

»Also muss ich die Luftparade samt Himmelsschrift stornieren?«

Sie tippte sich an die Schläfe. »Hm, du könntest ihn ja auf morgen verschieben. Aber nette Idee.«

»Fand ich auch«, gab Tom zurück. »Aber im Ernst, ich

denke, du hast recht wegen heute. Und das ist sehr taktvoll von dir, um nicht zu sagen, großzügig. Allerdings werde ich dich natürlich ins Gebüsch zerren, sobald niemand guckt.«

»Nichts anderes hätte ich erwartet.« Isobel sah Tom noch einen Moment lang in die Augen. Sie verstanden sich wirklich perfekt. »Also gut, zuerst eine Tasse Tee, dann Wettrennen zur Dusche.«

***

Schließlich gelang es Isobel, Seth in der Scheune aufzuspüren. Er stand in der Mitte des riesigen leeren Raums und starrte hinauf zu den Dachsparren.

»Ich würde glatt was zahlen für deine Gedanken«, sagte sie.

»Wie viel Geld hast du denn?«, gab er zurück.

»Oh, leider nicht viel.« Isobel ging zu ihm hinüber. »Hier drin hab ich mich noch nie umgesehen, jedenfalls nicht richtig.«

Er lächelte. »Ist schon besser, als es war. Viel besser. Ich habe das gesamte Mauerwerk neu verfugt. Das ist an sich schon eine gewaltige Arbeit. Aber an manchen Tagen kommt mir der Raum einfach … ich weiß auch nicht, irgendwie überwältigend vor.«

Isobel folgte seinem Blick zur Decke. »Aber das eilt doch vorerst nicht so, oder?«

»Nein, eigentlich gar nicht, im Großen und Ganzen gesehen. Ich dachte mir nur, ich sehe mich hier mal ein Weilchen um, bevor Adam kommt. Hab mich ein bisschen Tagträumen hingegeben und mir überlegt, was wir mit einer Geldspritze alles machen könnten.«

»Vielleicht mit einer Geldspritze von einem Fernsehsender?«

Er grinste sie an. »So ungefähr …« Seth atmete tief durch.

»Na, egal. Was kann ich für dich tun? Siehst sehr gut aus heute Morgen.«

Isobel errötete. »Ich muss dich um einen Gefallen bitten. Ich brauche ein bisschen Hilfe. Von dir und Tom. Maddie will ich nicht fragen. Könntest du wohl kurz mit hinüber zum *Thatcher's Cottage* kommen, damit ich es dir erklären kann?«

Seth bedachte sie mit einem fragenden Blick, ging aber trotzdem voraus aus der Scheune.

»Die Sache ist die: Es soll so was wie 'ne Überraschung für Maddie werden. Na ja, eigentlich auch für dich, aber mehr noch für sie. Ich weiß ja nicht genau, was für heute alles geplant ist, aber ich vermute, dass irgendwann ein geführter Rundgang für Adam dabei ist. Wäre es möglich, Maddie bis dahin vom Cottage fernzuhalten?«

»Tja, ich kann's versuchen. Nur ist sie gerade total im Organisationswahn, wie du dir wahrscheinlich vorstellen kannst ...«

Mittlerweile hatten sie die Tür des Ferienhäuschens erreicht. »Für euch alle hängt viel davon ab, nicht wahr?«

»Ich bemühe mich sehr, es nicht so zu sehen. Immerhin war noch vor einer Woche keine Rede davon. Trotzdem waren wir alle rundum glücklich, haben vor uns hingearbeitet und gewusst, dass wir am Ende unser Ziel erreichen würden.«

»Aber es hat sich nun mal ergeben, Seth.«

»Schon klar. Nur sind die Chancen, dass Adams Besuch wirklich etwas Großes nach sich zieht, winzig. Ich will nicht in die Falle tappen, alle unsere Hoffnungen darauf zu setzen und dann bodenlos enttäuscht zu sein, wenn nichts dabei herauskommt. Das könnte alles verderben, was wir hier haben.«

»Du würdest dich fühlen, als hättet ihr alle versagt, obwohl das absolut nicht wahr wäre.«

Seth sah sie an, als wäre gerade eine Glühbirne in seinem Kopf angegangen. »Ja«, sagte er. »Genau darum geht's.« Er fuhr sich mit einer Hand durch die Haare. »Vielleicht kannst du mich an dieses Gespräch erinnern, falls es doch schiefgeht.«

»Gern«, erwiderte Isobel. »Obwohl ich aufrichtig hoffe, dass ich es nicht nötig sein wird.«

Sie bedeutete Seth vorauszugehen. Sie wollte, dass er als Erster das Wohnzimmer betrat, und konnte es kaum erwarten, seine Reaktion zu beobachten.

***

Nur gefühlte fünf Minuten später versammelten sich alle in der Küche. Seth war losgegangen, um auf Adam zu warten, damit er ihn hereinbegleiten konnte. Die anderen sahen in einem Zustand höchster Aufregung seiner Ankunft entgegen.

Maddie hatte Isobel mit einer innigen Umarmung bedacht, als sie den Raum betreten hatte, ebenso Trixie und dann Clara.

»Jetzt ist der Tag perfekt«, meinte Maddie. »Ohne dich wäre das nicht richtig gewesen.« Sie lächelte. »Oder ohne dich, Tom. Und ich kann euch gar nicht sagen, wie sehr ich mich für euch beide freue – wie sehr *wir alle* uns freuen. Obwohl es völlig unerwartet war, dass Isobel gestern vor der Tür stand, hätte das Timing in vielerlei Hinsicht gar nicht besser sein können.«

Isobel löste sich aus Claras Umarmung. »Tut mir leid, dass es so kurzfristig war.« Sie sah Tom an. »Ich musste zu Hause ein paar Dinge regeln, deshalb ist es ziemlich eng geworden ist. Aber das Endergebnis war mehr, als ich zu hoffen gewagt hätte.«

Maddie nickte und schenkte ihr ein verständnisvolles Lächeln. »Ich hoffe, es macht dir nichts aus, Isobel, aber Tom hat uns erzählt, was du durchgemacht hast. Nicht die ganze Geschichte, die bleibt unter euch beiden. Aber genug, dass wir wussten, wir müssen helfen. Und Tom war so außer sich, weil er nicht mal wusste, wohin du gegangen warst. Wir alle haben befürchtet, wir würden dich nie wiedersehen.«

Unwillkürlich überlief Isobel ein Schauder. »Als ich meine Mutter vor der Tür stehen sah, dachte ich ehrlich, es sei alles vorbei. Aber wisst ihr, gerade die Tatsache, dass sie hergekommen ist, hat mir die Kraft gegeben zu tun, was ich getan habe. Damit war sie in den einzigen Ort eingedrungen, der mir gehört hat, den Platz, an dem ich das Gefühl hatte, wieder zum Leben zu erwachen … und ich war fest entschlossen, mir das nicht wegnehmen zu lassen.«

»Aber was ist mit der Krankheit deines Vaters?«

»Die hat sie sich ausgedacht. Als ich das gehört hatte, musste ich sie begleiten. Ich konnte das Risiko nicht eingehen, dass es vielleicht stimmt. Am Ende war aber genau das ihr Untergang. Sogar ich hätte nie gedacht, dass sie so tief sinken würde. Und damit hat sie mir die Munition geliefert, die ich gebraucht habe, um meine Vergangenheit endgültig hinter mir zu lassen. Ich habe mich an einen Anwalt gewandt. Es könnte zwar eine Weile dauern, meine Angelegenheiten zu regeln, aber letzten Endes werden es *meine* Angelegenheiten sein, die niemanden sonst etwas angehen. Ich kann tun und lassen, was ich will.«

»Wie hat deine Mutter dich eigentlich gefunden? Ich weiß immer noch nicht, wie sich das ergeben hat.«

»Ein Glückstreffer ihrerseits. Eine Nachbarin war bei der Hochzeit, bei der ich im Streichquartett gespielt habe. Sie ist meiner Mutter über den Weg gelaufen und hat es beiläufig erwähnt, das ist alles. Es hat nicht lange gedauert, mit ein paar Anrufen den Namen des Quartetts in Erfahrung zu bringen und dadurch herauszufinden, wo ich war. Ich hatte erwähnt, wo ich derzeit wohne, ohne mir dabei etwas zu denken.« Isobel spürte, wie Tom seine Finger mit ihren verschlang. »Aber ich gehe nie, nie wieder zurück nach Hause …« Sie bremste und korrigierte sich. »Nie, nie wieder zurück an jenen Ort.«

»Und natürlich«, warf Trixie ein, »würden wir dich auch nicht gehen lassen, nachdem wir endlich jemanden gefunden haben, der meine Vorliebe für glitzerndes Schuhwerk teilt.«

Die Emotionen im Raum waren beinah greifbar. Und Isobel, der man ihr Leben lang eingetrichtert hatte, Emotionen zu unterdrücken, begrüßte sie mit offenen Armen, wischte sich über die Augen und grinste über ihre unverhoffte Fähigkeit, Freudentränen zu vergießen.

Es war auch Isobel, die Adam als Erste erspähte. Da sie dem Fenster am nächsten stand, hatte sie die beste Aussicht auf den Hof. Sie gab ein aufgeregtes Quieken von sich, das alle zusammenzucken ließ. Gleich darauf folgte eine Runde Händeschütteln.

Besonders herzlich begrüßte Adam sowohl Tom als auch Isobel. Nachdem sich alle gegenseitig vorgestellt hatten, setzte er sich an den Tisch und schaltete seinen Laptop ein. Er forderte alle mindestens dreimal auf, sich zu entspannen, und erklärte, dass es an diesem Tag völlig informell zugehen würde. Aber natürlich drang das zu niemandem durch. Alle saßen nervös da und warteten darauf, dass er das Wort ergriff. Isobel lehnte sich ans Spülbecken. Mit einer Hand streifte sie die von Tom, mit der anderen fingerte sie an einem Knopf ihres Kleids.

»Ich sollte wohl erklären, wie alles funktioniert, bevor wir weitermachen. Und wenn ihr dann noch damit einverstanden seid, können wir uns den praktischen Dingen zuwenden, bevor ihr eine endgültige Entscheidung trefft.« Flüchtig schaute er zwischen zwei Klicks auf der Tastatur auf.

Im Raum herrschte völlige Stille. Tom sah Isobel an, Clara starrte zu Maddie. Maddie wiederum schaute stirnrunzelnd zu Seth, der seinerseits Tom einen verdutzten Blick zuwarf. Niemand wollte derjenige sein, der die Frage stellte, bis sich Seth schließlich räusperte.

Als sich Adam der erwartungsvollen Atmosphäre im Raum bewusst wurde, schaute er auf. »Ist das in Ordnung?«

Seth nickte. »Ist es. Nur … vielleicht ist mir ja was entgangen, aber was genau meinst du mit *endgültige Entscheidung?* Tut mir leid, ist wahrscheinlich eine dumme Frage.«

»Nein, gar nicht. Ich will nur, dass ihr euch alle sicher seid, bevor ihr den Dreharbeiten zustimmt. Ich will ehrlich sein: Für mich geht es heute primär darum, meine ziemlich sicheren Vermutungen über den Ort hier zu bestätigen. Aber euch muss klar sein, dass es Beeinträchtigungen des Betriebs geben wird, wenn wir weitermachen. Das kann ich nicht verheimlichen, auch wenn wir uns natürlich bemühen würden, sie auf ein Minimum zu begrenzen. Ihr müsst euch sicher sein, dass ihr mit alldem leben könnt, was dazugehört.« Lächelnd sah er sich in der Runde am Tisch um.

Isobel bemerkte, wie Seth und Maddie einen kurzen Blick wechselten.

»Nein, tut mir leid«, fuhr Seth fort. »Irgendwie blicke ich immer noch nicht durch. Ich dachte, heute ginge es nur darum, ein bisschen zu plaudern, sich gegenseitig zu beschnuppern, so was in der Art. Aber für mich klingt das eher so, als hättest du schon ziemlich fixe Pläne.«

Adam hörte auf, am Laptop zu tippen, und richtete die volle Aufmerksamkeit auf Seth. Dann heftete er den Blick auf Maddie, die zwar lächelte, aber sichtlich verwirrt war.

»Hat die E-Mail von Petra nicht alles erklärt?«

Maddie schüttelte leicht den Kopf. »Wer ist Petra?«

»Meine Sekretärin. Sie hat …« Er bemerkte Maddies verständnislosen Gesichtsausdruck. »Du hast die E-Mail nicht bekommen, oder? Das glaub ich jetzt nicht!« Er seufzte und schloss einen Moment lang die Augen. »Das tut mir so leid. Sie steht kurz davor, in Mutterschaftsurlaub zu gehen, und … Tja, sagen wir einfach, sie ist mit den Gedanken woanders.«

Er stöhnte leise. »Ihr müsst mich ja für vollkommen durchgeknallt halten.«

Seth grinste. »Allmählich hat sich der Verdacht bei mir eingeschlichen.«

Adam schob den Laptop beiseite. »Okay, dann fangen wir besser ganz von vorn an.« Er nahm die Brille ab und rieb sich die Augen, bevor er sie wieder aufsetzte.

»Meine Firma ist damit beauftragt, eine Reihe von acht einstündigen Filmen zu drehen, die sich um vier kleine ländliche Unternehmen drehen. Also im Wesentlichen zwei Stunden für jedes Unternehmen. Ausgestrahlt werden soll die Reihe nächstes Jahr je nach Jahreszeit. Mit unserem Beitrag für den Frühling sind wir gerade fertig, aber ich suche noch nach einem Betrieb für nächsten Sommer – und nach allem, was ich gesehen und gehört habe, erfüllt Joy's Acre alle Voraussetzungen. Ich hab mir mehrere Möglichkeiten angesehen, aber um ehrlich zu sein, keine entsprach so richtig dem, was ich im Sinn habe. Deshalb war das Treffen mit Isobel und Tom letzte Woche wie ein Himmelsgeschenk. Ich konnte gar nicht recht glauben, dass es mir einfach so in den Schoß gefallen ist. Ihr hier wärt perfekt, um den Kern von allem zu zeigen, was das Wunderbare am Sommer ausmacht.« Kurz verstummte er und ließ den Blick in die Runde wandern. »Eine romantische Hintergrundgeschichte mit Joy und ihren Gemälden, Hausmannskost mit selbst angebautem Obst und Gemüse, traditionelle Handwerkskunst und natürlich im Mittelpunkt das herausragende unternehmerische Können, das all das zusammenführt. So was lieben die Leute.«

Niemand sagte ein Wort.

»Obendrein seid ihr ein neues Unternehmen, das ist sogar noch besser.«

Als Erste knickte Trixie ein. Sie ließ ein leises, aber aufgeregtes Räuspern vernehmen, das sie kurz zu unterdrücken versuchte, bis es dann doch erstickt aus ihr hervorbrach.

»Krass!«, rief sie und grinste Isobel an. Dann schwirrten etliche Fragen gleichzeitig durch den Raum, weil alle wissen wollten, wie es dazu gekommen war.

»Oh mein Gott!«, stieß sie hervor.

Adam grinste. »Jetzt ist es wohl durchgedrungen«, meinte er. Dann sah er zu Maddie hinüber, die Seth mit einem Gesichtsausdruck anstarrte, den Isobel erkannte. Auf dieselbe Weise sah sie Tom an.

»Ich muss schon sagen, Maddie, ohne eure Website hätte ich Joy's Acre vielleicht nicht ganz so weit oben in der Liste eingereiht. Isobel und Tom haben mein Interesse geweckt, dabei haben sie wirklich ganze Arbeit geleistet. Aber das ist bei mir eine Art Berufsrisiko, und oft ist es so, dass sich die Dinge in Luft auflösen, wenn ich ein bisschen recherchiere. Aber diesmal war das nicht so. Alles, was ich auf der Website gesehen habe, hat mich nur immer tiefer reingezogen.« Er drehte den Laptop so herum, dass sie den Bildschirm sehen konnten. »Das hier zum Beispiel würde auch hervorragend als Konzept für den Film funktionieren. Ich bin begeistert von dem Motiv eines Sammelalbums. Bitte sagt mir, dass nichts davon gelogen ist.«

»Nichts ist gelogen«, erklärte Maddie trocken, obwohl sie völlig baff aussah.

Adam lachte, ein tiefer, kehliger Laut. »Ich sag euch was. Es ist euch anzusehen, dass ihr das alles schwer zu verdauen findet. Was haltet ihr davon, wenn wir einen Rundgang machen und ich euch das Reden überlasse?« Er setzte dazu an, den Stuhl vom Tisch zurückzuschieben, und wartete, bis es ihm alle gleichtaten. »Und keine Schüchternheit. Ich will nervöses Geplapper, leidenschaftliches Schwärmen, scheinbar gedankenlose Wortmeldungen. Das alles hilft dabei, mir ein Bild zu machen. Und ob ihr's glaubt oder nicht, manchmal entdeckt man die größten Schätze, wenn die Leute glauben, mich zu langweilen oder mich mit verbalem Durchfall zu überhäufen. Wollen wir los?«

Kapitel 28

Ein wildes Durcheinander entstand, als alle aufstanden. Maddie und Seth gingen voraus. Isobel zögerte und bemerkte, dass auch Tom noch wartete. Es fiel nicht auf, weil er Clara und Trixie ritterlich den Vortritt ließ, aber als sie die Tür erreichten, bekundete der zärtliche Kuss, der seinen Weg zu Isobels Lippen fand, Toms Absicht auf eine wirklich erfreuliche Weise.

Joy's Acre präsentierte sich schöner denn je. Sonnenlicht überflutete die Gärten, die in jeder Farbe des Regenbogens erstrahlten. Und nicht nur das, der Gemüsegarten quoll über von reifenden Früchten. Wohin man auch schaute, die Natur zeigte sich von ihrer freigebigsten Seite, selbstverständlich nicht zuletzt dank Claras grünen Daumen.

»Ach du meine Güte«, sagte Adam, als er mitten hineinmarschierte. »Ich hatte ja keine Ahnung. Vom Haus aus bekommt man davon gar nichts mit, oder?« Er wandte sich an Clara. »Und das ist alles dein Werk, stimmt's?«

Sie nickte verlegen, aber trotzdem mit einem stolzen Grinsen im Gesicht. »Größtenteils. Aber Seth und Trixie unterstützen mich.«

Seth trat einen Schritt vor. »Wir bewässern aktiv, Adam, außerdem helfen wir mit anderen Kleinigkeiten nach. Was wir natürlich ausschließlich Clara verdanken.«

»Also, ich muss zugeben, so was hab ich noch nie gesehen.« Adam drehte sich im Kreis, ließ die Umgebung auf sich wirken. »Und wie lange wird es so aussehen, Clara? Ich kann mir beim besten Willen nicht vorstellen, dass es noch besser wird.«

»Oh, noch ein paar Wochen. Im Moment ist es besonders schön, weil gerade einige der prächtigsten Blumen blühen. Aber es ist ein ständiges Kommen und Gehen. Wenn sie verblühen, nimmt etwas anderes ihren Platz ein. In einem Garten hat alles seine Zeit. Aber von den stillsten, dunkelsten Tagen bis hin zu den farbenprächtigsten, es gibt hier immer etwas, das sehenswert ist.«

Adam starrte sie eindringlich an. »Das könnte gerade ohne Weiteres die schönste Lebensanschauung gewesen sein, die ich je gehört habe.«

Clara errötete unter seinem Blick heftig, bemerkte jedoch aus dem Augenwinkel Trixies Miene und lächelte.

»Ich denke gerade an die Zeit für die Dreharbeiten, wisst ihr. Ich möchte nichts davon verpassen, deshalb finde ich, wir müssen diesen Aspekt mit einer gewissen Dringlichkeit betrachten. Vor allem, weil ich mir vorstellen könnte, dass er sich stark auf die Ernte und das Kochen auswirkt. Du musst dir doch wie ein Kind im Süßwarenladen vorkommen, Trixie, oder?«

»Ich hab hier total die Qual der Wahl: Erdbeeren, Kartoffeln, Bohnen, Spinat, Stachelbeeren, Erbsen, Rucola, Sellerie, Johannisbeeren, Rote Bete, Zucchini …« Lachend brach sie ab. »Soll ich weitermachen?«

Adam ließ den Blick immer noch durch den Garten wandern. »Unglaublich! Und auf dieses Kochbuch muss ich auch einen Blick werfen, bevor ich gehe. Ich hab auf der Website einige Rezepte gesehen, und ihr wollt die Produkte auf den örtlichen Märkten verkaufen, richtig?«

»Na ja, sind nur selbst gemachte Sachen, aber ja, das ist die Idee.«

»Spielt keine Rolle«, erwiderte Adam. »Trotzdem ist es ein großartiges Beispiel dafür, wie Joy's Acre sich mit der Region verbindet. Vergiss nicht, mich daran zu erinnern, ja?«

Trixie schüttelte den Kopf. »Auf keinen Fall.«

»So, jetzt sollte ich mir mal die Gebäude selbst ansehen. Seth, kannst du mir was zu den Renovierungsarbeiten sagen? Und danach möchte ich einen genaueren Blick auf deine Arbeit an den Dächern werfen, Tom. Ich war auch von deiner Website fasziniert, von der Sache mit dem Brotteig und dem Stroh als Nebenprodukt dieser Branche. Mir wäre nie in den Sinn gekommen, wie eng die beiden miteinander verwandt sind.«

Tom schaute zu Isobel, als er Adams Kompliment mit einem knappen Nicken zur Kenntnis nahm.

Seth zeigte auf das Cottage, an dem Tom derzeit arbeitete. »Gehen wir erst mal rein, dann siehst du, was wir hier vorhaben.«

Er ging durch den Garten voraus. »Die Häuser stammen aus viktorianischer Zeit. Uns ist wichtig, die gesamte Anlage möglichst originalgetreu zu erhalten. Maddie ist auf die Idee gekommen, jedes Cottage unter ein Motto zu stellen und dann entsprechend einzurichten. Isobel wohnt derzeit im *Gardener's Cottage*. Und als Nächstes wird die Strohdachdeckerhütte fertig, das *Thatcher's Cottage*. Danach haben wir noch das *Blacksmith's Cottage*, die Schmiedehütte, und zuletzt das *Woodcutter's Cottage*, die Holzfällerhütte. Die Grundstrukturen waren noch relativ solide. Aber natürlich waren neue Strohdächer nötig. Innen haben wir alles rausgenommen, um gleichsam eine leere Leinwand für alles zu schaffen, was wir als Einrichtung und Dekor retten, restaurieren oder neu erfinden können.«

»Und es ist euch auch gelungen, das mit modernen Annehmlichkeiten zu kombinieren?«

»Hm, knifflige Frage«, erwiderte Seth. »Uns war klar, dass die Gäste vielleicht gern in einem traditionellen Cottage wohnen, die original viktorianischen Sanitäranlagen aber eher nicht schätzen würden. In den Bereichen mussten wir also Kompromisse eingehen, um die Leute für Joy's Acre zu interessieren. Aber na ja, du siehst dann in Isobels Cottage selbst, ob wir es hinbekommen haben. Zuerst schauen wir uns das Cottage an, das noch in Arbeit ist.«

Er forderte Adam auf, als Erster in das Häuschen zu gehen, und trat beiseite, damit Maddie ihm unmittelbar folgen konnte. Seth drehte sich um und zeigte Isobel dabei kurz den Daumen hoch, was außer ihr und Tom niemand bemerkte. Sie hoffte inständig, dass sie es richtig hinbekommen hatte.

Zum Glück musste sie nicht lange warten, um es zu erfahren. Es war das Erste, was Adam auffiel.

»Umwerfend«, befand er schlicht, als er das Wohnzimmer betrat.

Isobels Herz füllte sich mit Stolz, denn sie musste ihm zustimmen. Es übertraf alle ihre Erwartungen.

Maddies Mund stand offen. »Oh«, war alles, was sie herausbrachte. Dann drehte sie sich mit leuchtenden Augen zu Isobel um. »Wann hast du das gemacht? Es ist wunderschön … und perfekt, einfach nur perfekt!« Sie schlang die Arme um Isobel und drückte sie fest. »Ich kann dir gar nicht genug danken.«

Adam schaute zwischen den beiden hin und her. Rasch begriff er.

»*Du* hast das gemacht, Isobel?«

Genau in der Mitte auf der geweißten Wand vor ihnen hing die Garbe aus Salzteig, den sie angefertigt hatte. Das Gebilde hatte die Farbe von noch warmem Brot frisch aus dem Ofen mit einem seidigen Glanz. Und nicht nur das: Zu beiden Seiten befand sich je ein Füllhorn, aus dem Obst und Gemüse quollen, sorgfältig so geformt, dass daraus nahezu exakte Nachbildungen entstanden waren, die Isobel anschließend versiegelt und bemalt hatte. Sie lieferten genau den richtigen Hauch von Farbe, ohne von der Komplexität des Mittelstücks abzulenken.

»Ich wollte Joy's Acre als Dank für alles, was es mir beschert hat, etwas zurückgeben«, erklärte Isobel und biss sich leicht verlegen auf die Unterlippe. »Schien mir nur angemessen.«

Maddie umarmte sie noch einmal, dann drückte auch Tom sie und überraschte sie mit einem Kuss auf die Lippen, der kurz, aber liebevoll war, bevor er sich wieder neben Seth stellte.

Seth schlang den Arm um Toms Schultern. »Absolut perfekt in jeder Hinsicht.« Und Isobel war sich nicht ganz sicher, worauf er damit anspielte.

»Das ist noch gar nicht alles, was sie gemacht hat«, merkte Tom an und grinste bis über beide Ohren. »Mach schon, Isobel, erzähl es allen.«

Isobel spürte einen Wink ihrer Zukunft. Eine Geigerin, die sich so in einen Ort verliebt hatte, dass sie ein Musikstück darüber geschrieben hatte – beinahe wie Joy selbst, die vor so vielen Jahren ihre Liebe für ihr Zuhause auf eine Leinwand gebannt hatte.

»Ich habe Musik darüber komponiert«, begann sie und wusste nicht recht, wie sie fortfahren sollte. Sie sah, dass Maddie und Seth ebenso Blicke mit Adam wechselten wie alle anderen. »Ich kann es euch auch vorspielen, wenn ihr wollt … ein bisschen später.«

»Was für Musik?«, fragte Adam sofort.

»Eine Geschichte, wenn man so will. Über einen Ort, den ich sehr lieben gelernt habe, und über die Menschen, die hier leben.«

Maddie schaute nach Bestätigung suchend zu Seth. »Tut mir leid, Adam, aber ich denke, wir müssen das gleich hören. Es ist viel zu aufregend, um zu warten. Hierher können wir auch später noch zurückkommen …«

Isobel fühlte sich hin- und hergerissen. In wenigen Minuten, wenn sie im Cottage fertig wären, würden sie hinausgehen, dann würde Tom seinen großen Auftritt haben. Seine

Chance, alles zu präsentieren, was seine harte Arbeit hervorgebracht hatte und noch hervorbringen würde. Immerhin verlieh er jedem einzelnen Cottage hier seine krönende Pracht. Er verdiente genauso sehr Anerkennung wie alle anderen, und Isobel wünschte sich innig, dass Adam auch sein Talent loben würde. Zögerlich schaute sie zu ihm hinüber. Er stand genauso da wie bei der ersten Hochzeit, auf der sie mit dem Quartett gespielt hatte – genau wie in dem Moment, bevor sie die erste Note angeschlagen hatte –, die Füße fest auf dem Boden, ein herzliches Lächeln im Gesicht, Liebe und Ermutigung in den Augen. Kaum merklich nickte er in ihre Richtung und blies ihr einen Kuss zu.

»Das wird ja besser und besser«, murmelte Adam vor sich hin. »Nur zu, Isobel«, sagte er, »geh voraus.«

Das Herz schlug ihr bis zum Hals, als sie die Tür öffnete und hinaustrat. Sie hätte sich nie träumen lassen, dass sie das Stück schon so bald noch einmal spielen würde.

»Komm«, flüsterte Tom und hielt ihr die Hand hin.

Zusammen schlenderten sie zu dem Cottage, an das Isobel immer als das ihre dachte. Dort begaben sich alle ins Wohnzimmer. Isobel nahm ihre Geige, die an dem gleichen Platz wie immer lag, seit sie hier eingetroffen war. Dann stellte sie sich an die gegenüberliegende Wand und wartete, bis sich alle um sie herum eingefunden hatten.

»Ihr müsst nachsichtig mit mir sein«, bat sie, »das ist nämlich alles noch sehr neu für mich. Ich hatte kaum Gelegenheit zum Üben.«

Damit hob sie ihr Instrument an. Mit einem Ruck des Kopfes schnippte sie sich das Haar über die Schulter, bevor sie sich die Geige unters Kinn klemmte. Sie setzte den Bogen an.

»Das ist aus einem Originalstück, das ich komponiert habe«, erklärte sie. »*Joy's Acre.*«

Isobel schloss die Augen, und alles, wozu sie geworden

war, strömte in die Saiten, sandte ihre Gefühle, ihre Liebe und ihre tiefe Freude in den Raum.

Da sie völlig in der Musik aufging, hörte sie Adams Stimme erst einige Herzschläge verspätet. »Ich glaube, wir haben soeben die perfekte Filmmusik für die Dokumentation gehört, meint ihr nicht auch?«

Isobel lächelte Tom an und spielte weiter. Und als die Noten durch die offenen Fenster aus dem kleinen Cottage auf dem Hügel hinaus in die Sommerluft schwebten, wusste Isobel, dass ihre Reise noch längst nicht zu Ende war. Tatsächlich hatte sie gerade erst begonnen.

Ein paar Zeilen von Emma

Vielen Dank für deine Gesellschaft bei *Summer at the Little Cottage on the Hill.* Falls das dein erster Besuch auf Joy's Acre war, hoffe ich, du hast den Ort so liebgewonnen wie ich. Wenn du auf dem Laufenden bleiben möchtest, was als Nächstes kommt, dann melde ich bitte für meinen Newsletter an:

www.bookouture.com/emma-davies

Natürlich hat die Geschichte von Seth, Maddie, Tom, Trixie und Clara in *Das kleine Cottage auf dem Hügel* begonnen. Beim Schreiben der Folgebände beobachte ich fasziniert, wie die einzelnen Charaktere wachsen und sich weiterentwickeln. Ich weiß im Voraus nie genau, was dabei herauskommen wird. Als Charaktere haben sie mich schon mehr als einmal überrascht. Jedenfalls hoffe ich, du wirst sie wieder begleiten, wenn der Herbst und der Winter ihnen neue Herausforderungen, Romanzen und auch harte Zeiten bescheren. Wie in jeder Gemeinschaft ist das Leben nicht immer ein Zuckerschlecken. Aber mit ein wenig Liebe, Hoffnung und Freundschaft – und natürlich jeder Menge Kuchen – lässt sich so mancher Sturm überstehen. Jedenfalls war es eine uneingeschränkte Freude, ein Jahr im Leben meiner Figuren zu verbringen. Ich hoffe, du empfindest genauso.

Zu den Dingen, die ich als Schriftstellerin am meisten liebe, gehört der Kontakt mit Leserinnen und Lesern. Das sind immer die Höhepunkte meiner Arbeitstage. Am einfachsten findest du mich auf Twitter und auf Facebook. Du kannst aber auch meine Website besuchen. Dort erfährst du unter anderem etwas über meine Vorliebe für *Pringles* …

Ich hoffe, wir sehen uns sehr bald wieder. Falls dir dein Besuch auf Joy's Acre gefallen hat, würde ich mich in der Zwischenzeit sehr freuen, wenn du ein paar Minuten opfern könntest, um eine Rezension oder einen Beitrag in den sozialen Medien zu hinterlassen. Sogar eine Empfehlung an jemanden, mit dem du beim Friseur plauderst, wüsste ich sehr zu schätzen!

Bis zum nächsten Mal.
Alles Liebe,
Emma x

Danksagung

Musik lässt sich als die Kunst der Klänge in der Zeit definieren … als etwas, das Gedanken und Emotionen in charakteristischer Weise durch Elemente wie Rhythmus, Melodie, Harmonie und Farbe ausdrückt. Aber wie auch immer man sie definiert, sie ist schlichtweg außerordentlich kraftvoll. Sie überdauert die Zeit, bleibt uns erhalten, begleitet uns durch unser gesamtes Leben. Tatsächlich ist das Hören der letzte unserer Sinne, der uns vor dem Tod verlässt.

Ich würde mich nicht unbedingt als musikalischen Menschen einstufen – zum Beispiel spiele ich kein Instrument. Trotzdem hat mich Musik immer als Lebenshintergrund begleitet. Für mich besitzt Musik genau wie Bücher die wunderbare Fähigkeit, Bilder heraufzubeschwören, mich an neue Orte zu befördern oder sogar Erinnerungen an vergangene Zeiten und Orte zu erwecken. Mich persönlich hat das Schreiben dieses Buches auf eine große Reise geführt.

Es hat eine Weile gedauert, bis ich Isobel wirklich verstanden habe. Und ich wollte ihre Geschichte unbedingt richtig erzählen. Daher gilt mein großer Dank meiner Verlegerin Jessie Botterill von Bookouture, die mir geholfen hat, Isobel und ihre Geschichte auf die bestmögliche Weise zu gestalten.

Und zu guter Letzt: Ihr Musiker überall, ich bin euch zu riesigem Dank verpflichtet.

Ihr habt nicht nur mich inspiriert, ihr bereitet auch der gesamten Welt ein gewaltiges Geschenk, ohne das ich sie mir nicht vorstellen könnte.

Ein kleines Café zum Verlieben

Barbara Erlenkamp
DAS KLEINE CAFÉ
AN DER MÜHLE
Roman

288 Seiten
ISBN 978-3-404-17956-5

Der plötzliche Tod ihrer lieben Tante Dotti zieht Sophie den Boden unter den Füßen weg. Aber Dotti hatte einen Plan – und so findet sich Sophie plötzlich in einem verschlafenen Dorf zwischen Rhein und Mosel wieder. Dort steht sie vor ihrem Erbe: einem maroden Mühlencafé. Doch Sophie erbt nur, wenn sie das Café weiterführt. Trotz aller Widrigkeiten und mit viel Einsatz bringt sie das Café auf Vordermann. Die eigenwilligen Dorfbewohner sind ihr dabei keine große Hilfe. Aber zum Glück ist da ja noch ihr Nachbar Peter, Single und gutaussehend …

Lübbe

Fünf Alpakas zum Verlieben!

Sonja Flieder
MEIN KLEINER
APFELHOF ZUM GLÜCK
DEU
244 Seiten
ISBN 978-3-7413-0180-3

Emmas Leben steht Kopf: Erst geht ihre Beziehung zu Bruch, und dann verliert sie auch noch ihren Job. Da hilft nur eins: eine Auszeit auf Oma Luises Hof in der Lüneburger Heide. Doch natürlich kommt alles anders als gedacht. Luise muss für mehrere Wochen ins Krankenhaus und Emma kümmert sich vorerst allein um den Hof – und damit unverhofft auch um eine übermütige Schar Alpakas. Natürlich sorgen die flauschigen Vierbeiner für eine gehörige Portion Chaos.
Aber mit der Zeit lernt Emma das Landleben und die quirligen kleinen Alpakas zu lieben. Und dann ist da noch Tierarzt Lukas, der ihr zwar gehörig auf den Keks geht, aber trotzdem ziemlich gut aussieht ...